Place aux immortels

Patrice Quélard

Place aux immortels

roman

PLON
www.plon.fr

92, avenue de France
75013 Paris
Tél. : 01 44 16 09 00
Fax : 01 44 16 09 01
www.plon.fr
www.lisez.com

Mise en pages : Graphic Hainaut
Dépôt légal : mars 2021
ISBN : 978-2-259-30517-4

Note de l'éditeur

Ce roman est le lauréat de la première édition du Prix de la gendarmerie nationale, prix littéraire qui vient récompenser une œuvre de fiction dans laquelle la gendarmerie et le rapport au métier de gendarme occupent une place cardinale.

Présidé par le général d'armée Christian Rodriguez, directeur général de la gendarmerie nationale, le jury réunit gendarmes, journalistes et écrivains, tels que Nikos Aliagas, Françoise Bourdin, Virginie Carton, Maxime Chattam, Éric Delbecque, Sonia Mabrouk ou Yves Thréard…

Ils sont tombés sous le charme de ce roman ; nous espérons qu'il vous séduira tout autant.

À ma femme, Marie.
Le vrai trois de carreau, c'est toi.

« Le 14 juillet, comme nous allions arriver à Brandebourg, une partie des équipages de l'Empereur, escortés par les gendarmes d'élite, passa dans nos rangs. Un chasseur du bataillon cria : "Place aux immortels ! " Il s'en serait suivi une vive querelle, si les officiers n'étaient pas intervenus. Cette mordante épigramme était répétée à tous les passages des gendarmes depuis Iéna. C'était parce que cette troupe d'élite, étant chargée de la police militaire du quartier général impérial et de la garde des équipages de l'Empereur, ne paraissait jamais au feu, qu'on l'avait baptisée du nom d'immortelle. Cette insulte était injuste, mais que faire contre une opinion répandue ? Cependant, après la bataille d'Eylau, l'Empereur ordonna qu'un jour de bataille les gendarmes auraient un escadron en ligne. Les hommes se firent tuer à leur poste, mais cela ne tua pas la plaisanterie. »

Jean-Baptiste Auguste Barrès,
Souvenirs d'un officier de la Grande Armée,
publiés en 1922 par son petit-fils, Maurice Barrès.

Prologue

« Le soldat breton au cœur fort et généreux
ne demeura pas inférieur à sa réputation. »

Pierre-Louis Esvelin, maire de Lorient,
le 20 juillet 1919.

Secteur de l'Îlot de La Boisselle, Somme,
18 janvier 1915

Le lieutenant Le Corre s'écroula, frappé en plein cœur. Raide mort.

Quelques instants plus tard, le bombardement cessa aussi brusquement qu'il avait commencé.

— Dehors ! cria le sergent Fourquin de sa voix puissante. La dégelée est terminée, vous savez ce que ça veut dire ! Allez, tous à vos postes, magnez-vous !

En files rapides et disciplinées, les soldats sortirent de leurs cagnas creusées dans la craie, en baissant la tête pour ne pas se cogner dans les linteaux, et vinrent rejoindre leurs camarades restés stoïquement à leurs postes de guetteurs, pendant que les obus de 105 et de 120 éclataient autour d'eux, soulevaient des geysers de terre et faisaient retomber des pluies d'éclats de calcaire.

Ils n'avaient pas fière allure, les Bretons de la première section, 2e compagnie du 62e régiment d'infanterie de Lorient. Dépenaillés, emmitouflés dans des écharpes, des passe-montagnes, des mitaines, quelques peaux de mouton et toutes sortes de nippes improbables à l'orthodoxie militaire douteuse, ils offraient même un spectacle plutôt bigarré. L'armée elle-même, surprise par le froid et par la longueur d'une guerre qu'elle avait prévue courte, y était pour beaucoup, tant elle tâtonnait dans l'équipement de ses soldats. C'est bien simple, il n'y en avait plus deux habillés de la même façon. Des capotes 1877 bleu marine à double rangée de boutons cohabitaient avec leurs semblables bleu horizon reçues par les nouveaux de l'été, et avec des capotes Poiret à simple rangée touchées par les derniers soldats montés du dépôt pour remplacer les nombreux morts, blessés, prisonniers et disparus. Sur les têtes, des képis rouges 1884 avec des couvre-képis bleus plus ou moins délavés, ou d'autres non réglementaires de toile cirée achetés dans le commerce pour se protéger de la pluie, voisinaient avec des képis bleus premier type et leur maudit bourrelet supérieur qui se transformait en rebord de lac à chaque averse, et ceux de deuxième type, avec ce défaut corrigé pour les derniers arrivés à la fête.

Dans la terre, la boue, la caillasse et les barbelés, c'était pourtant le bas qui avait le plus dégusté ; rares étaient les pantalons rouge garance qui avaient survécu, et ils étaient cachés par des couvre-pantalons bleus reçus à l'automne. Pour les autres, il y en avait des bleu foncé à passepoils rouges, dits pantalons de pompiers parce qu'on les avait pris dans les surplus destinés aux soldats du feu à cause de la pénurie, mais aussi des falzars disparates de velours gris bleu, brun ou beige. Le reste arborait les premiers pantalons en drap bleu clair, que tout le monde allait toucher bientôt, avait-on promis. Qui vivrait verrait, car la vie d'un gus ne valait pas cher ces derniers temps.

Même vision hétéroclite en bas des jambes, où certains portaient encore les guêtres de cuir noir du début du conflit, alors que d'autres avaient serré les bandes molletières gris de fer bleuté réglementaires depuis octobre 14, et que d'autres n'avaient même rien du tout, ce qui n'était pas très académique ; mais l'habit ne fait pas le moine, et le sergent Fourquin n'était pas regardant là-dessus, pas plus d'ailleurs que feu le lieutenant Le Corre. Il y avait bien d'autres priorités, par exemple ce qu'ils avaient en ligne de mire juste en face de leur tranchée : *Schwaben Höhe*. Cette colline hérissée de ruines, de chicanes, de barbelés et de casemates de mitrailleuses si savamment disposées qu'elles ne souffraient d'aucun angle mort, avait déjà la réputation d'être l'un des pires coins du front de l'Ouest, ce qui n'était pas peu dire. Les troufions bretons de la 22e division d'infanterie, Morbihanais et Finistériens, l'avaient appris à leurs dépens en se faisant saigner par centaines pour tenter vainement de conquérir ce mamelon infernal. À défaut, ils avaient tout de même réussi, pour un prix humain démesuré, à capturer le cimetière de La Boisselle et une ferme – enfin, ce qu'il en restait – que les Boches avaient baptisée *Granathof*, la ferme des obus. Les Français, quant à eux, ne lui avaient pas encore attribué de petit nom, mais quand on parlait du *gros gros merdier*, on savait que c'était à ça qu'on faisait allusion.

Et justement, c'était là qu'ils étaient, la première section : dans la tranchée du *gros gros merdier*, creusée avec le sang de leurs frères et de leurs cousins. Une tranchée constamment surplombée par l'ennemi, où les mortiers et les tireurs embusqués faisaient des ravages. Mais ceux qui avaient été sacrifiés pour conquérir cette position et pour s'y maintenir n'étaient pas morts pour rien, on le leur avait certifié.

La *Schwaben Höhe* était inexpugnable par la voie traditionnelle, c'était maintenant un fait avéré, mais à partir de cette tranchée, on allait lui faire un sort d'une autre manière, avaient expliqué les officiers. On allait creuser des tunnels jusque sous les pieds des Alboches, et on allait les faire sauter, tout simplement. Avec rien moins que des tonnes d'explosifs. Pouf, volatilisés. *Kaputt* la *Schwaben Höhe* ! Fini de rigoler.

D'ailleurs, les officiers n'avaient pas menti : dès le lendemain de la conquête du corps de ferme, en date du 24 décembre, des sapeurs du génie avaient commencé à creuser des boyaux dans la craie. Joyeux Noël, les Boches ! Depuis ce temps-là, les tunneliers étaient à pied d'œuvre et se relayaient jour et nuit, vingt-quatre heures sur vingt-quatre. Ça n'avançait pas très vite, disaient-ils. Cinquante centimètres par jour en moyenne. La craie, c'est plus dur que l'argile, mais d'un autre côté, il y a moins besoin d'étayage. On les croyait sur parole, c'étaient eux les spécialistes. Il fallait juste être patient, et bien sûr la tenir, cette sacrée tranchée ! Parce que si les Boches la reprenaient, ils feraient en même temps main basse sur la sape de mine, et retour à la case départ !

Cela, il ne pouvait en être question.

Fourquin abaissa un regard grave et compatissant sur le cadavre de Le Corre, qui était couché sur le dos, les bras écartés, un peu comme un Christ qui aurait été crucifié au sol. Il se pencha et ramassa le revolver modèle 1892 qu'il portait dans un étui, avant de se relever et de l'enfoncer dans sa ceinture jusqu'à la crosse, d'un air décidé.

— Les gars, le lieutenant est mort ! balança-t-il à la cantonade. Alors maintenant, on va tenir cette tranchée pour lui, parce que c'est ce qu'il aurait voulu qu'on fasse !

Il se tut quelques secondes, solennel, laissant se disperser le nuage de buée qui lui avait jailli de la bouche dans cette atmosphère de givre.

— Pour lui, reprit-il, et aussi pour Tessier qui est mort pour la prendre. Et pour Durand, et pour Rouzic...

— Et pour Morisseau ! dit un caporal.

— Et pour Jeannin, qui y a perdu ses deux jambes ! ajouta un soldat.

— Et pour Kervadec, qui bouffera avec un tuyau jusqu'à la fin de ses jours ! compléta son voisin.

— Et pour Halgand, qui pourra plus jamais rien faire à sa rombière, à part la reluquer avec les yeux et les mains ! Putain, ça m'f'rait chier, j'préfère en prendre une dans la caboche, comme Hubert ! Zou, fini, on éteint la lumière et même pas mal ! gronda le caporal-chef Derrien, célèbre pour ses blagues potaches et son inclination à la salacité, ce qui ne l'empêchait pas d'avoir tué trois Allemands au corps à corps à Maissin.

— Voilà les gars, c'est ça que je voulais entendre! conclut Fourquin. Alors maintenant, sus aux Fridolins! C'est à eux d'être à découvert, cette fois. Passez-leur le bonjour de Tessier, de Rouzic et de Morisseau. Faites-leur avaler leur bulletin de naissance, à ces fumiers!

Les sifflets des officiers allemands stridulèrent sur toute la ligne, concluant cette allocution avec à-propos. Tout le monde se précipita à son poste, au parapet ou au créneau. Les mitrailleurs retirèrent les chiffons qu'ils avaient mis autour du canon de leur Saint-Étienne, pour qu'elle ne leur joue pas un tour de cochon à cause du gel au moment où ils auraient besoin d'elle, tant la machine était capricieuse. Ironie du sort, dans quelques instants ils devraient résister à la tentation d'arroser trop longtemps, afin de ne pas provoquer une surchauffe que cette cochonne de mécanique ne supportait pas non plus. Ils enclenchèrent une bande-chargeur rigide, tandis que les autres fantassins avaient rempli leur Lebel ras la gueule; huit dans le chargeur tubulaire, une dans l'auget, une dans la chambre, verrou de la culasse enclenché et baïonnette au canon.

Le comité d'accueil était prêt. Depuis que la guerre s'était fixée dans les tranchées, la haine se cristallisait. De part et d'autre, on savait que les types d'en face étaient probablement les mêmes qui avaient tué des copains la veille ou l'avant-veille. On était si près d'eux que si on avait un peu de coffre, on pouvait s'échanger des injures. Ça devenait une affaire personnelle.

Les voilà qui dévalaient les pentes de leur *Schwaben Höhe*, maintenant, alors qu'ils aimaient tellement s'y retrancher, d'habitude. Tous sapés pareil, eux, au moins. On reconnaissait bien là la rigueur et la discipline germaniques ; le même uniforme *feldgrau*, le même stupide casque à pointe en cuir bouilli avec son couvre-casque en toile vert-de-gris et son numéro de régiment en rouge.

— *Gott mit uns !* braillèrent en chœur les Teutons.

— C'est ça, cracha Fourquin en vérifiant une dernière fois le contenu de son barillet, vous allez voir si Dieu est avec vous, salopards ! *Torr e benn ! Torr e benn*[1] *!* vociféra-t-il d'une voix rauque.

— *Torr e benn ! Torr e benn !* hurlèrent les fantassins en guise de réponse.

Les mitrailleuses de flanquement, situées en arrière de la ligne, commencèrent à balayer la pente et à prélever leur content de Boches, tandis qu'en première ligne, on retenait ses coups, comme le voulait la doctrine : « Le feu intense, nourri et concentré doit jeter le désarroi chez l'ennemi et l'obliger à abandonner le terrain. »

Forcément, ils allaient devoir ralentir à l'approche des barbelés, mais ralentir seulement, car même si, toutes les nuits, les gars du génie sortaient en rampant avec quelques fantassins pour renforcer le réseau, tous les jours l'artillerie boche en détruisait une bonne partie, et le bombardement qui venait de se terminer n'avait pas dérogé à la règle.

---

1. Cri de guerre issu de la révolte des Bonnets rouges qui enflamma la Bretagne contre Louis XIV en 1675. C'est un terme breton signifiant : « Casse-lui la tête ! »

— Feu de salve à mon commandement... Feu !

À cinquante mètres, la fusillade coordonnée des Lebel, additionnée des vingt-cinq balles de la bande-chargeur de mitrailleuse, abattit une douzaine de Boches, mais leur élan ne fut pas brisé pour autant. Ils n'avaient pas froid aux yeux, on ne pouvait pas le leur retirer. Mais ils allaient crever quand même, jura Fourquin.

— Ah ! Ah ! Comme aux dominos, les gars ! À mon commandement... Feu !

À un peu plus de trente mètres, la deuxième salve fut bien plus meurtrière encore, alors que les plus intrépides des ennemis arrivaient dans ce qu'il restait des barbelés.

— Feu à volonté ! hurla Fourquin.

Très rapidement, les dernières têtes brûlées adverses qui avaient continué à avancer furent descendues. Certains restèrent accrochés dans les fils de fer, les autres se couchèrent comme ils purent dans des entonnoirs, derrière des poteaux, des vestiges de murs squelettiques ou des replis de terrain, et tentèrent de riposter. Un premier Français fut frappé d'une balle en pleine tête. Les petits gars n'étaient pas des pieds-tendres, et la tentation devenait forte pour certains de s'exposer au-dessus du parapet en essayant d'atteindre les vert-de-gris qui n'étaient pas encore hors de combat.

— Richard, descends de là ! cria Fourquin en l'empoignant carrément par la capote pour le ramener sur le plancher des vaches. Gicquel, baisse la tête si tu veux la garder sur tes épaules !

L'agent de liaison du capitaine Cadoret arriva en courant de la direction d'Ovillers.

— Comment ça se présente ici, sergent ? Où est le lieutenant ?

— Mort. Mais on tient le coup. Ça va comment là-bas ?

— Globalement, ça tient. Je continue ma tournée, sergent.

Fourquin hocha la tête et s'écarta pour laisser passer l'estafette de la compagnie.

— Escouades un et trois, cessez le feu ! réapprovisionnez ! Escouades deux et quatre, continuez le tir de harcèlement !

Pour Fourquin, la voix était un organe à part entière. Il était si fort en gueule qu'on pouvait l'entendre même par-dessus une fusillade. Quand le lieutenant Le Corre était encore en vie, lui qui avait au contraire une voix assez fluette, c'était son sergent qui s'occupait systématiquement de transmettre ses ordres à la troupe sous le feu. Ces derniers temps, il fallait bien le dire, c'était même plutôt lui qui donnait les ordres, tout court.

— Sergent, ils ont des *Kugel*[1] ! beugla Derrien.

Fourquin se précipita au créneau, juste le temps de voir un Boche tirer sur sa lanière pour arracher l'allumeur. La traînée de fumée blanche qui se dégageait de sa main ne trompait pas, mais à une telle distance, il ne pourrait pas les atteindre en restant allongé, il serait obligé de se mettre au moins à genoux.

— Séveno ! Descends-moi ce grenadier !

---

1. *Kugelhandgranate*, la seule grenade en service dans l'armée allemande au début de la guerre. Lourde et peu efficace, elle ne portait pas à plus de 15-20 mètres. Elle nécessitait l'emploi d'une lanière attachée à un crochet tire-feu pour pouvoir arracher la goupille.

Séveno était le meilleur tireur de la section, il avait toujours son emplacement réservé au créneau. Il fit honneur à sa réputation : alors que le Boche se relevait pour armer son bras, il prit une balle dans la clavicule et la sphère noire lui échappa des mains, explosant peu après en provoquant quelques dégâts collatéraux, à en juger par les hurlements.

— Grenade ! Trop court, baissez la tête ! gueula Derrien à droite, alors qu'une *Kugel* venait de s'immobiliser sur le parapet à un mètre de lui.

— Grenade dans la tranchée ! À la cape ! cria Auffret à gauche.

Profitant de la confusion, un groupe compact d'Allemands qui avait réussi à se rassembler dans un entonnoir jaillit de son abri et se précipita sur l'escouade d'Auffret sonnée par l'explosion. Il y eut un échange de tirs à bout portant, un cafouillage de baïonnettes. Des Boches tombèrent en avant dans la tranchée, certains s'y jetèrent carrément. Fourquin, qui tenait déjà son propre revolver, dégaina celui de Le Corre de l'autre main et fonça à la rescousse, de même que quelques autres soldats, baïonnettes en avant. Après une mêlée aussi violente qu'expéditive, les assaillants furent tous hors de combat. L'un d'entre eux avait juste été renversé dans la bousculade. Désarmé, il était le cul dans la boue gelée et tendait deux mains suppliantes.

— *Gefangen*[1] *! Gefangen ! Gef...*

Le soldat Richard l'éventra d'un coup de rosalie, sans autre forme de procès.

1. Prisonnier.

— Ça veut dire quoi, « guéfanguenne » ? demanda-t-il.

— « Putain, j'aurais mieux fait de rester à Berlin ! », répondit Fourquin, les canons de ses revolvers encore fumants.

Chacun revint à son poste. L'assaut était brisé, mais les Boches se trouvaient dans la difficile situation – bien connue des Français – de ne plus pouvoir ni avancer ni reculer, sous peine de se faire tirer comme des lapins. Ils attendaient donc la tombée de la nuit, qui ne tarderait plus, pour décrocher à la faveur de l'obscurité.

Cette idée dérangeait Fourquin, pour lequel un bon Boche était un Boche mort. Après avoir mémorisé les emplacements où il était probable que plusieurs d'entre eux se terrent encore, il alla ouvrir une cantine cadenassée de laquelle il sortit quelques pétards raquettes artisanaux, bricolés à partir d'une charge de mélinite pulvérulente dans une enveloppe de fonte, elle-même entourée d'une boîte métallique remplie de clous, de gravillons et de verre pilé, le tout lié par du fil de fer sur une petite planche à découper, avec un cordon Bickford pour l'allumage.

— Distribution de mélinite, bousculez pas, y en aura pour tout le monde ! Tenez les gars, régalez-vous ! C'est préparé avec amour ! railla le sergent en balançant ses raquettes avec une précision redoutable.

À deux reprises, sur les quatre lancers, on put avoir la certitude que Fourquin avait atteint son but. Pour l'une des deux, on vit des tripes jaillir avec le souffle de l'explosion et un pied de Boche retomba dans la tranchée. Pour l'autre, l'un des Fridolins râlait encore quand la nuit tomba.

Dans la position redevenue calme, il y avait du bleu clair et du bleu foncé, du garance, du marron, du beige et du vert-de-gris, mais le sang, lui, était de la même couleur pour tout le monde… et de la même odeur.

La première section avait eu quatre morts – dont l'excellent caporal Auffret – et sept blessés, mais il ne serait pas dit qu'elle avait lâché le *gros gros merdier*. Les sapeurs pourraient continuer à creuser leur mine pour le maous feu d'artifice. Fourquin espérait être aux premières loges quand il aurait lieu. En attendant, il cassa en deux la plaque d'identification du lieutenant Le Corre et mit la partie amovible dans sa poche.

Ce jour-là, il gagna une deuxième citation à l'ordre de la division. Face à la pénurie d'officiers, il conquit aussi les galons d'adjudant, et avec eux le droit de commander cette section qu'il suivait dans toutes ses misères depuis le 2 août 1914. La simple confirmation d'un état de fait, finalement.

1

Quelque part aux alentours d'Albert, Somme, 5 avril 1915

Le petit manoir dans lequel l'état-major de la 22e division d'infanterie avait élu domicile semblait assez cossu, avec ses façades de brique rouge, ses angles à moellons de calcaire et ses vastes fenêtres, sans compter le monumental mascaron ouvragé qui trônait au-dessus de la porte d'entrée. Son environnement, une sorte de petit parc en sous-bois qui devait encore être entretenu peu de temps auparavant, incitait sans doute davantage à la flânerie poétique qu'aux plans de bataille. Difficile de croire qu'à quelques kilomètres de là, Français et Allemands s'écharpaient dans les tranchées au nord d'Albert.

Des oiseaux chantèrent du haut des frondaisons qui avaient commencé à se recouvrir de feuilles malgré un froid encore vif. Léon Cognard arrêta son cheval dont le bruit des sabots dans le gravier l'empêchait de bien les entendre. Il ferma les yeux, reconnut successivement le rossignol, le merle noir et le chant à trois temps de la grive musicienne, mais ne put se prononcer sur le quatrième. Il respira une longue goulée d'air printanier, descendit de selle, et était encore en train de remercier longuement son cheval en termes très affectueux et en lui flattant l'encolure lorsqu'il fut interrompu par le planton venu à sa rencontre.

— Bonjour, mon lieutenant. Vous êtes le nouveau prévôt de division, je suppose ?

— Vous supposez bien.

Le planton se mit au garde-à-vous avec son mousqueton Berthier.

— Gendarme Guillevic, à vos ordres, chef !

— Repos, repos…

— Vous avez fait bon voyage depuis notre chère Bretagne, chef ?

— Affreux. Je suis content d'être arrivé. Mais à côté de ce bon vieux Rossinante, je n'ai pas à me plaindre !

— Euh… Rossinante ?

Cognard avisa l'air interrogatif de son subalterne, puis précisa :

— … Mon cheval, voyons.

— Ah… Oui, bien sûr ! (Il rit un peu, vaguement gêné.) Vous avez l'air de beaucoup l'aimer !

De fait, il n'était pas très fréquent de voir un officier faire tant de mamours à son canasson.

— En effet. Plus je connais les hommes, plus j'aime les chevaux.

Le planton hocha la tête, ne sachant quoi répondre. Cognard sourit.

— Ce n'est pas de moi, c'est d'Erik Satie. Enfin, la phrase originelle, c'est « plus j'aime les chiens ».

Mais je trouve que cela vaut aussi pour les chevaux. Vous connaissez Erik Satie ?

— Euh... Non, chef. Un... philosophe ? tenta-t-il sans y croire.

— Un grand compositeur. Complètement fou, comme la plupart des génies.

— Vous, euh... Vous voulez que j'emmène Rossignol à l'écurie, chef ?

— Rossinante, pas Rossignol ! s'amusa Cognard. Mais j'aime beaucoup les rossignols aussi. Je vous le laisse. À tout à l'heure !

Il resta immobile quelques instants à regarder le gendarme s'éloigner, histoire de vérifier qu'il savait comment tenir un cheval, car le type ne donnait pas l'impression d'avoir inventé la poudre sans fumée. On n'est jamais trop prudent avec ce genre de chose.

Satisfait, il monta les marches du perron avant de s'engouffrer dans le hall où le toisaient quelques portraits familiaux des siècles passés. Un tréteau interdisait l'accès à l'aile gauche de l'édifice avec cette inscription à la peinture rouge : « Privé. Interdit aux militaires. » Encore une réquisition qui s'était faite dans la douleur, semblait-il.

Un agent de liaison dévala le grand escalier de marbre avec une serviette à documents. Il portait des pinces à vélo autour des mollets. Il s'arrêta devant Cognard pour le saluer.

— Je peux vous aider, mon lieutenant ?

— Certainement. Je cherche l'état-major du général Bouyssou, s'il vous plaît.

— Avec plaisir ! fit l'estafette dans un grand sourire, avec une aménité obséquieuse et presque exagérée.

J'en viens, justement. Au deuxième étage, couloir de droite !

— Merci, mon ami. Bonne journée à vous !

— Et à vous de même, mon lieutenant ! Au plaisir ! fit l'autre, décidément joyeux.

Cognard se demanda s'ils étaient tous aussi heureux dans ce QG, si c'était peut-être d'échapper aux rigueurs des tranchées, ou juste du fayotage.

Les salutations de l'aide de camp du chef d'état-major de la 22e division furent nettement plus fraîches.

— Le colonel Testard vous attend. Vous êtes en retard, se contenta-t-il de constater, avant de le faire entrer dans un vaste bureau au plancher huilé recouvert de tapis persans, qu'un feu de cheminée réchauffait.

Cognard se mit au garde-à-vous dans les règles de l'art, képi sous le bras, et se présenta à son nouvel interlocuteur qui était absorbé dans le paraphage de liasses complètes de documents. D'ailleurs, il mit un point d'honneur à terminer sa pile avant de daigner lever la tête vers son visiteur, ce qui prit presque dix longues secondes, compta Léon dans sa tête. Ce n'était pas bon signe.

— Repos, lâcha le colonel d'une voix lasse, avant de remettre soigneusement le capuchon de son stylo à plume, de le poser sur son sous-main, et de se redresser dans son fauteuil, les mains sur les accoudoirs.

Il pouvait avoir cinquante-cinq ans, peut-être même un peu plus, la moustache et les cheveux encore bien noirs, à peine veinés de quelques fils blancs. Ses traits, en revanche, étaient nettement plus fripés, avec deux petits yeux chafouins enfoncés au fond de bourrelets ridulés. Il avait un colossal grain de beauté sous l'œil gauche, de peut-être un centimètre de diamètre, et Cognard nota qu'il n'enlevait pas son képi, pas plus qu'il ne se levait, bien entendu. Tous les voyants étaient au rouge, et il comprit que l'attitude de l'agent de liaison qu'il avait croisé dans le hall n'avait absolument rien de servile : il avait juste été foudroyé par le spectacle inaccoutumé d'un officier qui s'adressait à lui comme à un être humain.

— Je suis le colonel Testard, chef d'état-major du général Bouyssou. Celui-ci me charge de vous souhaiter la bienvenue de sa part, mais il n'a pas le temps de vous recevoir dans l'immédiat...

Ce que Cognard traduisit par *ni dans l'immédiat, ni demain, ni jusqu'aux calendes grecques, et si jamais il souhaite vous recevoir un jour, ce ne sera sûrement pas pour vous accrocher une médaille.*

— Je serai donc votre unique interlocuteur, Cognard. C'est bien clair ?

— Très clair, mon colonel.

Rien de très étonnant à tout cela. À l'instar des contrevenants, les généraux n'avaient pas de temps à perdre avec la gendarmerie, mais Cognard jugea raisonnable de garder ce trait d'esprit pour lui.

— Vous êtes une sacrée perche, dites-moi. Asseyez-vous donc, vous me donnez le vertige. Combien mesurez-vous ?

Il était fort dommage que le colonel ne songe à l'inviter à s'asseoir que parce qu'il se sentait toisé, mais Cognard consentit toutefois à s'installer sur une des deux chaises à sa disposition.

— Un mètre soixante-dix-neuf et demi, mon colonel. Mais j'ai l'habitude d'arrondir à un mètre quatre-vingts, disons… pour le prestige de la dizaine[1].

Testard demeura totalement impassible.

— Vous vous êtes présenté au prévôt de corps d'armée ?

— En effet, mon colonel. Je l'ai vu hier à Amiens. Nous nous connaissons bien. Nous sommes rentrés dans la gendarmerie en même temps.

— Vous savez donc que c'est lui que vous remplacez ?

— Bien sûr !

C'est ce qu'on appelait, dans le jargon, une promotion par appel d'air. Elles avaient bien évidemment tendance à se multiplier en temps de guerre. En l'occurrence, le prévôt de la 2e armée était tombé gravement malade et avait été remplacé par un de ses subalternes, le prévôt du 11e corps d'armée, promu pour l'occasion. La place de ce dernier, laissée vacante, avait été attribuée au capitaine Morvan, prévôt de la 22e division, élevé pour la circonstance au grade de chef d'escadron. Mais comme il n'y avait plus personne pour reprendre l'ancien poste de Morvan, on avait fait appel aux réserves des gendarmeries départementales de la région militaire de recrutement. C'est ainsi que le lieutenant Cognard avait quitté sa brigade d'Étel, dans le Morbihan, pour rejoindre le front.

— Morvan était un excellent prévôt, Cognard. J'espère que vous saurez vous montrer à la hauteur.

1. La taille médiane des hommes français en 1914 était de 1,62 mètre.

Il comprit immédiatement : *j'espère que vous me ficherez une paix royale.*

— Je l'espère aussi, mon colonel.

Testard ouvrit un tiroir de son bureau et en sortit un dossier que Cognard reconnut immédiatement comme étant son propre dossier militaire. Sans gêne, il l'ouvrit et commença à le parcourir en silence.

Le plus grave n'était pas qu'il se mettait à lire son dossier maintenant alors qu'il avait dû le recevoir depuis plusieurs jours, ce qui était déjà en soi une preuve de mépris. Encore un pour lequel la gendarmerie prévôtale était une priorité, ça crevait les yeux ! Non, le plus grave, c'était qu'il ne s'en cachait même pas, et qu'il n'en éprouvait donc pas la moindre honte. Enfin, à bien y réfléchir, il y avait *encore* plus grave : si Testard n'avait pas lu son dossier, cela voulait dire qu'il n'était pas encore au courant de ses casseroles. Le dédain qu'il lui avait servi jusqu'alors n'était donc pas la conséquence de ses « écarts », mais seulement celui qu'il réservait à la gendarmerie en général. Tout cela était très prometteur, et Cognard avala sa salive avec appréhension, tout en s'efforçant de rester stoïque.

— Vous êtes déjà passé en conseil de guerre !? s'exclama Testard.

Voilà, voilà. Nous y sommes…

— Oui. En temps de paix ! N'est-ce pas cocasse ?

Perdu pour perdu, autant assumer, mais Cognard regretta tout de même un peu sa plaisanterie.

— Cocasse ? Ce n'est pas l'adjectif qui me serait venu.

— C'était en 1904. Il y a tout de même prescription, non ?

— La prescription n'existe pas dans l'armée, Cognard. L'armée n'oublie rien.

— Vous omettez de dire que j'ai été acquitté.

— Par la justice militaire, oui. Mais vous avez quand même fait l'objet de mesures disciplinaires.

— C'est là qu'est l'os. Et l'injustice, si vous me permettez !

— Je ne suis pas très sûr de vous permettre, mais continuez quand même.

— Ils ne pouvaient pas me radier, puisque j'étais acquitté, mais ils pouvaient me mettre en inactivité par décret sans avoir à se justifier de quoi que ce soit. Ils l'ont fait.

— Vous pouvez m'expliquer alors cette histoire de congrégations[1] pour laquelle vous avez refusé d'obéir aux ordres ? Vous êtes ce genre de cul-bénit fanatique prêt à mettre votre carrière au placard pour sauver un cureton ? Un de ces crapauds de bénitier qui aurait mieux fait de préférer la soutane à l'uniforme ? Une forte tête ?

Pour une fois que ça l'aurait arrangé de tomber sur un catholique intransigeant, comme ils étaient très nombreux parmi les officiers de carrière, voici que Cognard était confronté exactement à l'inverse. C'était bien sa veine, et il louchait irrésistiblement sur cet énorme grain de beauté, aussi noir qu'une tache d'encre aux bords irréguliers. Il dut se faire violence

1. En 1903 et 1904, le Premier ministre radical Émile Combes, farouchement anticlérical, fit appliquer de façon intransigeante la loi de 1901 sur les associations en envoyant la gendarmerie et l'infanterie fermer de force des centaines d'écoles privées tenues par des congrégations religieuses. Ce conflit déboucha finalement sur la loi de séparation des Églises et de l'État en 1905.

pour ramener son regard dans celui de son interlocuteur avant qu'il ne s'en rende compte, car il sentait que ce n'était pas le moment de perdre le fil de la conversation.

— Non, mon colonel, je confesse, si j'ose dire, ne pas être très religieux et manquer de zèle pour aller à la messe, c'est un euphémisme. Et ce qui se passe ces derniers temps ne m'incline pas à revenir sur mon opinion.

— Mais alors, pourquoi ?

— Si je puis me permettre, mon colonel, mon officier supérieur d'alors – sans vouloir faire du tort à la mémoire des défunts, car j'ai appris qu'il nous avait quittés assez récemment – était un sombre abruti. Il voulait que j'expulse *manu militari* et séance tenante des malheureux dont certains, en plus d'avoir voué leur vie à un dieu dont l'existence me paraît sujette à caution, étaient très vieux et à moitié grabataires. Ils étaient d'accord pour partir, une congrégation les attendait même à Jersey ; il leur fallait juste un peu de temps pour faire leurs bagages, leurs adieux, toutes ces sortes de choses. J'ai eu la faiblesse de me comporter en être humain, mon colonel. J'ai donc eu le rare privilège d'être mis en inactivité par décret présidentiel, ainsi que d'autres officiers de carrière sans aucun doute plus dévots que moi.

— Le rare privilège ? demanda Testard en écarquillant les yeux, comme s'il hésitait entre rire et lui coller une balle dans la tête.

— C'est une antiphrase, bien entendu. Mais le ministre de l'Intérieur de l'époque, un certain monsieur Clemenceau – pour lequel j'ai le plus grand respect, même si je ne partage pas sa conception du maintien de l'ordre contre les mineurs ou les vignerons[1] –, s'est montré moins regardant, et j'ai pu entrer dans l'une des fameuses brigades régionales de police mobiles[2] où l'on a su tirer parti de mes… compétences. Je pense que, tout farouche anticlérical qu'il soit, il ne partageait pas les vues de son prédécesseur sur cette affaire de désobéissance dans le cadre des fermetures de congrégations. Il répétait d'ailleurs à qui voulait l'entendre que la justice militaire est à la justice ce que la musique militaire est à la musique. J'avoue partager un peu son sentiment : je n'ai aucun goût pour les fanfares, je leur préfère Debussy. Je suis persuadé qu'Alfred Dreyfus, lui aussi, partage cette impression.

— Je pourrais être un antidreyfusard, vous savez ?

— Non, mon colonel.

— Comment ça, « non, mon colonel » ?

— Eh bien, parce que le capitaine Dreyfus a été pleinement réhabilité par la justice, et qu'en tant qu'officier de carrière, vous respectez forcément les décisions de justice de votre pays.

— Vous êtes un drôle d'oiseau, vous.

— Une hirondelle[3], mon colonel, je crois que c'est comme cela qu'on nous appelle.

— Ainsi donc, vous avez été un de ces fameux *mobilards* ?

Cognard sourit intérieurement. Il n'avait, de toute évidence, pas réussi à susciter la moindre sympathie

1. Allusion à la répression des manifestations de Courrières en 1905 et de Béziers en 1907 où Clemenceau envoya la troupe contre les grévistes.

2. Surnommées bien plus tard « brigades du Tigre », elles dépendaient de la Sûreté (police nationale).

3. L'un des nombreux surnoms péjoratifs donnés aux gendarmes.

chez Testard, sans doute bien au contraire, mais il avait réussi à exciter sa curiosité, et c'était déjà très bien.

— Oui, et voyez-vous, quand on dit que le hasard fait parfois bien les choses, j'en suis une preuve vivante. Pour être honnête, en 1904, quand j'ai eu ce petit *différend* avec ma hiérarchie, je commençais à m'ennuyer ferme dans ma brigade. J'avais besoin d'un peu… d'action, en quelque sorte. En 1907, monsieur Clemenceau a eu la velléité de créer un corps de gendarmerie mobile de deux mille hommes, ce qui lui a été refusé par les députés. Si j'avais encore été en activité et que ce corps avait vu le jour, je me serais aussitôt porté candidat. Ironie du sort, à cause du décret présidentiel, je n'aurais pas pu rentrer dans cette gendarmerie mobile, mais j'ai pu rentrer dans les brigades mobiles, car elles dépendaient de la Sûreté !

— En somme, vous êtes en train de me dire que vous êtes très content d'être passé en conseil de guerre.

Cognard fit une moue peu convaincue.

— C'est très exagéré. Je dis juste que cela m'a procuré, indirectement, une belle opportunité.

— Vous avez donc intégré la quatrième brigade mobile de Nantes à sa création en 1907, été transféré dans la treizième de Rennes à son ouverture en août 1911, et réintégré la quatrième, qui avait été entretemps déplacée à Angers, en août 1913…

Il était en train de lire son dossier.

— Oui, dit simplement Cognard. J'aime bien voyager.

— À la mobilisation, on vous a réintégré dans la gendarmerie… Quand la patrie a besoin de tout le monde, on est un peu moins regardant sur la marchandise, pas vrai ? fit Testard en relevant la tête et en adressant à son visiteur un clin d'œil un brin provocateur que Cognard fit semblant de ne pas remarquer.

— J'ai tout de suite été volontaire pour la prévôté, mais on m'a fait comprendre que mon dossier ne plaidait pas en ma faveur… J'ai donc été affecté à la brigade d'Étel pour remplacer un départ aux armées.

— C'est vrai, la guerre est une affaire importante. L'Union sacrée prend tout le monde, mais pour les postes essentiels, on essaie quand même de ne prendre que les meilleurs.

Ce toupet de dire qu'il considère la prévôté comme quelque chose d'essentiel !

— Vous avez tout à fait raison, sourit Cognard. Monsieur Clemenceau a même dit que la guerre était une chose trop importante pour la confier à des militaires.

Un silence plana quelques secondes dans le bureau après cette dernière provocation.

— Dire que vous seriez déjà chef d'escadron si vous étiez un peu moins fort en gueule, reprit Testard. Au lieu d'être encore lieutenant à… (il consulta de nouveau le dossier) quarante-deux ans.

— En toute honnêteté, je ne crois pas, mon colonel. Mes faits d'armes les plus remarquables ont été accomplis dans le civil. Ma vie dans l'armée, si j'avais sagement obéi, aurait été beaucoup plus tranquille et peu sujette à promotion. Et de toute façon, être chef d'escadron m'ennuierait. Beaucoup de paperasserie, et je suis un homme d'action.

— Vous avez été remplacé, dans votre brigade d'Étel ?

— Oui. Enfin, je vais l'être. Par un ancien avocat à qui on a proposé ce poste après un mois d'instruction à la garde républicaine. Ils n'ont vraiment plus personne sous la main… Je lui souhaite bon courage, car les gendarmes ont souvent des relations conflictuelles avec les avocats, qui finissent, même si je le regrette, par s'apparenter à un ressentiment envers toute leur corporation.

— Comme c'est joliment dit. Mais je vous souhaite moi-même bon courage, Cognard, et je vais vous dire pourquoi en termes moins choisis : les biffins ne peuvent pas blairer les gendarmes.

Cognard sourit. Il avait ce *fair-play* de reconnaître et même d'apprécier quand les autres lui servaient des répliques aussi cinglantes que les siennes.

— Je pense être au courant, mon colonel. J'ai correspondu avec des gendarmes au front depuis le début de la guerre, et j'ai entendu quelques allusions peu équivoques dans le train qui m'a amené ici.

— Oh non, croyez-moi, ce dont vous pensez être au courant est très loin de la réalité ! répondit l'autre en le fixant d'un seul coup avec un certain air de défi et de la raideur dans la nuque.

Cognard dut se faire violence pour ne pas laisser ses yeux dériver de nouveau sur cet épouvantable grain de beauté. Pas étonnant que ce type fût aussi amer et acariâtre. Trop vieux pour qu'on lui confie un régiment, il était condamné à ne jamais accrocher deux étoiles à son képi, et en plus il devait supporter cette infamie affichée crânement sur son visage, chaque matin devant son miroir !

Le colonel se détendit aussi vite qu'il s'était raidi, ouvrit son tiroir et en sortit un étui à cigarettes, qu'il lui tendit par-dessus le bureau.

— Je vous remercie, mon colonel, mais je ne fume pas.

Testard haussa les épaules, prit une cigarette et l'alluma. Cognard comprit que l'entretien proprement dit était terminé.

— Puis-je au moins vous offrir un verre ? Je dois avoir un excellent cognac…

— Merci, mon colonel, mais je ne bois pas d'alcool non plus.

— Vous ne fumez pas, vous ne buvez pas… considéra le colonel en exhalant un nuage tabagique. Je ne vous demande pas si vous… vous voyez ce que je veux dire ? Ce serait déplacé !

— En effet, ce serait déplacé.

— Et pudique, avec ça. Vous n'avez donc aucun vice ?

Cognard sembla réfléchir un moment, laissant le temps à son interlocuteur de tirer trois nouvelles bouffées.

— Mon sens de la repartie, mon colonel. En toute honnêteté, il me fait souvent passer pour un…

— Emmerdeur ?

— Voilà, on peut dire cela. Alors qu'au fond de moi, je ne suis qu'amour.

— C'est déconcertant. Reste à espérer que ce n'est pas moi que vous allez emmerder, Cognard.

2

Pour parcourir les trois kilomètres qui séparaient le quartier général de la prévôté, Cognard mit Rossinante au trot enlevé. Le brave hongre avait grand besoin de se dégourdir les jambes après deux jours passés dans un wagon à bestiaux.

Afin de faire bonne impression en arrivant dans sa nouvelle affectation, le prévôt fraîchement émoulu avait tenu à respecter à la lettre les prescriptions pour le parfait petit officier de gendarmerie à la guerre. La panoplie comportait, outre les bottes, la culotte de cheval et la vareuse, le monumental casque de cuivre à cimier de crin modèle 1912, recouvert d'un couvre-coiffe de toile « cachou » – disait le manuel militaire – afin d'en masquer les reflets aux yeux de l'ennemi. Pour les mêmes raisons, il avait dû faire noircir à l'acide les boutons argentés de sa vareuse, et envelopper dans une housse de tissu le fourreau doré du sabre courbe modèle 1822 qui se balançait en rythme sur le flanc de Rossinante. Avant de quitter la Bretagne, il avait dû réquisitionner – un peu honteux, mais c'était la procédure – un rémouleur qui affûterait son coupe-choux. Le gaillard avait haussé les épaules en lui disant qu'il fallait pas qu'il s'inquiète, qu'il en avait déjà aiguisé des dizaines comme ça en « juillette » et en « a-ou », et que c'était pas grand-chose pour aider la France, puisqu'il n'avait plus l'âge de se battre. Finalement, Cognard avait insisté pour lui payer ce menu service tout à fait essentiel en vue d'établir, à n'en pas douter, sa réputation de scalpeur de Boches.

Sa tenue de campagne, Léon ne la trouvait pas très pratique : d'une corpulence assez fine, il nageait dans ce grand manteau-pèlerine à rabat bleu marine qui lui descendait quasiment jusqu'aux étriers.

Au détour d'un virage, il découvrit Albert; des façades de brique rouge et des toits d'ardoises, un peu sur le même modèle que les maisons qu'il avait vues à Amiens la veille. De là où il se trouvait, légèrement en hauteur, les stigmates de la guerre étaient déjà bien visibles, allant du trou dans la toiture au pan de bâtisse effondré. L'ensemble était surplombé par une impressionnante basilique dont le clocher avait de toute évidence été délibérément pris pour cible, tant il était abîmé. L'énorme statue dorée qui culminait à son sommet avait d'ailleurs penché au point de se retrouver à l'horizontale, et ne tenait encore que dans un équilibre improbable, suspendue au-dessus du vide. S'il y avait cru, Léon aurait été tenté de dire : par le bienfait du Saint-Esprit.

Il poussa un peu Rossinante dans la descente, croisa un camion à vide dont le chauffeur lui fit un signe, doubla une charrette traînée par une mule. Sur le bas-côté, il vit deux artilleurs monter la garde, avec leurs mousquetons à la bretelle, devant un immense monticule d'obus de gros calibre recouvert d'un filet de camouflage. Ils le regardèrent passer avec un vague sourire accroché aux lèvres, la cigarette au coin du bec.

La route devint de plus en plus défoncée à mesure que Léon avançait dans les faubourgs de la ville. Les camions aux roues pleines y avaient creusé des ornières qui s'étaient aggravées avec le gel et les intempéries. Des obus épars avaient parachevé le travail et le résultat était là : une vague bande de terre gadouilleuse, constellée de nids-de-poule remplis d'une eau marronnasse. Certains de ces lacs peu ragoûtants pouvaient atteindre le mètre de diamètre et presque la moitié en profondeur. Un peu plus loin régnait une certaine effervescence ; une zone de relais avait été aménagée dans les ruines d'une maison arasée jusqu'aux fondations. Un camion, qui ne pouvait pas aller plus loin à cause de l'état de la route, se faisait décharger par un groupe de territoriaux, pendant qu'un autre groupe chargeait une partie de ce matériel sur des charrettes à bras pour l'acheminer au front. Léon observa avec attention ce qui était stocké et transbahuté de la sorte : des piles de sacs de terre vides, des faisceaux de piquets tire-bouchons, des poutres de soutènement, des rouleaux de caillebotis, des fascines préassemblées et des bobines de fil de fer barbelé… Pas la peine d'être sorti de Saint-Cyr pour en déduire que la guerre courte annoncée avait l'air compromise. À vingt mètres de là, une troisième corvée de territoriaux pelletait du gravier en essayant de reboucher les trous les plus profonds, sous l'œil un peu distrait d'un sous-officier du génie. Tous ces hommes étaient dans un état de saleté épouvantable, mouchetés de boue jusqu'au visage. N'empêche qu'ils s'arrêtèrent de travailler et le regardèrent passer avec curiosité, suffisamment longtemps pour que leur chaperon les rappelle à l'ordre.

— Bonjour, chef, bienvenue à Albert !

Léon tourna la tête et vit un gendarme. Il ne l'avait même pas remarqué au milieu de tout ce déploiement de galériens.

— Gendarme Bourhis, chef. Je suis en train de faire la circulation dans tout ce b… bazar, se justifia-t-il.

— Pas de problème, Bourhis, continuez votre travail, on se verra tout à l'heure. Dites-moi, la prévôté, c'est encore loin ?

— Non, chef. Prochaine à droite, vous faites encore deux cents mètres et vous y êtes. On est installés dans une école primaire. Vous êtes bien beau, dites-moi !

Observant les frontons en tuf qui ornaient les portes et fenêtres de quelques maisons bourgeoises, Léon se perdait en conjectures sur le sens de la dernière remarque de Bourhis, quand il arriva en vue de ce qui allait devenir son nouveau lieu de villégiature.

Un gendarme était occupé à balayer le trottoir en tenue de travail, le bonnet de police vissé sur la tête. Il le vit arriver de loin, et posa alors son balai contre le mur pour se précipiter à l'intérieur. Quelques instants plus tard, une voix rocailleuse résonnait du ventre de l'école.

— Prévôt dans la place ! Rassemblement !

Cognard, qui avait imaginé une arrivée non pas discrète, mais presque routinière, l'air de dire « Je vous en prie, ne vous dérangez pas pour moi, nous aurons tout le temps de faire connaissance », comprit que c'était raté. Lorsque Rossinante s'immobilisa devant la prévôté, tous les hommes présents étaient sortis et alignés sur le trottoir. Il en fut plus gêné que flatté.

— Garde à vous ! clabauda le maréchal des logis, et Léon reconnut sans encombre la voix de celui qui avait ordonné le rassemblement.

Sa moustache grisonnante, d'une épaisseur remarquable, débordait largement de part et d'autre de sa bouche et ses sourcils broussailleux formaient une barre continue au-dessus de ses yeux gris d'acier. *A priori*, il devait flirter avec les cinquante ans, mais cela ne l'empêchait pas d'avoir une carrure d'athlète.

— Maréchal des logis à cheval Jouannic, à vos ordres ! Bienvenue dans votre nouveau commandement, chef !

Le spécimen n'avait pas l'air de badiner avec le protocole militaire. Léon pensa que c'était une bonne chose, et que cela compenserait peut-être ses propres négligences.

Le second maréchal des logis sortit des rangs à son tour. On aurait presque pu l'oublier, tant il semblait être l'antithèse de son aîné – c'en devenait d'ailleurs drôle. Alors que Jouannic figurait parmi les plus grands et les plus costauds, l'autre était le plus petit, et passablement rachitique ; alors que Jouannic était sans doute le plus vieux, l'autre devait être l'un des plus jeunes, à moins que ce ne fût sa moustache – un maigre duvet épars et juvénile – qui donnait l'impression de le rajeunir, quand Jouannic aurait pu concourir pour n'importe quel prix des plus belles bacchantes.

— Maréchal des logis greffier Bellec, à vos ordres, dit-il d'une voix fluette.

Décidément, jusqu'au bout, c'était une caricature. Ces deux-là auraient pu faire un excellent duo au théâtre comique. Léon espéra toutefois qu'il se montrerait plus convaincant au travail qu'au garde-à-vous, car Morvan le lui avait affirmé la veille : « Tu verras, ton greffier, c'est le nerf de la guerre. S'il est pourri, tu n'arriveras à rien. » Le sien était excellent. Tellement qu'il avait insisté pour l'emmener avec lui à la prévôté de corps d'armée, le maraud ! Bellec, qui était encore brigadier une semaine plus tôt, avait donc bénéficié d'une promotion éclair.

Sur ces entrefaites, Jouannic présenta les deux gendarmes à cheval dépendant de son commandement, et précisa que le brigadier, ainsi que deux autres gendarmes, étaient en service extérieur. Puis, ce fut Bellec qui présenta le brigadier gardien-chef de prison Le Goff – qui avait lui aussi bénéficié d'une promotion express pour pouvoir le remplacer dans son ancien poste – ainsi que six gendarmes à pied, et ajouta que cinq autres étaient en service extérieur, un à l'infirmerie divisionnaire pour une mauvaise grippe, et un dernier en permission spéciale, car il venait d'avoir un enfant.

Mesurer au moins un mètre soixante-quatre, avoir entre vingt-cinq et trente-cinq ans, avoir une « bonne moralité » – ce qui n'était pas toujours facile à vérifier –, et avoir une rédaction correcte ; tels étaient les critères avant la guerre pour le recrutement des gendarmes. Ce n'était un secret pour personne au sein de cette honorable institution qu'elle avait longtemps eu beaucoup de mal à attirer le chaland. Tous les ans, refrain connu, il y avait moins de candidats que de postes à pourvoir, et ce n'était certainement pas à cause de cette obligation pittoresque de porter la moustache[1]. Assurément, la qualité des impétrants en avait pâti. La plupart des gendarmes du rang étaient issus des autres armes, et n'avaient pas choisi la maréchaussée par vocation, mais par opportunisme. Comme on y manquait de personnel, on y promettait des promotions plus rapides pour les officiers, et pour les simples gendarmes, l'avantage non négligeable de pouvoir s'installer dans une brigade avec femme et enfants, de ne pas être sans cesse ballotté aux quatre vents, ainsi que la perspective d'une pension de retraite plutôt correcte.

Les types que Cognard avait en face de lui étaient âgés de trente-cinq ans en moyenne, ce qui faisait déjà d'eux des grandes personnes par rapport aux gamins de l'infanterie, et ce n'était pas un mal. Pour la plupart, ils ne devaient pas être des foudres de guerre, mais ils avaient *a priori* un minimum de cervelle entre les oreilles, et c'était un bon début. Qui plus est, ils devaient plutôt se situer dans la moyenne haute de la gendarmerie, puisque – il l'avait appris à ses dépens – les chefs envoyaient « les meilleurs » à la prévôté… Certes, parfois, la définition que l'institution se faisait des meilleurs laissait un peu à désirer.

En tout cas, il les trouva plutôt bien en chair à côté des fantassins qu'il avait côtoyés dans le train en venant, et des territoriaux à l'entrée de la ville, et il remarqua que certains avaient le teint un peu fleuri, si ce n'est rougeaud. Morvan avait quitté les lieux depuis plusieurs jours déjà et l'intérim avait été assuré par les sous-officiers, ceci expliquait peut-être cela, bien qu'il semblât difficile de suspecter un type comme Jouannic

1. Cette obligation ne sera abolie qu'en 1928.

de négligence et de laisser-aller. Il nota par ailleurs que Bodiguel avait une verrue proéminente sur l'aile gauche du nez, et que Martin avait le visage grêlé, et plus particulièrement une cicatrice en cratère au milieu de la joue, probablement issue d'une maladie infectieuse quelconque. Il se demanda pourquoi il ne profitait pas de l'autorisation qui était faite aux gendarmes de porter la barbe pour masquer ces si vilains stigmates.

— Le compte est bon ! lança Cognard après avoir échangé quelques mots avec chacun d'entre eux. Si je ne me suis pas trompé dans mes calculs, au grand complet cela nous fait donc vingt-trois gendarmes, officiers et sous-officiers compris, pour approximativement vingt mille hommes. Et qui plus est, vingt mille Bretons !

— Mais les gendarmes aussi sont bretons, chef ! fit remarquer Bellec.

— Et vous croyez que ça me rassure ? lui répondit Cognard en le regardant droit dans les yeux et en s'efforçant de garder son sérieux.

Le greffier se fendit d'un large sourire, et Léon ne put retenir un rictus qui vint fendiller son masque de pince-sans-rire. Finalement, il serait sans doute très bien, ce petit gars-là.

— Jouannic, vous pouvez rompre les rangs. Je reverrai tout le monde à la popote ce soir.

Léon se dit que ce petit consentement au protocole militaire donnerait de l'importance au vieux maréchal des logis et l'emplirait de félicité. Nouvel arrivant, il ne voulait surtout pas jouer les révolutionnaires – en tout cas, pas tout de suite – et souhaitait ménager les susceptibilités de chacun.

— Rompez les rangs ! tonna Jouannic, impérieux.

Quel allant ! Quel entrain !

Quand tout le monde eut repris ses activités, le vieux briscard vint voir Léon.

— Je suppose que vous ferez une revue de détail demain matin, chef ?

— Euh… non. Cela me semble un peu superflu, depuis le temps que vous êtes là.

Le sous-officier sembla complètement pris au dépourvu par cette réponse. La moindre entorse au règlement militaire lui paraissait aussi douloureuse qu'une écharde dans la plante du pied, ce qui ne présageait pas le meilleur.

— Ah, et aussi, ajouta Cognard, merci pour cet accueil très solennel, mais s'il vous plaît, ne refaites plus cela. C'est trop long, et surtout trop… routinier. Je hais la routine.

Cette fois, le visage de Jouannic se décomposa. C'était comme si Léon venait de commettre un crime de lèse-majesté, et il regretta aussitôt sa franchise.

Le briscard salua avec raideur et tourna les talons de ses bottes de cheval impeccablement cirées. Il commença à s'éloigner, tandis que Cognard cherchait désespérément quelque chose à dire qui pût rattraper sa bourde. Mais c'est finalement Jouannic qui se ravisa :

— Au fait, chef, il est de mon devoir de vous dire que vous ne devez plus porter le casque 1912. Je crois qu'il a provoqué des problèmes sur la frontière au début de la guerre, des Boches l'ont confondu avec celui des dragons… Bref. Il y a eu une circulaire, il ne faut plus le mettre.

D'un seul coup, Léon comprit rétrospectivement pourquoi tous ces soldats avaient à moitié l'air de se moquer de lui, et pourquoi le gendarme Bourhis lui avait dit qu'il était « bien beau ». En un sens, il préférait cela : au moins, il ne s'agissait pas d'avances à peine dissimulées.

— Eh bien, merci Jouannic. Personne n'avait jugé bon de m'en informer. Vous pensez qu'il s'agissait d'une sorte de… bizutage ?

— Je ne sais pas, répondit le grognard avec un sourire en coin… D'après vous ?

— Donc le casque réglementaire n'est plus réglementaire. Ça tombe bien, je ne l'aimais pas du tout.

— Moi, je l'aimais bien. Il inspirait le respect, et c'est peut-être pour ça qu'on nous l'a supprimé. Parce que leur histoire de dragons, si vous voulez mon sentiment, c'est complètement fumeux, et j'y ai jamais cru.

— À ma connaissance, vous êtes le seul à apprécier ce bazar à crin de cheval. Dans ma brigade, tout le monde l'avait en horreur.

— Oui, je suis une race en voie de disparition, j'en ai conscience, conclut Jouannic avant de repartir.

Si on continuait à s'entretuer à ce rythme, c'est toute l'espèce humaine qui serait en voie d'extinction, pensa Léon.

Il soupira. Il avait conscience de ne pas s'être fait un ami.

Déjà.

3

Prévôté de la 22e division d'infanterie, Albert, Somme, 6 avril 1915

« Ouvrez des écoles, et vous fermerez des prisons », disait Victor Hugo. Léon Cognard était d'accord avec cela. Il avait d'ailleurs été âprement jaurésien et, l'année précédente, il s'était retrouvé fort chagriné par l'assassinat du grand homme, même s'il s'abstenait prudemment de le claironner ; dans son milieu professionnel, une telle prise de position était un peu plus qu'anticonformiste.

Oui, Léon y croyait dur comme fer, à cette phrase de Hugo, et il aurait même pu ajouter : « et vous fermerez les gendarmeries ». Dans cette utopie, se retrouver au chômage technique l'aurait comblé de joie, et probablement alors se serait-il fait instituteur, car pour lui, l'instruction était le moyen d'affranchir le peuple du poison de l'ignorance, source de la misère, elle-même source du crime… et donc de la maréchaussée !

Aussi, l'idée de voir une école fermée et occupée par une prévôté le chagrinait forcément, et il s'enquit de savoir où étaient passés les élèves. Plus de la moitié des habitants avaient quitté la ville, lui avait-on répondu, et leurs enfants avec eux. Beaucoup de citadins qui étaient restés avaient envoyé les leurs à l'abri dans leur famille, loin des bombes. On avait donc rassemblé les effectifs squelettiques qui demeuraient encore à Albert dans une seule école, la plus éloignée du front, quitte à s'asseoir sur la non-mixité, ce qui, pour le coup, n'était pas une mauvaise chose.

Les deux classes de l'école des filles servaient de prison ; celle du rez-de-chaussée, réservée aux hommes, était bien pourvue. Fort opportunément, de larges barreaux de fer forgé scellés dans la pierre garnissaient ses fenêtres, comme si l'on avait craint que des galapiats osent faire l'école buissonnière en plein cours d'arithmétique, et c'était ce qui avait présidé au choix d'y implanter la prévôté. La classe d'en haut, elle, était pour les femmes, qui s'y faisaient nettement plus rares. Il avait été décidé de les mettre là, car on les pensait moins susceptibles de se risquer à prendre la poudre d'escampette en sautant du premier étage, les fenêtres ne comportant, elles, pas de barreaux. Une petite salle de travaux manuels au rez-de-chaussée complétait le dispositif carcéral en faisant office de salle de garde et de repos pour les gardiens de service. En cas de besoin, la remise des instituteurs, située dans le jardin derrière leur logement de fonction, pouvait servir de cellule d'isolement pour les préventionnaires sensibles qui ne devaient pas être mélangés aux autres, tels que les déserteurs ou les espions. Si un mauvais plaisant devait justifier l'usage d'une *cellule de correction*, l'ancien clapier à lapins pouvait faire l'affaire.

À l'école des garçons, la classe d'en bas était le lieu de la popote, centre de la cellule sociale qu'était la prévôté ; le nerf de la guerre. La classe de l'étage servait de dortoir pour les gendarmes. La petite salle de travaux manuels, parfaitement symétrique à son équivalent de l'école des filles, faisait office de bureau du greffe, dans lequel on recevait les dépositions, menait les interrogatoires et écrivait les procédures ; le sanctuaire du maréchal des logis greffier Bellec. La cuisine pour tout ce petit monde était faite dans le logement des instituteurs. Sur les frais de fonctionnement de la prévôté, et avec en supplément une petite participation financière de chacun des gendarmes, on avait loué les talents de cordon-bleu d'une vieille dame du voisinage, Thérèse Dacheux, qui donnait largement satisfaction. Les quartiers de l'officier responsable avaient été installés dans la chambre principale, ancienne chambre nuptiale des instituteurs, alors que le greffier avait mis sa paillasse dans l'ancienne lingerie et que les trois autres sous-officiers se partageaient la deuxième chambre, plus petite. Le salon était une sorte de mess où officier et sous-officiers pouvaient se détendre, mais aussi travailler, particulièrement le soir après la nuit tombée lorsqu'on arrêtait d'alimenter le poêle du rez-de-chaussée de l'école des garçons et que la salle du greffe devenait aussi froide et sombre qu'une cagna de troisième ligne.

En cas de bombardement intensif, on pouvait se replier dans la cave de la maison, assez vaste pour accueillir tout le monde à condition de se tenir tranquille.

Le jardin était en grande partie envahi d'herbes folles, mais quelques gendarmes avaient entrepris d'en défricher et d'en retourner une partie.

Les chevaux avaient été installés sous le préau de l'école des garçons, où les gendarmes avaient aménagé quelques box de fortune avec du bois de palette et des portes de maison récupérées dans les ruines.

Après s'être enquis du sort des élèves, Léon s'inquiéta de celui du couple d'instituteurs qui vivait là avant eux. Le pauvre gars, mobilisé comme aspirant dans l'infanterie, avait été tué dès les premiers jours de la guerre, et sa femme ne désirait plus rester dans cette maison qui lui rappelait peut-être trop de bons souvenirs ; elle avait trouvé à se loger dans l'école où elle avait été réaffectée. Le couple n'avait pas d'enfant.

Cognard avait résolu de ne pas chercher à faire de révolution, surtout en arrivant sur les talons d'un chef aussi estimé que l'était Morvan, mais il ne put s'empêcher de chambouler un certain nombre de choses qui, pour lui, coulaient d'évidence.

Il refusa d'emblée la grande chambre qu'occupait son prédécesseur, et la réattribua aux trois sous-officiers. Ils eurent beau se défendre qu'ils n'étaient jamais plus de deux à y dormir au même moment à cause du service de nuit, le lieutenant demeura intraitable et d'ailleurs ce n'était pas une manière de fausse modestie de sa part : il était vraiment habitué à vivre dans un confort matériel des plus spartiates. Sa chambre ne lui servait qu'à dormir, ce qu'il faisait peu, donc il n'y avait pas à discuter.

Ensuite, il fit modifier le tableau de service des gendarmes à pied, qui établissait jusqu'alors des roulements par quinzaine, afin de passer à des roulements par semaine pour les trois gardiens de prison, les sept employés au service extérieur et les deux employés au transfèrement des prisonniers, et à des roulements par journée pour le planton du quartier général de division.

— Quinze jours à monter la garde devant le castel de ces messieurs de l'état-major qui semblent avoir la gendarmerie en si haute estime ! À ce tarif, le plus étonnant est qu'aucun d'entre vous n'ait encore développé une neurasthénie morbide ! plaida-t-il, tout en ajoutant : La guerre est sans aucun doute dangereuse, mais la routine est mortelle !

Les principaux intéressés accueillirent ces modifications de bonne grâce. La plupart d'entre eux, en effet, ne se bousculaient pas pour être de garde au quartier général.

Le lendemain de son arrivée, en début de matinée, Cognard eut son premier tête-à-tête réel avec le maréchal des logis greffier Bellec.

— J'ai cru entendre quelques hommes vous appeler « Trois Poils » ? commença-t-il.

— Ben oui chef, répondit le sous-officier, un peu gêné, j'étais encore brigadier il y a peu, et vous savez bien ce que c'est, quand on est brigadier on dort régulièrement avec les gars, c'est un peu un grade sans en être un, donc ils vous charrient comme n'importe qui, et vous donnent des petits surnoms, vous voyez ce que je veux dire. Je voulais pas faire mon bégueule et leur interdire de m'appeler Trois Poils sous prétexte qu'on m'a filé un autre chevron, chef, vous comprenez ? Ça l'aurait foutu mal.

— Bien sûr. Mais ça ne me dit pas pourquoi Trois Poils ? À moins que ce ne soit trop… intime ?

— Intime, oh non j'crois pas, chef! s'amusa Bellec. C'est juste qu'ils se paient ma fiole parce que ma moustache, euh, voyez quoi… J'vous fais pas un dessin, vous avez ma trogne en face de vous. Trois Poils, c'est un diminutif de « Trois poils sous l'nez » qu'ils ont fini par trouver trop long.

Léon était précisément en train d'inspecter avec beaucoup d'attention le visage de son greffier, à la recherche de la moindre imperfection… Il allait passer des heures en sa compagnie, c'était son poste qui le voulait. Dans son cas, cela pourrait être catastrophique. La prévôté pourrait imploser, ce qui provoquerait une rébellion d'opportunité dans toute la division, qui par contagion toucherait les autres divisions et se transformerait en mutinerie générale, laissant libre cours à une offensive victorieuse des Boches, et on perdrait la guerre, rien de moins. Tout ça pour un furoncle!

Fort heureusement, rien de grave à signaler. Il avait l'arête du nez très fine, des traits assez gracieux et presque féminins et il était blond jusqu'aux sourcils. Il faisait bien plus jeune que ses trente ans.

Avec un peu de retard, lié à cet examen minutieux, Léon se mit à rire. Sans se forcer, d'ailleurs : l'autodérision, il aimait cela. Le greffier se sentit en confiance et poursuivit :

— Vous me faites même pas le numéro de « n'empêche Bellec, faudra assumer votre grade si un jour c'est nécessaire! Ne soyez pas trop proche des hommes, Bellec! » ?

— Non, ce serait une perte de temps, car vous en êtes incapable, je l'ai vu au premier coup d'œil. Vous resterez quoi qu'il arrive dans la complicité avec eux, autant en prendre mon parti plutôt que de m'époumoner en pure perte. À moi de faire en sorte que cela ne devienne pas de la duplicité.

— Je suis pas complètement sûr de savoir ce que c'est, chef.

— La duplicité, c'est le double jeu. Vous joueriez avec moi contre eux parce que je suis votre supérieur et que vous n'avez guère le choix, mais vous joueriez aussi avec eux contre moi pour ne pas perdre leur estime.

Bellec grimaça.

— C'est pas trop mon genre, chef.

— Bien sûr, je ne dis pas le contraire. Et d'ailleurs, si une telle chose arrivait, ce serait ma faute. Cela voudrait dire que je serais resté en dehors de ce groupe, que je n'aurais pas réussi à en faire partie, voyez-vous ?

— Je comprends, acquiesça le greffier.

— L'ironie, c'est qu'en temps de paix, vous n'auriez jamais eu cette promotion à cause de cette complicité. Et cela aurait été un tort. Comme quoi, la guerre peut faire de bonnes choses également.

— Pourquoi ça aurait été un tort, chef?

— Parce qu'un sous-officier qui est dans la connivence avec ses subalternes est tout aussi utile qu'un sous-officier qui a compris qu'il ne doit pas l'être. Et si j'ai besoin d'une poigne de fer, je m'adresserai à Jouannic. J'ai deux atouts maîtres dans ma manche.

— Vous êtes… pas commun, chef.

— On me l'a déjà dit.

— Puisqu'on est dans les confidences… vous pouvez pas porter ça, chef, c'est pas possible.

Il montrait du doigt son uniforme réglementaire d'officier de gendarmerie en campagne, bleu foncé avec ses parements écarlates, ses gros galons dorés autour des manches, ses épaulettes et ses retroussis rouges.

— Sûr que ça en jette, continua le greffier. Seulement, c'est bien beau de vous être fait noircir les boutons à l'acide, mais pour la discrétion du reste, et surtout l'adaptation aux euh… conditions d'ici, ça laisse encore à désirer. Votre vareuse, elle ressemblera à une guenille délavée en moins de quinze jours, croyez-moi, sans compter les poilus qui vont se payer votre ganache à chaque coin de rue, sauf vot' respect.

— Ça aussi, vous croyez que c'était du bizutage ? demanda Cognard, pensif.

— Je pense pas. Tout change tellement vite, tout le temps. On s'adapte, on fait ce qu'on peut. On est tous des bizuts, dans ce merdier, chef. Sauf vot' respect.

Léon hocha la tête.

— On va trouver une tenue de drap bleu clair et vous l'arranger, poursuivit Bellec. Je vais récupérer vos grenades sur l'ancien (il faisait allusion aux grenades blanches réglementaires cousues sur le collet). Je me débrouille en couture. À la maison, c'est moi qui couds, c'est pas ma femme. Elle a pas la patience.

— J'avoue que c'est moi qui les ai cousues sur celui-ci, car je n'ai pas de femme. Elle n'aurait pas la patience.

Bellec éclata de rire.

— Mais je vous en prie, ajouta Léon, faites-le donc si cela vous fait plaisir. Je vous assure que je ne me sentirai pas amoindri dans ma virilité. Moi qui n'étais pas très à l'aise dans cette grande tenue, cela va me décomplexer. Si je comprends bien, l'équipement des gars n'a plus rien à voir avec l'équipement réglementaire. Raison de plus pour ne pas faire la revue de détail que Jouannic voulait !

Le greffier cessa de rire et prit un air ennuyé.

— Justement, c'est bien pour ça qu'il la voulait. Pour que vous puissiez constater qu'on manque de tout, et que vous fassiez les réclamations qu'il faut, chef. On est sapés comme des clochards alors qu'on est censés représenter l'autorité, ça la fout mal. Les poilus de l'avant sont pas mieux lotis, mais comment voulez-vous qu'ils aient la peur de l'uniforme quand l'uniforme est presque aussi rapiécé que le leur ?

Cognard ouvrit la bouche en O et se sentit brusquement comme un pied droit dans un godillot gauche.

— Faut pas vous mettre Jouannic à dos, chef. Il est un peu rigide, mais c'est un brave type. Je l'ai vu arrêter une bagarre entre vingt poivrots rien qu'en poussant un coup de gueule. Ce gars-là, il est né gendarme. Je l'imagine, tout bébé, tétant le sein de sa mère avec déjà un petit képi et une petite moustache. Vous savez, il le dira jamais, mais c'est un vétéran. Il a fait le Dahomey et le Maroc. Il a dû en mater là-bas, des troupes coloniales !

La fenêtre grinça. Un matou tigré et plutôt bien nourri se glissa dans l'interstice qu'il avait lui-même créé et sauta en souplesse sur la table avant d'aller se mettre sur les genoux de Bellec et de venir se frotter à lui en ronronnant. Le sous-officier eut l'air un peu gêné, mais comme son chef ne disait rien et qu'il ne pouvait tout de même pas nier le lien assez évident qui l'unissait à cet animal, il se décida à lui gratter la tête, ce que le chat sembla apprécier.

— Ah te v'là, toi. Alors, la chasse a été bonne ?

Il se tourna vers Cognard.

— On l'a un peu adopté… Pour les rats, vous comprenez ? Des fois il nous en ramène, mais je crois qu'on le paie trop bien, ce poilu. Il mérite pas encore d'être cité à l'ordre de l'armée. Quant à sa blessure de guerre, ça vient pas d'un rat mais d'un autre chat, et j'suis pas sûr que c'était un chat boche. M'est d'avis que c'était plutôt un combat fratricide.

Il faisait allusion au petit morceau d'oreille que l'animal avait perdu.

— Un greffier qui adopte un chat, c'est original.

— On me l'avait déjà faite, chef, sourit le plumitif.

— Ah bon ? Je ne suis pas le seul à être aussi spirituel, ici ? Vous m'en voyez contrit ! Et comment vous l'appelez, votre *greffier* ?

— D'après vous ? Ce sont les gars qui l'ont baptisé…

— Greffier ?

— Voilà, quand je vous disais qu'on me l'avait déjà faite. Mais vous, on peut en parler du nom de votre cheval, chef ?

— Bien sûr. J'en suis assez content. Vous ne trouvez pas que je lui ressemble un peu ?

— À Rossinante ? Je sais pas, sourit Bellec… vous avez pas l'air d'être un mauvais cheval…

Cognard sourit à son tour. Ce petit greffier lui plaisait.

— Je suis un *bourre*[1], l'affaire est entendue, mais pas un bourrin !

Bellec s'esclaffa de nouveau.

— Non, je voulais parler de Don Quichotte, vous l'aviez fort bien compris, précisa Cognard.

— Je ne sais pas, chef, je ne vous connais pas encore assez, mais ne vous avisez pas de me prendre pour Sancho Pança !

Léon éclata de rire à son tour.

— Et pourquoi pas ? Si je ne m'abuse, c'est Don Quichotte le plus ridicule des deux, et heureusement que Sancho est là pour lui remettre les pieds sur terre. Si j'ai appelé mon cheval Rossinante, c'est par pure autodérision. Se moquer de soi-même, c'est fondamental, vous ne trouvez pas, Bellec ? Sans cela, on risquerait d'oublier à quel point on est dérisoire, ce qui serait une erreur. Non, une faute !

— Ridicule, Don Quichotte… je ne sais pas. Je ne dirais pas ça. Plutôt rêveur et idéaliste.

— Ça me va aussi. Alors soyez mon Sancho : ramenez-moi les pieds sur terre quand je divaguerai trop.

— Sancho Pança, d'après mon souvenir, ne pense qu'à se goinfrer, et n'est pas très malin.

— Il est pragmatique, c'est tout ! Ne prenez que la partie du personnage qui vous intéresse… Moi, aucune Dulcinée ne m'attend au pays.

— Celle de Don Quichotte ne l'attendait pas non plus. C'était juste lui qui rêvait.

— Ça aussi, ça me va, répondit Cognard dans un léger sourire, en laissant son regard dériver par la fenêtre.

---

1. Terme péjoratif désignant les gendarmes.

— Sinon, c'est comment alors, là-bas, au pays ? Moi j'ai rien eu le temps de voir, j'ai été envoyé à la prévôté dès la mobilisation.

— Que voulez-vous savoir ? Le récit de la vie trépidante d'un gendarme de l'arrière, c'est cela ?

Bellec hocha la tête.

— Eh bien, tout d'abord, c'est voir partir pour le front la plupart des gendarmes expérimentés et encore frais, et voir revenir à leur place des retraités rappelés au service. Puis, c'est aller surveiller les manifestations antiguerre des socialistes, des syndicalistes et des internationalistes, et finalement se retrouver à faire tampon entre ces braves pacifistes et des contre-manifestants de Camelots du roi[1] et de l'Action française[2].

— Charmant !

— Comme vous dites. J'ai toujours eu une grande défiance pour les foules en tout genre. Vous avez entendu parler de l'histoire des Piémontais ?

— Non.

— Quand ils ont appris la mobilisation générale, des expatriés piémontais de banlieue sont montés à Paris pour manifester leur soutien à la France, leur pays d'accueil. Mais tout ce que nos braves Gaulois va-t-en-guerre ont vu, c'est qu'ils parlaient italien. Et comme à l'époque l'Italie n'avait pas encore proclamé sa neutralité[3], ces imbéciles ont bien failli les lyncher. Non seulement l'intelligence des gens dans une foule

1. Mouvement royaliste d'extrême droite, proguerre.
2. Mouvement d'extrême droite, proguerre.
3. L'Italie faisait partie de la Triplice avec l'Allemagne et l'Autriche-Hongrie. Elle a finalement opté pour la neutralité quelques jours après la déclaration de guerre, avant de se retourner contre ses anciens alliés l'année suivante en rejoignant le camp France-Angleterre-Russie.

résolue ne s'additionne pas, mais je pense même qu'elle se divise.

— Vous savez quand même que les vingt mille péquins qu'on est censés surveiller, non seulement c'est une foule résolue, mais en plus elle est armée jusqu'aux dents ?

— J'en ai pleine conscience, Bellec, rassurez-vous.

— Oh, vous savez, ça me rassure qu'à moitié, hein. À la fin, même le bétail commence à regimber, quand on lui en demande trop…

Un silence assez lourd suspendit la conversation. Greffier le chat en profita pour faire six ou sept tours sur lui-même avant de trouver la position idéale pour se vautrer sur son maître, ce qui amusa les deux hommes.

— Et quoi d'autre, alors, au pays ?

— Eh bien, on nous a demandé de pourchasser les insoumis du canton, totalement en vain. Certains avaient déménagé ailleurs, parfois même à l'étranger, et ce depuis fort longtemps. Quelques-uns étaient morts et enterrés, et refusaient donc obstinément de se battre, les pleutres ! Et pour cause, ils avaient déjà perdu un autre genre de guerre. Nous sommes au XXe siècle, mais l'état civil n'est pas encore une science exacte, dirait-on.

— Ou plutôt, le croisement de l'état civil et des affaires militaires, vous voulez dire.

— Certes. Ils ont interdit la chasse, aussi, alors il a fallu confisquer les fusils. Mais les nuisibles se sont mis à pulluler et les paysans à se plaindre de leurs dévastations, alors nous avons fermé les yeux sur le braconnage. Et puis il a fallu aller sur les marchés pour surveiller les prix, empêcher la spéculation sur les chevaux, le bois, la ferraille, la viande. Traquer le « défaitisme » et les « espions », ou supposés tels, soupira finalement Léon. L'espionnite m'a donné des sueurs froides ; en moyenne cinq dénonciations par jour, élucubrations de déséquilibrés la plupart du temps, sauf une fois où c'était carrément une diffamation par vengeance. Je me suis chargé personnellement du corbeau, qui malheureusement pour lui avait été exempté de justesse du service armé pour une affection assez trouble… Le conseil de révision qui se réunissait la semaine suivante a jugé que, s'il était capable d'une dénonciation calomnieuse, il ne devait pas être si malade que ça et pouvait donc aller se battre.

Bellec grimaça.

— Glorieuse affaire. Vu sous cet angle, je préfère être dans le merdier, chef.

— Et vous comprendrez du même coup pourquoi je voulais y venir moi aussi. D'une certaine manière, celui de là-bas sentait encore plus mauvais.

4

11 avril 1915

Ce matin-là, le fourgon hippomobile n'était pas disponible. Comme souvent, le QG de la division l'avait attribué à une mission sans doute nettement plus importante que le transfèrement de prisonniers pour lequel il était pourtant idéal, et il était inutile et même peut-être dommageable de demander laquelle, alors on s'abstint.

Léon accompagna les gendarmes préposés Bourhis et Geffroy à la prison prévôtale des hommes pour y prendre, au milieu d'une dizaine de poivrots, de pillards et de marchands indélicats, le prévenu Duruy, déserteur, et un prisonnier de guerre allemand isolé que les poilus du 116e régiment d'infanterie avaient capturé au cours d'un coup de main sur un poste d'écoute ennemi, trois nuits plus tôt.

Même si leur profil ne faisait pas d'eux, *a priori*, des candidats à la fugue, les deux hommes furent entravés par de simples paires de poucettes ; l'évasion de prisonniers valait souvent une sévère punition aux gendarmes chargés de leur surveillance. Ainsi tranquillisés,

Bourhis et Geffroy partirent chercher leur bicyclette, et c'est seulement lorsqu'ils revinrent avec celle-ci pliée et accrochée sur le dos que Cognard prit congé pour aller chercher Rossinante.

Quand il fut en vue du box, le gendarme à cheval Tellier était en train de terminer de lui curer les sabots. En voyant arriver son maître, le sémillant hongre dispersa en un geyser les trois litres d'eau qu'il avait gardés dans la bouche, et le malheureux palefrenier en ramassa la moitié sur le dos et à l'arrière de la tête.

— Foutre bordel de merde ! Mais qu'est-ce qui te prend donc, bougre de saligaud ! ?

Trempé comme une serpillière, le gendarme se redressa et fit un geste menaçant en direction de l'animal, mais vit juste à cet instant arriver le propriétaire et se mit au garde-à-vous.

— Pardon, chef. Excusez mon langage, mais c'est pas des manières, ça. Même pour un cheval !

— Je vous en prie, Tellier, vous êtes tout pardonné. Bien au contraire, je vous prie d'accepter les excuses de Rossinante qui ne peut vous les adresser lui-même, ne s'exprimant qu'en cheval.

— Euh… Ben…

— N'y voyez rien de personnel, il fait cela très souvent. J'y ai moi-même eu droit plusieurs fois, avant de le connaître suffisamment par cœur pour pouvoir prévenir la chose avant qu'elle ne se produise. Vous veniez de l'emmener à l'abreuvoir, n'est-ce pas ?

— Oui, chef. Y a pas cinq minutes.

— Voilà. Il a toujours peur de manquer d'eau, je crois, alors chaque fois qu'il boit, il fait des réserves.

Et une bouche de cheval, comme vous pouvez le voir, ça peut contenir un bon baquet.

— Oui, j'ai vu, chef.

— Après, ses réserves, soit il les boit, soit il les crache, pas plus de quinze minutes après, mais quelquefois avant, quand quelque chose l'excite…

— Comme votre arrivée, chef.

— C'est juste. Je ne suis pas psychiatre équin, mais je pense qu'il doit s'agir d'un vieux traumatisme de poulain. En tout état de cause, le mieux est carrément d'éviter de l'approcher dans les quinze minutes qui suivent un séjour à l'abreuvoir.

— Je saurai m'en souvenir, chef.

— Il va de soi que je vous autorise à quitter votre service le temps de vous changer, Tellier.

— Merci, chef.

— Je vous en prie, c'est bien le moins que je puisse faire. Et encore toutes ses excuses.

Pendant ce temps, le maréchal des logis Jouannic était passé à la remise des instituteurs pour y prendre le déserteur récidiviste Guéhenno. Il l'avait attaché à l'étrier de son cheval par la chaîne de ses poucettes, avant de rejoindre Bourhis, Geffroy et leurs deux invités dans la rue, devant la prévôté. Tout cet équipage ne manqua sans doute pas de se poser quelques questions en voyant arriver le lieutenant Cognard réprimandant sa monture comme s'il se fût agi de son fils.

— Il faut toujours que tu te fasses remarquer ! Tu me fais honte, méchant cheval !

Enfin, le petit cortège prit la route du quartier général de la division, qui n'était ni moins boueuse ni moins défoncée que la dernière fois. Jouannic, tout en tenant ses rênes d'une main, commença à bourrer une pipe, l'air renfrogné – à moins que ce ne fût son état naturel ? Il n'était pas d'humeur à lui adresser la parole, en tout cas. Du haut de sa selle, Cognard observa tour à tour les deux déserteurs ; ils avaient une physionomie bien différente. Guéhenno, qui en était à sa troisième désertion, avait l'air impassible, indifférent à tout. Le regard fixe, il semblait comme absent de son propre corps. Duruy, au contraire, avait l'œil rougeoyant d'un homme qui avait peu dormi depuis plusieurs nuits, et peut-être pleuré. Il jetait partout autour de lui des regards de panique et de bête traquée, et même s'il ne disait mot, son âme criait à toute force : « Réveillez-moi par pitié, faites que ce soit un cauchemar ! »

— *Zigarette bitte ?*

Le prisonnier allemand quémandait une tige à Bourhis qui venait de s'en allumer une. Il était plutôt à l'aise dans ses bottes, ce cochon-là. Sans doute le plus détendu des trois transférés, finalement. Et une trogne tout à fait sympathique, au demeurant.

— Ah non, hein, je donne pas mes sèches aux Fritz ! protesta Bourhis. Et puis quoi encore ?

— *Nein*. Pas *Fritz ! Dieter ! Ich heiße Dieter !*

— Mais qu'est-ce qu'il raconte, le Boche ?

— J'crois qu'il dit qu'il s'appelle pas Fritz, mais Ditteur, répondit Geffroy. Il a d'l'humour… ou il est con. Dans les deux cas, tu peux bien lui filer une cibiche, quand même !

— Jamais de la vie ! Qu'y retourne en Allemagne avec ses potes, et je lui filerai tout mon paquet de grand cœur !

— Bah c'est mal parti mon vieux, pour le moment on l'emmène dans la France profonde ! (Il sortit son propre étui à cigarettes et le tendit à l'Allemand.) Allez, tiens mon gars, fume celle-là à ma santé !

— *Danke ! Danke !* fit le Boche en tentant vainement d'attraper la cigarette entre son index et son majeur, gêné par les poucettes.

Finalement, Geffroy en sortit une et la lui colla dans le bec avant de l'allumer.

Quel puissant socialisant que ce tabac ! se dit Cognard. Et quel dommage qu'il n'ait jamais réussi à s'y mettre.

— *Du... Du bist gefangen...* tout seul ? Juste un ? demanda Geffroy.

— *Nein... Zwei. Ich und mein Kamerad Tomas. Kaputt !*

— Ah... Désolé, Ditteur...

— *Ach !* Z'est la guerre ! répondit l'Allemand en haussant les épaules.

Cognard nota que le Boche avait gagné le droit d'être appelé par son prénom à l'instant même où il avait mentionné avoir perdu un copain. L'ennemi ne perd jamais de copains, alors que l'être humain, oui – quel que soit son bord.

Peu après, le petit convoi croisa toute une compagnie du 19e qui montait vers le front en rangs serrés, et se rangea sur le bas-côté pour les laisser passer. Si beaucoup de ces braves Brestois les ignorèrent, certains leur jetèrent des regards peu amènes, et finalement un bidasse osa leur lancer la boutade spéciale gendarmes qui était devenue un grand classique depuis quelques mois :

— Beaucoup de pertes, chez vous, les gars ?

La phrase fut suivie d'une explosion de rires gras et satisfaits. Injurier des gendarmes étant passible d'une sanction disciplinaire pour outrage, comme certains biffins l'avaient expérimenté à leurs dépens, ils avaient fini par trouver une autre manière – imparable, celle-ci – de moquer la maréchaussée en laissant entendre précisément la même chose que ce que disaient les insultes : qu'ils étaient des planqués, ces cognes. Rien qu'une sale bande d'embusqués, ces bourres. Des lâches. Des bons à rien. Des parasites. Le tout arrosé d'une dose palpable de haine traditionnelle bien gauloise pour la flicaille, héritée de la vie civile. Après tout, c'était de bonne guerre.

Faute de mieux, et même s'ils n'en pensaient pas moins, les gendarmes s'étaient habitués à ne rien dire, pour ne pas envenimer les choses ; à faire ceux qui n'avaient rien entendu.

— Bonne chance, les gars ! Faites attention à vous ! lança soudain Cognard à la cantonade en direction du groupe qui venait d'ironiser en bande organisée.

Avec un culot incroyable, il venait de briser l'omerta.

Non, c'était bien mieux que du culot : c'était de la sincérité. C'eût été de la provocation, outrage ou pas, la situation eût dégénéré immédiatement. Mais l'attitude de Cognard et le ton sur lequel il avait déclamé cela, tout en lui transpirait l'honnêteté, la compassion et la sollicitude, et les fantassins le virent et le surent si bien qu'aucun d'entre eux n'osa répliquer quoi que ce fût, à part un jeune homme qui lâcha un timide :

— Merci, mon lieutenant !

En seulement huit mots d'une empathie non feinte, Cognard le cogne avait gagné.

— Vous les avez bien mouchés, chef! constata Geffroy quand les biffins se furent un peu éloignés.

— Allons, ce n'était rien. Juste une petite technique pour éviter les escalades verbales. Du détournement d'attention. Mais je pensais vraiment ce que j'ai dit. C'est indispensable, pour que cela fonctionne.

Le groupe reprit son chemin vers le manoir. Seuls Dieter et Geffroy essayaient de se comprendre avec plus ou moins de bonheur dans un vague baragouin franco-allemand mêlé de quelques mots d'anglais.

— Ça va être votre premier falot[1], chef? dit Jouannic, ce qui était bien davantage une amorce de conversation qu'une question, puisqu'il connaissait déjà la réponse.

Ah tiens, il veut me reparler, se dit Cognard, non sans une certaine satisfaction. *Il a peut-être été impressionné par ma petite intervention, mais ça lui gercerait les lèvres de le reconnaître.*

— En effet, répondit-il. Mais d'après ce que m'a dit le commandant Morvan, ce ne sera pas le dernier. Il semble qu'il y en ait assez souvent.

— Oui. Pour ça j'aimerais pas être à vot' place. Déjà, à la brigade, j'avais horreur de ça, qu'on me convoque au tribunal correctionnel, ou encore pire, en cour d'assises. C'était ma hantise.

— Et pourquoi cela, Jouannic?

— Ben, c'est plus mon boulot. J'ai pas signé pour ça, moi. Je veux bien attraper les malfrats, mais le reste, c'est pas ma camelote.

Spontanément, Cognard lui aurait bien dit qu'il s'agissait un peu d'une manière d'échapper à ses

1. Conseil de guerre.

responsabilités, ou en termes plus imagés, que c'était comme si on emmenait un cochon à l'abattoir, mais qu'on refusait ensuite de manger des saucisses. Mais la comparaison ne lui parut pas très heureuse en présence de deux hommes qui s'apprêtaient justement à passer au tourniquet[1], et ne souhaitant pas de nouveau heurter le vétéran, il s'abstint.

— Vous pensez qu'ils vont me fusiller, mon lieutenant ? demanda le prévenu Duruy d'une voix défaillante.

C'était un gamin de vingt-deux ans qui venait d'avoir son premier enfant et qui avait bénéficié d'une permission exceptionnelle pour rendre visite à sa femme et à son nouveau-né. Il était rentré au corps avec trois jours de retard alors qu'on en tolérait jusqu'à deux sans trop poser de questions, même si cela n'était pas rendu public. Le problème, c'est que, questionné par son officier, il avait prétendu que son train de retour avait été annulé suite à un incident technique et qu'il n'avait pu repartir que le surlendemain. Le deuxième problème, c'est que le chef de corps avait demandé à la gendarmerie de vérifier l'information. Alors on avait télégraphié à la gendarmerie du lieu de résidence de la famille du jeune papa, qui s'était renseignée, et la réponse était revenue, sans appel : le train avait circulé normalement.

— Allons donc, votre concurrent en est à sa troisième désertion, et il est toujours de ce monde, vous voyez bien ! répondit Cognard sur un ton rassurant. Vous n'avez pas abandonné votre poste en présence de l'ennemi. Vous ne l'avez même pas abandonné du

1. Conseil de guerre.

tout, vous êtes juste arrivé en retard. Si vous voulez ma conviction, je suis persuadé que si vous n'aviez pas menti, vous ne seriez même pas passé en conseil de guerre. C'est le mensonge qui les a mis en colère. Croyez-en mon expérience, il vaut toujours, toujours mieux assumer ses bêtises. Mentir ne fait qu'aggraver votre cas.

— Je sais mon lieutenant, je... je sais pas ce qui m'a pris. J'ai... J'ai paniqué. Le pire, c'est que j'étais prêt à partir le jour dit, hein, mais ma femme elle a tant et tant pleuré pour pas que je parte... Je... J'ai craqué. Et du coup le lendemain j'aurais cru que ça aurait été plus facile, mais en fait c'était encore pire ! Oh là là, qu'est-ce que je vais devenir ? Et qu'est-ce qu'il va penser de son père, mon 'tit gosse, hein ?

La voix du gamin s'était chargée, et la fin de sa phrase mourut dans un sanglot étouffé. Cognard dut ravaler son émotion avec sa salive.

— Alors, je suis bien content que vous m'ayez dit cela ici. Voilà un parfait spécimen de pédagogie par l'exemple à ne pas suivre. Tout à l'heure, devant vos juges, vous ferez exactement l'inverse. Tout d'abord, vous laisserez votre femme et votre enfant en dehors de cela. Au contraire, vous direz que vous assumez seul la responsabilité de votre retard et de votre mensonge, même si vous regrettez l'un et l'autre. Vous direz que vous ne cherchez aucune excuse parce que vous n'en avez pas, même si c'est faux. Ne croyez pas que la particularité de votre situation puisse leur échapper : ils ont votre dossier devant les yeux et savent pourquoi vous avez eu une permission. Mais ne pas le mentionner ne pourra que jouer en votre faveur. De même, vous resterez digne, ne verserez pas la moindre larme, promettrez qu'on ne vous y reprendra plus… et tiendrez parole ! Vos juges sont des militaires de carrière, un milieu où l'on célèbre le courage, l'honneur, la vertu et surtout la virilité. On y déteste les gens qui pleurent, qui se lamentent sur leur propre sort, qui laissent entendre qu'une femme ou qu'un enfant peut les empêcher de *faire leur devoir*, ou pire, qui cherchent à faire porter le chapeau à leur épouse. On ne pourrait rêver un plus déplorable effet que celui-ci. Quoi que ces choses-là vous inspirent, faites comme si elles étaient aussi importantes pour vous que pour eux. Au besoin, jouez un rôle de composition.

— Je ne peux pas vous prendre comme avocat, mon lieutenant ?

Cognard sourit.

— Non, mon petit. Vous rencontrerez votre avocat en arrivant au quartier général. Mais je serais surpris qu'il vous dise autre chose que ce que je viens de vous exposer.

— Ben moi je serais quand même surpris qu'il te dise ça comme ça, mon gars, rigola Geffroy. Ou alors, c'est que les choses auraient drôlement changé !

— Et vous, soldat Guéhenno ? Apparemment, vous ne craignez pas de finir au poteau ?

— Pas trop, mon lieutenant. Je fais tout pour ça. Je pars quand mon unité est à l'arrière, pas quand elle est en première ligne, comme ça on ne peut pas me prévenir d'abandon de poste en présence de l'ennemi. Et je pars sans mon fusil, parce que je sais qu'ils aiment pas ça, ceux qui désertent avec leur nougat. Ils ont peur qu'on s'en serve pour piller à main armée, ou pour tuer des gendarmes ou des civils. Alors que moi, justement, je veux plus tuer personne, mon lieutenant.

— J'ai lu votre dossier… Vous avez été cité deux fois !

— Oui, mon lieutenant, mais ça c'était avant. Avant, ma tête voulait bien y aller, mais mon corps, lui, il voulait pas. Ou l'inverse, je sais pas trop. Maintenant, y en a plus aucun des deux qui veut. Ça sert à rien. On meurt, on meurt et on n'avance pas. Depuis l'attaque d'Ovillers, c'est fini pour moi. D'ailleurs, depuis ce jour-là, c'est fini pour tous les bons copains, mon lieutenant. De mon escouade, il en reste plus que trois, et c'est que des cons. Alors, je suis parti, voilà. La première fois, ils m'ont mis deux ans de travaux forcés, mais ma peine a été suspendue. J'comprends, hein. Y a plein de gars qui aimeraient mieux les travaux forcés que la guerre, à cause que le bagne ça peut pas être pire que cette merde, parce qu'y peut pas y avoir pire, alors ils suspendent les peines pour pas donner des idées. La deuxième fois, ils m'ont mis cinq ans, et aussitôt ils ont encore suspendu la peine. Là, ils vont ptêt me mettre dix ans, mais ils me renverront au billard quand même. C'est pas grave, je partirai encore. Et s'ils me reprennent, j'aurai encore des travaux forcés suspendus et je partirai encore. C'est fini pour moi, mon lieutenant.

— Vous jouez avec le feu, Guéhenno. Ils pourraient finir par perdre vraiment patience et vous passer par les armes pour faire un exemple.

— Tant pis, mon lieutenant. C'est fini pour moi, c'est tout.

— Et si vous vous en sortez vivant, ils appliqueront votre peine après la guerre. Je vous rappelle qu'elle n'est que suspendue !

— Vous comprenez pas, mon lieutenant… Je sais bien tout ce que vous dites, mais je choisis pas. Je choisis plus rien du tout. C'est fini pour moi, mon lieutenant, termina-t-il sans un brin d'émotion dans la voix, avec une placidité pathologique.

Sur ces entrefaites, le groupe arriva au quartier général. Les deux déserteurs furent introduits dans le bureau de leur avocat, tandis que Dieter était emmené pour interrogatoire dans celui du colonel Testard. Geffroy et Bourhis furent renvoyés à la prévôté sur leur bicyclette après avoir demandé à quelle heure ils devaient revenir. Cognard leur donna une heure volontairement très tardive, car il avait la ferme intention de revenir seul avec les préventionnaires pour éviter aux deux gendarmes un voyage retour à pied.

Cognard attendait le conseil de guerre auquel il devait assister.

Jouannic, lui, attendait le retour du prisonnier de guerre allemand, qu'il devait ensuite transférer à la gare d'Albert pour le confier à des gendarmes du 11e corps d'armée. Ces derniers venaient le chercher en train pour le conduire au camp de regroupement, avant son transfert dans un camp de prisonniers de l'intérieur.

C'est ainsi que les deux prévôtaux se retrouvèrent seuls ensemble dans la cour devant le manoir. Léon estima que le moment était opportun pour revenir sur sa prime maladresse, alors que le sous-officier était en train de curer son inséparable pipe.

— Jouannic, je vous dois des excuses.

— Pourquoi ?

— Eh bien, vous savez… Pour le jour de mon arrivée.

Jouannic leva le nez vers son interlocuteur, abandonnant un instant le nettoyage de sa bouffarde.

— Ah ben ça, il aura fallu attendre un demi-siècle pour que je voie ça !

— Quoi donc ?

— Un officier qui s'excuse auprès d'un type moins gradé.

— Même au Dahomey et au Maroc ? tenta Léon.

Il jouait la carte séduction de l'officier qui s'est intéressé au dossier de son subalterne.

— *Surtout* au Dahomey et au Maroc, précisa sèchement Jouannic, sans autre commentaire.

— Eh bien, vous voyez, tout arrive. C'est tout moi, ça ! Je peux m'excuser auprès d'un enfant ou d'un chien, mais je m'obstinerais à envoyer le général Joffre sur les roses si je m'estimais dans mon bon droit.

— Vous devriez pas.

— Quoi donc ?

— Vous excuser. Un officier, ça s'excuse pas, même quand ça fait des conneries. Ça assume.

— Je ne vous comprends pas. S'excuser, c'est assumer, justement, non ?

Le maréchal des logis rentra sa pipe dans la poche intérieure de sa vareuse, renonçant pour le moment à la remplir pour la rallumer. Il soupira.

— Sauf votre respect, vous êtes pas fait pour être officier. Beaucoup trop gentil.

— En fait, vous n'êtes jamais content, Jouannic ! observa Cognard avec un certain dépit.

— J'suis pas payé pour être content, chef.

Le prévôt haussa les épaules, hésita à abandonner la partie. Finalement, il soupira à son tour et relança :

— Bon, alors pourquoi je suis trop gentil, selon vous ?

— Permission de parler librement, chef ?

— Absolument. J'y tiens.

— Vous avez été beaucoup trop gentil avec Duruy. Il fallait lui dire qu'il risquait gros, lui coller les foies blancs, pour que ça lui serve de leçon.

— De mon point de vue, la leçon avait déjà porté. Il n'y avait qu'à voir sa tête. L'autre m'inquiète bien davantage.

— Mais même l'autre, quand vous lui avez parlé, on n'aurait pas dit que vous étiez un officier, on aurait dit que vous étiez son paternel ! Quand vous avez parlé à ces gars du 19e, c'était pareil ! En fait, on dirait que vous êtes le père d'un peu tout le monde, chef. Même de votre cheval. Mais un papa, ils en ont déjà un. Ce dont ils ont besoin, c'est d'un chef, chef.

— Précisément, ces gars du 19e, la plupart d'entre eux, je pourrais être leur père, Jouannic... tout comme vous, d'ailleurs ! Je suis ravi que vous ayez une vision aussi positive de la fonction paternelle, et je vous envie. Ça se voit que vous n'avez pas connu le mien.

Ulcéré pour la première fois depuis son arrivée, Cognard préféra rentrer dans le manoir et aller poireauter dans la salle d'attente du conseil de guerre plutôt que de chercher encore à communiquer avec ce vieux bougon.

Quand il sortit, deux heures plus tard, il était en compagnie des prévenus fraîchement condamnés. Duruy, qui avait suivi à la lettre les conseils de Léon, avait pris deux ans de travaux forcés avec sursis et son visage affichait un légitime sourire de soulagement. Guéhenno, quant à lui, avait écopé de dix ans de travaux forcés, peine aussitôt suspendue comme prévu, et se montrait tout aussi impavide qu'avant son procès. Il était bien difficile de savoir ce qu'il avait dans la tête.

— Bon, je vous ramène tout seul, les gars. Je n'ai pas envie de déranger mes gendarmes pour cela. Je peux vous retirer les poucettes ? Vous allez vous tenir tranquilles ? Vous seriez plus à l'aise pour marcher.

Alors que Duruy accepta avec joie, tout en se confondant en remerciements, Guéhenno resta totalement immobile et muet.

— Eh bien Guéhenno, qu'y a-t-il ? Je ne peux pas vous faire confiance, mon garçon ?

— Je vous l'ai dit, mon lieutenant, que je me barrerais encore…

Les épaules du prévôt s'affaissèrent dans un moment de découragement.

— Mais pas maintenant, continua le déserteur. Vous avez ma parole, à cause que vous avez été gentil avec moi. Et pour moi ça n'a pas de prix, mon lieutenant. Alors je veux pas vous créer de problèmes.

5

27 avril 1915

La popote, c'était deux fois par jour, matin et soir, et à l'arrière comme à l'avant, c'était sacré. Les pupitres d'élèves étant fort peu pratiques pour y poser plats et assiettes, on les avait sortis et empilés dehors où ils étaient maintenant en train de pourrir. Lors de la pénurie de charbon du mois de décembre, certains d'entre eux, c'est triste à dire, avaient servi de bois de chauffage. Dans le réfectoire improvisé, on les avait remplacés par de grandes planches chinées çà et là, posées sur des tréteaux fabriqués maison – les gendarmes n'étaient pas les bricoleurs les plus manchots, habitués qu'ils étaient en temps de paix à subvenir eux-mêmes à pas mal des besoins de leurs casernes souvent vétustes. On avait même dégoté quelques nappes, certes dépareillées, mais qui donnaient un peu plus d'allure au couvert.

Les repas obéissaient à un cérémonial officieux qui était à peu près le même en temps de guerre qu'en temps de paix. D'abord, le chef prenait la parole, les hommes étant debout à la place qui leur était assignée autour de la table. Comme c'était le seul moment de la journée où tous les gendarmes étaient rassemblés au même endroit, à l'exception des gardiens de prison de service, il transmettait d'abord les informations du jour, les circulaires et autres recommandations, ou rappelait quelques préconisations déjà en cours. Ensuite, il était de coutume qu'il finisse par quelque bon mot, avant de donner à ses subalternes l'autorisation de s'asseoir et de commencer à se restaurer. Le repas proprement dit était souvent joyeux et les blagues potaches, voire égrillardes, étaient dispensées sans compter, y compris devant sous-officiers et officier, car il était communément et tacitement admis que l'on pouvait se montrer plus familier avec eux durant les agapes, à condition de ne pas dépasser certaines limites.

Chacun avait conscience que la table était bien fournie en comparaison de celles des autres troupes. Outre le fait qu'ils étaient des militaires de carrière un peu moins mal payés que les conscrits, ils bénéficiaient surtout d'une générosité notable de la part des civils. Si les fantassins ne se fussent pas privés du moindre croûton de pain rassis, même à la vue d'un cogne souffrant d'inanition, les riverains, en revanche, étaient bien souvent prodigues envers la maréchaussée. C'était par exemple un débitant de boissons qui souhaitait les remercier d'avoir fermé les yeux sur une ouverture un peu trop prolongée ou un habitant jaloux de son sommeil qui voulait les récompenser d'avoir dispersé un groupe de soldats avinés. Même en échange de rien du tout, les dons affluaient ; ici un poulet ou une douzaine d'œufs, là une bouteille de prune. Après tout mieux vaut prévenir que guérir, et en cas de pépin, avoir les gendarmes avec soi que contre soi. Tout cela mis bout à bout, il était probable que certains jours, l'on mangeait mieux à la table de la prévôté qu'au mess du quartier général de la division.

Cognard, depuis son arrivée, s'était approprié le rituel d'une façon toute personnelle, et chacun de ses discours de popote était attendu avec curiosité pour les uns, avec appréhension pour les autres, mais en tout cas jamais avec indifférence.

— Messieurs, bonsoir ! Tout d'abord, quelques consignes d'usage. (Il sortit une petite feuille pense-bête manuscrite.) On nous rappelle que nous sommes responsables de la surveillance des corvées de nettoyage, et qu'à ce titre, nous devons empêcher les hommes de brûler la paille usagée, pratique *a priori* fort répandue et qui comporte des risques d'incendie – nous n'avons pas besoin de ça en plus des obus allemands. On nous rappelle également de vérifier que les rues ont été arrosées avant de les balayer, ceci pour prévenir la formation de nuages de poussière visibles de loin, et la dispersion dans l'atmosphère des germes et parasites éventuels. (Il leva les yeux de sa feuille.) Bon, avec le temps qu'il fait, je pense que l'on peut surseoir à cette consigne pour le moment, d'ailleurs pour nettoyer les rues il vaudrait peut-être mieux une pompe ou une écluse plutôt qu'un balai…

Quelques ricanements émaillèrent l'assemblée. Léon attendit qu'ils soient retombés pour reprendre.

— Autre point que l'on nous demande de considérer avec toute la rigueur qu'il exige, et d'avance, je vous demande de m'excuser d'avoir à aborder ce sujet juste avant de manger : il est *in-ter-dit* d'aller à la selle en dehors des feuillées dûment répertoriées sur la carte *ad hoc* de l'état-major de division. Autrement dit, tout militaire surpris à satisfaire un besoin au milieu des récoltes devra être puni, et là j'approuve cette directive fermement après avoir constaté malgré moi et à plusieurs reprises les conséquences de cette habitude répugnante.

Des gloussements se firent entendre là encore, mais plus discrets que la fois précédente, car le lieutenant n'avait pas l'air de rigoler.

— Messieurs, j'en ai fini pour les consignes. Cela fait maintenant un peu plus de trois semaines que je vous ai rejoints. (Son ton se fit plus solennel.) Chaque jour, quand nous nous retrouvons ici pour partager notre repas, je me demande à quoi me fait penser cette scène. Oh, rassurez-vous, elle ne me fait pas penser à la Cène, sans s. Non, elle me fait plutôt penser, à la réflexion, à un repas de famille de bourreaux.

Un léger murmure d'indignation parcourut les rangs. Cognard ne lui laissa pas trop le loisir de grandir.

— Ceci mérite explication, bien sûr, et je sais ce que vous avez envie de me dire : justement, nous ne sommes pas des bourreaux. Vous le savez, il est inscrit en toutes lettres dans le code de justice militaire que les gendarmes ne participent en aucun cas aux pelotons d'exécution, et à plus forte raison, qu'ils ne doivent pas obéir aux ordres éventuels d'exécution sommaire. Je sais que mon prédécesseur s'est illustré en refusant d'obéir à un tel ordre pendant la bataille de la Marne. Grâce lui en soit rendue, il a fait honneur à notre arme.

Il parcourut les mines des gendarmes et constata qu'elles étaient rassurées. Il reprit :

— Autrefois – et je crois savoir que c'est encore un peu le cas aujourd'hui pour monsieur Deibler[1] et sa famille, même s'il est maintenant le seul en France à exercer ce métier –, les bourreaux étaient tenus à distance de la vie sociale et considérés comme des pestiférés en raison de croyances et de superstitions stupides. Face à cette injustice, ils n'avaient pour seule ressource que de rester dans l'entre-soi. C'est la raison pour laquelle les fils de bourreaux ne pouvaient devenir que bourreaux, et les filles de bourreaux étaient souvent mariées à d'autres bourreaux. Bon, comparaison n'est pas déraison : rassurez-vous, je ne suis pas en train de vous dire que les gendarmes sont consanguins... Toutefois, si je demandais à ceux d'entre vous dont le père était gendarme de lever la main, je pense que ce serait assez édifiant.

Un murmure parcourut de nouveau l'assemblée, qui ressemblait bien à de l'approbation.

— Mais revenons à nos moutons : pour compenser cette forme d'ostracisme, les bourreaux bénéficiaient d'un certain nombre de passe-droits ou d'avantages que l'on appelait, en ce temps-là, des privilèges. Parmi les plus célèbres, il y avait le droit de havage, qui consistait à prendre une poignée de marchandises gratuitement à tous les commerçants du marché. Les camelots n'appréciaient guère, mais ils n'avaient pas le choix. Toujours est-il que la table des bourreaux avait la réputation d'être bien dotée. Je pense que vous

1. Anatole Deibler, exécuteur en chef des arrêts criminels pour la France métropolitaine de 1899 à 1939.

voyez où je veux en venir, mais attention, là encore, comparaison n'est pas déraison, et je ne dis pas que nous extorquons ces bienfaits à nos hôtes… Non, bien sûr, ils nous les donnent *de bon cœur*.

Il suspendit quelques instants son discours pour ménager son effet.

— Je termine mon histoire, car vous devez avoir faim : les bourreaux étaient méprisés et montrés du doigt en raison de leur métier « indigne », qu'il fallait pourtant bien que quelqu'un fasse ! Partout, on refusait de leur parler ou de les côtoyer, mais en contrepartie de cette « infamie », ils mangeaient mieux que le commun des mortels, ce qui n'était sans doute que justice. Je ne renie pas cette parenté, même s'il ne s'agit que d'une ressemblance, c'est pourquoi vous ne me verrez jamais vous ôter le pain de la bouche. Vous l'avez mérité, et continuerez à le mériter… du moins, tant que vous accepterez aussi la part d'infamie que comporte votre mission ici.

Le silence était total.

— Si le banquet – tout étant relatif – ne me pose pas de problème, je suis beaucoup plus réservé concernant les libations. Après avoir bien observé les choses durant ces trois semaines, j'ai considéré que la quantité de vin absorbée par certains d'entre vous n'était pas compatible avec les exigences de votre mission, c'est pourquoi j'ai demandé à madame Dacheux de diviser les rations par deux. Ce ne sera donc pas à elle qu'il faudra vous en prendre, mais à moi.

Il leva son verre rempli d'une eau limpide.

— Messieurs, à notre santé et à celle de nos poilus. Vive la France !

— Vive la France ! reprirent en chœur tous les prévôtaux.

— Je pense que ce soir, madame Dacheux s'est encore surpassée. Elle nous a préparé, je crois, une sorte de suprême de poireaux…

— D'él flamique à poérions à l'crinme avuc des pinmes éd'terre ! corrigea la cuisinière qui venait d'arriver derrière lui avec une marmite fumante.

— Certes. Je trouvais que « suprême » faisait un tantinet plus gastronomique, mais va pour la « flamique à pouérions ». Messieurs, asseyez-vous, et bon appétit !

En cet instant, plus que celui de la flamiche, c'était l'énorme poireau que la veuve Dacheux avait sur le menton qui préoccupait Cognard. Cette excroissance hideuse, ce pédoncule brunâtre et obscène auquel s'accrochait un bouquet de trois poils noirs épais comme du crin de cheval ! La seule vision de ce cauchemar était pour lui un traumatisme chaque jour renouvelé qui le rendait anxieux, de sorte qu'il préférait éviter de la regarder bien en face, tout en ayant conscience qu'elle finirait par s'en rendre compte et par en prendre ombrage.

— Trinquer avec un verre d'eau… vache ! Tout se perd. Mon vieux aurait été là, il aurait préféré quitter la salle, de peur que ça lui porte la poisse ! s'amusa Bellec, qui ne faisait pourtant pas partie de ceux qui manquaient de tempérance.

— Oui, mais les temps changent ! répondit simplement Cognard.

— Vous êtes *muselumam* comme les turcos[1], chef ? rebondit le gendarme Bodiguel qui était à la même

1. Tirailleurs algériens.

table que le lieutenant et son greffier. C'est pour ça que vous buvez pas ?

En principe, il n'y avait pas de simplets dans la gendarmerie. La dictée obligatoire du recrutement écartait de fait la plupart des crétins congénitaux, mais il existait tout de même quelques exceptions, et le gendarme Bodiguel n'était pas loin d'en être une.

— Non, Bodiguel, ce n'est pas du tout religieux. Je n'ai aucun goût pour le vin, c'est tout. En bon Breton, je préfère le cidre. Je reste sobre, mais je ne suis pas abstinent.

— Ah, madame Dacheux, cette flamiche, quel délice ! Vous êtes une mère pour nous ! s'exclama le gendarme Flohic.

— Tu t'tais don, éj sus pas tin mére ! Si min t'chiot i savot qu'éj foaisoais à minger à ches gindèrmes, i m'pèrleroait pu !

Le « tchiot » en question était biffin sur le front de la Meuse, et il appréciait sans doute fort de recevoir de sa vieille maman quelques colis de douceurs qu'elle pouvait se permettre de lui envoyer grâce à la générosité de ses rationnaires à képis. Tout le monde en était conscient, elle la première, mais c'était devenu un jeu bon enfant dont ils se faisaient complices que de lancer des compliments endiablés (et mérités) à la vieille Picarde et d'attendre avec gourmandise ses répliques au vitriol, d'ailleurs largement mises en scène.

— Dites donc, chef, reprit Bodiguel, je repensais à ce que vous nous expliquiez tout à l'heure par rapport aux latrines… C'est que des fois, les gars ils ont la cagasse et ils ont pas le temps d'y arriver, aux tinettes, alors dans ces cas-là, on fait quoi ? On les amène à la prévôté avec la merde au cul ?

Cognard mâcha longuement et ostensiblement le morceau de flamiche qu'il avait dans la bouche avant de déglutir et de répondre.

— Pourrions-nous aborder ce sujet en d'autres circonstances, Bodiguel ?

Décidément, il faudrait penser à assortir la dictée de quelques questions subsidiaires de culture générale et de bon sens, pensa Léon.

Le repas se poursuivit, sans doute un peu moins joyeux que de coutume. Il avait conscience que son discours sur les familles de bourreaux avait dû en laisser plus d'un perplexe, mais surtout que sa décision unilatérale sur la consommation d'alcool à table n'allait certainement pas plaire à tout le monde. Pourtant, il avait la ferme intention de s'y tenir, et il comptait même s'intéresser de très près à la consommation de vin de certains *entre* les repas.

Alors que le service touchait à sa fin, le brigadier Le Goff, qui était d'astreinte à la prison avec Martin, vint chercher Cognard en s'excusant pour lui parler d'une situation qui à son avis requérait son attention. Ce dernier ne se fit pas prier, lui qui commençait furieusement à loucher sur la verrue que Bodiguel avait sur l'aile du nez, ce qui lui avait d'ailleurs coupé l'appétit. Il suivit le gardien-chef de prison en se disant qu'il devrait se débrouiller pour trouver le prétexte à quelques changements de places à la popote pour se soustraire aux questions et à la vue de cet abruti.

— Alors que se passe-t-il, Le Goff? demanda-t-il dès qu'ils furent dans le couloir.

— Eh bien, en fin d'après-midi, Bourhis et Flohic ont intercepté une femme sans laissez-passer. Ils ont voulu la ramener gentiment de l'autre côté de la ligne de démarcation[1], mais elle a refusé, alors ils ont voulu la forcer un peu, mais gentiment, hein ! Vous connaissez Bourhis et Flohic, c'est franchement pas des mauvais bougres… Seulement, elle s'est débattue, elle a hurlé, elle a piqué une vraie crise d'hystérie, tant et si bien qu'ils ont été obligés de l'entraver et de la boucler, chef.

— D'accord. Et donc ?

— Ben, maintenant qu'elle est un tout petit peu calmée – je dis bien un tout petit peu ! – j'ai réussi à discuter avec elle, et ce qu'elle voulait, c'était venir sur la tombe de son mari qui s'est fait avoir dans le coin en janvier, mais jamais les autorités militaires ont voulu lui donner de sauf-conduit, et c'est pour ça qu'elle est venue sans autorisation. En plus, comment dirais-je ? Elle détonne un peu au milieu des autres prisonnières, si vous voyez ce que je veux dire, et je voudrais pas qu'on ait d'ennuis, chef.

Les autres détenues étant deux putains et une cambrioleuse, il ne voyait que trop ce que Le Goff voulait dire.

— Vous avez très bien fait de venir me chercher, brigadier.

Le temps de se mettre au courant, il était passé d'une aile du bâtiment à l'autre et un beuglement mâle et furieux résonna dans le couloir.

1. C'est ainsi qu'on appelait la frontière entre la zone des armées, sous contrôle militaire (où la police était exercée par la prévôté, et la justice par le conseil de guerre), et la zone intérieure, sous contrôle civil. Les civils non-résidents de la zone des armées n'avaient pas le droit d'y entrer sans laissez-passer ou sauf-conduit, et le couvre-feu y était appliqué la nuit.

— Quels sont donc ces hurlements ? Si c'est votre prisonnière, elle a la voix rauque !

— Oh ça, c'est un biffin du 118e que Jouannic a ramené tout à l'heure. Il est complètement soûl.

— Ce n'est pas une raison pour le laisser rameuter tout le voisinage, voyons… Allons-y. Notre bourgeoise attendra cinq minutes de plus.

Ils arrivèrent dans la salle de garde. Martin était en train de déguster avec volupté sa part de *flamique à pouérions* de la mère Dacheux. Visiblement, les hurlements du prévenu ne lui coupaient pas l'appétit.

— Eh bien, Martin, vous n'avez pas peur que ce brave homme réveille les morts ? Vous savez, il commence à y en avoir pas mal, dans le coin !

— S'cusez chef, mais y a rien à faire pour qu'y la ferme, j'ai tout essayé. Alors je m'dis qu'y finira bien par s'fatiguer.

Cognard observa avec acuité les joues du planton, aussi trouées d'entonnoirs que le *no man's land*, et se surprit à se demander s'il pouvait y avoir une corrélation entre le fait d'avoir le visage dans un tel état de délabrement et cette extrême passivité.

— Les procédures disciplinaires appliquées aux prisonniers récalcitrants, Martin, ça vous dit quelque chose ?

— Ben…

Cognard laissa le gardien tout à sa gêne, avec sa fourchette en suspension, mais sans oser ni la reposer ni la mettre dans sa bouche, et se consacra à écouter les criardes récriminations du prisonnier.

— Tu m'as pété le nez, salop'rie d'cogne ! Embusqué ! Fils de pute ! La prochaine fois, viens donc avec moi en ligne, quand j'aurai mon fusil, fffffffumier ! Et là on verra si tu joues encore les gros bras, mon bourre ! Mais ça risque pas d'arriver, hein, pas vrai ? Parce qu'en ligne, t'y vas jamais, tu chies trop dans ton froc ! Nan, toi tu préfères rester à l'arrière avec les cantinières et taper sur les poilus désarmés qu'ont juste un p'tit coup dans l'nez ! Lâche !

— C'est un fait qu'il a un coffre extraordinaire ! J'espère que son unité a pensé à l'utiliser comme clairon ! admira Cognard.

— Pour le clairon, c'est plus un bon coup d'langue qu'y faut, plutôt qu'du coffre, chef.

— Merci pour la culture musicale, Le Goff. Je confesse quelques lacunes en fanfare, je préfère Fauré et Ravel. Et c'est quoi cette histoire de nez cassé ? demanda Cognard en consultant le registre d'écrou. Après qui il en a ?

— Ben, en fait, dit Martin qui avait enfin reposé sa fourchette, le patron de l'Arlequin a vu qu'il était gris, il a voulu arrêter de le servir et ça lui a pas plu. Il a fait de la casse dans le zingue et y a Jouannic qui passait à cheval dans le coin et qui est allé le cueillir. Ce taré a levé la main sur Jouannic, chef, rendez compte ? Il devait vraiment en tenir une bonne ! Autant mettre sa tête dans la gueule d'un croco qu'a rien becqueté depuis trois mois.

L'image fit sourire Cognard.

Il frappa sèchement la porte de la classe que le poivrot était en train de martyriser depuis tout à l'heure, et le héla.

— Soldat Meignen, vous m'entendez ? Ici le lieutenant Cognard, prévôt de la 22e division ! Vous avez de la chance dans votre malheur, le gendarme qui fait la cuisine ici est un véritable cordon-bleu. La cellule est spacieuse, chauffée par un poêle agréable et devrait vous rendre nostalgique de vos années studieuses passées sur les bancs de la communale. Essayez donc de voir la bouteille à moitié pleine – voilà une métaphore qui devrait vous parler, n'est-il pas ?

Le Goff pouffa de rire dans sa main.

— Vot' cogne pourri m'a pété le nez, et vous vous foutez encore de ma gueule ! rugit Meignen.

— Pas du tout ! Au contraire, je suis en train de vous dire que si vous vous calmez, il y a de la flamiche aux poireaux pour vous. Par contre, inutile de vous dire que ce sera servi avec de l'eau.

Le Goff étouffa de nouveau un rire sur son avant-bras, Martin n'osa pas trop.

— En revanche, si vous continuez à assommer ainsi vos geôliers et vos codétenus, que je plains sincèrement, c'est privation de nourriture autre que le pain pendant trois jours, mise en cellule de correction jusqu'à sept jours, et là c'est sans chauffage. Et si vous remuez trop par peur de prendre froid, je vous fais entraver. Ne vous inquiétez pas si mes menaces vous semblent un peu scolaires, mais vu l'endroit où nous sommes, c'est de circonstance, et pour tout vous dire je profite de l'occasion pour remémorer au gendarme Martin les articles du code de justice militaire sur les prisonniers récalcitrants.

Le Goff dut sortir de la salle de garde pour qu'on ne l'entende pas rire, Martin se décomposait sur place.

— Mais j'ai mal ! J'ai l'nez pété, j'crois ! geignit Meignen.

Cognard se retourna vers Martin.

— Vous l'avez examiné, au moins, avant de l'écrouer ?

— Oui, chef. Il saigne du nez et il a un beau coco, mais il s'en remettra.

Léon acquiesça et se retourna vers la porte.

— La priorité du poste de secours, ce sont les blessés au front, pas les alcooliques en goguette. Vous devez d'abord vous dégriser, et ensuite nous verrons si une visite médicale s'impose. Pas avant demain matin, en tout état de cause. Alors prenez votre mal en patience et bon appétit, le repas sera servi dans dix minutes.

Il s'empara du billet d'écrou et lut les charges à mi-voix :

— « Ébriété sur la voie publique, vandalisme, outrage et voies de fait sur un dépositaire de l'ordre public » … Le Goff ?

— Oui, chef ?

Le gardien-chef était revenu, ayant réussi à reprendre son sérieux.

— Retirez « voies de fait » et mettez « rébellion » à la place.

— Mais c'est lui qui a commencé, chef, y a des témoins !

— Oui, mais visiblement, c'est quand même surtout Jouannic qui a *fini*… Bon, on va la voir, cette prisonnière particulière ?

Quand Cognard entra dans la pièce du haut, les deux filles à soldats et la cambrioleuse étaient en train de manger avec appétit sur les pupitres qui avaient été laissés dans un coin. Mathilde Le Corre – c'était le nom qui figurait sur le registre d'écrou – était debout, immobile, enveloppée dans son châle devant la fenêtre, où il n'y avait d'ailleurs pas grand-chose à voir, car la nuit était tombée. Elle n'avait pas touché au contenu de son assiette.

Le prévôt salua la dame et se présenta. Elle se retourna. Elle était assez jolie, mais pâle comme une morte, avec les traits tombants de chaque côté de sa petite bouche, et les yeux rougis. Il y avait, dans ces yeux, un je-ne-sais-quoi à la frontière de la révolte et du désespoir qui fit immédiatement comprendre à Léon qu'il allait devoir redoubler de tact pour tenter de démêler cette affaire.

— Vos soudards m'ont littéralement jetée au cachot comme une criminelle ! Ah, voilà comment la France traite ses veuves de guerre !

— Hélas madame, il y en a tellement des comme vous. Je crains que la France soit un peu dépassée par ses veuves et ses orphelins.

Il va falloir que tu trouves mieux que ça, mon Léon. C'est bien connu, les gens qui sont dans le malheur se moquent complètement de celui des autres. L'empathie est réservée à ceux qui vont bien – et encore !

— C'est une honte, vous m'entendez ! ? s'énerva-t-elle. Mon mari est mort pour la France ! On me refuse d'aller me recueillir sur sa tombe, et en plus on m'emprisonne avec ces… ces traînées ! On ne m'épargnera donc aucune humiliation ! Je me plaindrai ! J'en appellerai au président Poincaré s'il le faut !

L'une des « traînées » en question se leva d'un bond en faisant trembler les assiettes sur le pupitre et brandit le poing vers la jeune veuve.

— Qu'est-ce qu'elle a, la pimbêche, là ? Elle a perdu son marlou, c'est triste, mais c'est pas une raison pour nous traiter comme de la merde. On est des êtres humains, quand même !

— Je vous… Je vous interdis de traiter mon mari de « marlou » espèce de, espèce de…

Elle était dans une telle fureur que Léon commençait à comprendre pourquoi elle avait donné du fil à retordre aux deux gendarmes.

— Espèce de quoi ? fulmina la prostituée. Espèce de putain, c'est ça ? Bah vas-y, dis-le ! Qu'est-ce t'attends ? Tu crois qu'tu seras la première ? Ben ouais, on est des putes, et fières de l'être avec ça ! Chacun fait ce qu'il veut de son cul et les vaches seront bien gardées, la bourgeoise ! Et tu sais quoi ? Je préfère avoir un marlou vivant qu'un mari mort !

Mathilde Le Corre perdit tout contrôle d'elle-même et se jeta toutes griffes dehors sur la prostituée. Cognard ne parvint à l'intercepter que de justesse et dut faire appel au brigadier Le Goff pour qu'il l'aide à la sortir de la classe.

— J'suis contre la violence, moi, dit encore la catin… Y en a déjà bien assez dehors, mais faudrait voir à pas trop me chercher non plus ! Sinon, je suppose que tu veux pas de ta flamiche, la pimbêche ? On peut se la partager ?

Dans le couloir, la tension et la colère qui animaient la femme Le Corre laissèrent la place à l'effondrement. Cognard attendit patiemment qu'elle ait fini de pleurer pour lui proposer d'aller discuter de son problème au greffe. En passant par la popote, il en profita pour prendre Bellec, à la fois parce qu'il aurait peut-être besoin de lui, et parce qu'il ne souhaitait pas que les autres le sachent seul avec une préventionnaire féminine, la rumeur étant plus aisée à ne pas déclencher qu'à faire taire.

Une fois qu'ils furent installés tous trois au greffe, Léon se souvint que cette femme n'avait rien mangé. Il insista pour se rendre lui-même au réfectoire chercher un peu de flamiche et de café, laissant Bellec commencer seul l'entretien et poser les questions d'usage.

— *Excusez-moi d'avoir à dire ce genre de choses à table, mais il est in-ter-dit d'aller à la selle dans les récoltes !* disait un homme sur un ton théâtralement pompeux, juste de l'autre côté de la cloison.

Léon se figea. Les petits plaisantins étaient en train de l'imiter !

— D'aller à la selle ? À la selle de cheval, vous voulez dire ? répondit un autre d'une voix d'idiot.

— Non, ce que je veux dire, c'est qu'il est interdit de… déféquer.

— Aaah, de défourailler ?

— Ou-i. En quelque sorte…

— De débourrer ? De colombiner ?

— Voilà, de chier, quoi !

Évidemment, tout ce beau monde – trois ou quatre gendarmes à ce que Léon pouvait en juger – était en train de se taper sur les cuisses copieusement. Le prévôt sourit. Il était temps qu'il se fît plaisir à son tour. Il rentra dans le réfectoire sans crier gare et les toisa de toute sa hauteur, les sourcils froncés. Le gros Flohic, Guillevic et le gendarme à cheval Jégou, qui étaient restés à se mitonner une petite rigolade à trois après la popote, changèrent de couleur instantanément.

— Messieurs, je pense que vous vous riez de moi. Vous me châtiez donc parce qu'en langage châtié je m'exprime ?

— Ben, c'est que, euh... vous causez un peu... bizarrement, chef, hésita Flohic au bout d'un bon moment.

— Ah, vous voulez dire que je ne jure pas comme un charretier et que je n'émaille pas mes phrases de grossièretés en guise de ponctuation, c'est cela ? Je suis bien aise que cela vous fasse rire. Le rire, c'est important, et vous avez d'autres circonstances atténuantes : tout ce qui a trait aux matières fécales et à leur excrétion est traditionnellement un sujet d'amusement consensuel, et ceci de l'âge tendre jusqu'à l'âge... mûr, si je puis dire.

Le silence retomba. Les trois larrons ne disaient plus rien, s'attendant à une sanction qu'ils n'avaient pas volée.

— C'est vous qui m'imitez, Flohic, n'est-ce pas ?

— Euh... Oui, chef. Mais je vous jure, c'est pas pour...

— C'est assez bien vu. Vous avez du talent.

Il prit une part de flamiche, servit une tasse de café fumant qu'il déposa dans l'assiette et repartit d'où il venait. Dès qu'il eut franchi la porte dans l'autre sens, il s'arrêta et tendit l'oreille.

— *Je suis bien aise que cela vous fasse rire !* repartit Flohic sur un ton guindé.

Et les deux autres gloussèrent derechef. Cognard fit quelques pas en arrière et reparut dans le chambranle de la porte. Les trois comiques se figèrent de nouveau. Cette fois, il ne valait mieux pas pour eux qu'ils eussent la *cagasse*, comme disait Bodiguel, sans quoi ils auraient probablement taché le fond de leur caleçon.

— N'exagérez pas non plus, messieurs ! lança simplement le prévôt d'un air de bon paternel houspillant ses garnements.

Ils hochèrent la tête, livides. Léon disparut de nouveau et rejoignit le greffe. Mathilde Le Corre, calmée, accepta cette fois le café et la nourriture. Les deux hommes sortirent dans le couloir pour la laisser se restaurer.

— Alors, Bellec ? Qu'en est-il ?

— Elle dit vrai, chef. Elle est bien l'épouse du lieutenant Le Corre, commandant la première section de la 2e compagnie du 62e RI, tué le 18 janvier à La Boisselle dans le bombardement précédant une attaque boche. Il est inhumé dans le cimetière provisoire sud-est, allée 5, tombe n° 28.

— Et elle n'a pas eu de sauf-conduit ?

— Non, chef. La division lui a refusé à deux reprises, elle m'a montré les courriers !

— C'est incompréhensible. Combien avons-nous accompagné de ces pauvres malheureuses, ne serait-ce que depuis que je suis arrivé ici ?

— Je sais pas, chef, mais il se passe rarement une semaine sans qu'on en reçoive au moins une. Cela dit, pour madame Le Corre, j'ai peut-être ma petite idée. D'après ce qu'elle m'a dit, elle a fait du grabuge à la division, demandé une enquête ou je ne sais pas trop quoi. Ça n'a pas dû leur plaire. Ils ont dû l'éconduire pour empêcher qu'elle vienne faire du ramdam dans la zone des armées, chef.

— Demandé une enquête, vous dites ?

— Oui. Elle est persuadée que son mari a été assassiné. Par ses propres hommes.

— Allons donc ! Nous voilà bien ! Et la prévôté a-t-elle été informée de ces « soupçons » ?

— Je ne sais pas, chef. Il faudrait regarder dans les archives. C'était le commandant Morvan à l'époque, et je n'étais pas greffier.

Quelques minutes plus tard, Bellec et Cognard entraient de nouveau dans le greffe et retrouvaient la veuve éplorée qui terminait son café et avait repris un petit peu de couleurs.

— Le maréchal des logis Bellec vient de me résumer la situation, madame Le Corre. Vous savez, je ne voudrais pas vous infliger un truisme, mais la guerre est dangereuse. L'immense majorité de nos soldats morts pour la France sont tués à l'ennemi, disparus ou décédés des suites de leurs blessures, la plupart des autres sont victimes d'une maladie contractée ou aggravée en service, et quelques-uns, heureusement rarissimes, meurent accidentellement. Mais de meurtre, madame, je n'en ai encore jamais vu !

Léon avait bien conscience qu'il n'avait que trois semaines d'ancienneté en tant que prévôt, mais elle n'était pas censée le savoir.

— Et pourtant, mon mari a été tué par ses hommes, monsieur, j'en ai l'intime conviction ! Sans quoi je n'aurais pas autant insisté pour obtenir une enquête, répondit la veuve en le fixant droit dans les yeux, le regard inflexible.

— Madame, cette guerre fait en moyenne mille morts par jour. Mille morts par jour ! Vous vous doutez bien que vous n'êtes pas la première à chercher une explication à l'insupportable, mais nous ne pouvons pas nous permettre de faire une enquête pour chaque soldat mort. Sachez que dans notre secteur, à peine plus d'un soldat tué sur deux possède une sépulture connue !

— Donc je devrais m'estimer heureuse, c'est ça ? Je devrais remercier la France d'avoir enterré mon mari sous une croix de bois avec son nom gravé dessus à la va-vite ?

Cognard secoua la tête.

— Non, madame, ce n'est pas ce que je veux dire. Puis-je savoir ce qui vous fait croire que votre mari a été victime d'un meurtre ?

Elle sortit une grande enveloppe de son sac à main et la posa sur le bureau devant elle.

— Voici les fac-similés dactylographiés de plusieurs lettres que mon mari m'a envoyées du front. Je vous les laisse, j'en ai d'autres copies. Votre état-major les a déjà reçues, d'ailleurs. Vous comprendrez en revanche que je conserve les originaux en souvenir de mon époux.

— Merci, madame. Je les lirai. Que disent-elles ?

— Vous jugerez par vous-même, mais il dit très souvent que certains hommes de sa section sont des tire-au-flanc et des bons à rien, qui le haïssent parce qu'il veut les obliger à faire leur devoir alors qu'eux ne songent qu'à sauver leur peau, quitte à exposer les autres. Il dit aussi que certains sous-officiers ne valent pas beaucoup plus cher. Une fois, il dit même qu'il craint pour sa vie. La phrase est restée gravée dans ma mémoire : « Je n'ai pas peur des Boches, ma chérie. Mais finalement, ironie du sort, ce ne sont peut-être pas eux qui auront ma peau. »

— Très bien, madame. Je ne peux pas vous promettre d'ouvrir une enquête. Cela ne dépend pas que de moi, et nous avons très fort à faire chaque jour. Je vous dis cela sans mépris aucun, mais nous sommes bien obligés d'appliquer certaines… priorités. Ma vie de gendarme à la guerre n'a plus rien à voir avec ma vie de gendarme en temps de paix, beaucoup de repères sont bouleversés. Mais je conserve ces documents et n'hésiterai pas à les ressortir si un fait nouveau vient à ma connaissance.

— Merci, monsieur.

— En revanche, la prévôté est responsable de la tenue de la liste des morts, de leur ensevelissement et de leur identification, quand c'est possible. Elle se doit aussi de renseigner les familles qui veulent venir se recueillir sur une sépulture. Je vous accompagnerai donc sur la tombe de votre mari demain en milieu de matinée, après quoi je vous demanderai de bien vouloir quitter la zone des armées. En attendant, je vous laisse ma chambre, j'irai dormir dans celle de mes sous-officiers.

— Merci, monsieur. Vous avez été le seul à me traiter humainement dans cette histoire.

6

28 avril 1915

Bellec pénétra dans le greffe en saluant Cognard, accrocha sa capote et son képi à la patère, se frotta les paumes tout en soufflant dessus. Comme chaque matin, il avait fait l'ouverture au bureau des Postes et Télégraphes pour récupérer les télégrammes en provenance de la prévôté du 11e corps d'armée.

— Bon sang, je me demande quand commence vraiment le printemps dans ce foutu pays ! maugréa-t-il.

— Nous sommes loin de la mer, mon brave Breton. À l'instar de la musique, l'océan adoucit les mœurs, mais aussi les températures, répondit le prévôt qui semblait absorbé à relire des notes dans son calepin, ses longues jambes croisées l'une sur l'autre.

— Je veux, oui ! Fin avril ! À cette période-ci, le dimanche, je vais déjà me baquer dans le golfe du Morbihan quand il fait beau !

— Tenez, je suis allé vous chercher du café frais, cela va vous réchauffer.

Tout en le remerciant, Bellec se demanda une fois de plus qui était donc ce lieutenant qui préparait du café pour son greffier. Ce n'était pas le capitaine Morvan qui aurait fait ça pour le sien, alors qu'il était pourtant très aimé. Au contraire, savoir faire le café à toute heure pour son chef était un prérequis pour la plupart des greffiers du front.

— Comment va notre chère madame Le Corre ? s'enquit Bellec tout en savourant le contact du quart d'aluminium brûlant sur ses doigts gelés.

— Elle dort toujours. Ses mésaventures d'hier ont dû l'épuiser.

— Oui. Surtout ses échanges de politesses avec les échappées de Pigalle, s'amusa le greffier.

— Cette histoire m'a turlupiné, je l'avoue. Et comme Rossinante avait bien besoin d'un peu d'exercice, je me suis rendu au QG de division dès potron-minet. Qu'est-ce qu'ils sont acariâtres, là-dedans ! Il faut dire que j'ai dû les tirer du lit... Mais ce n'est pas ma faute si je suis matinal. Les gars qui sont dans les tranchées, ils n'ont pas d'horaires, eux !

Bellec rit de plus belle, imaginant sans peine la tête déconfite des gratte-papier de l'état-major voyant débarquer un prévôt de gendarmerie en bottes de cavalerie à six heures du matin alors qu'ils sont encore au chaud sous l'édredon.

— Vous savez qu'il y a des divisions où la prévôté cohabite avec le QG de l'état-major, chef ? Dans le même bâtiment ?

— Arrêtez, je vais en faire des cauchemars. Travailler toute la journée sous les fenêtres de Testard, j'en attraperais une jaunisse.

— Je me demande lequel des deux ferait sa jaunisse le premier ! considéra Bellec d'un air goguenard. Mais au fait, qu'est-ce que vous êtes allé chercher là-bas ?

— Les chiffres, Bellec, les chiffres. Vous aimez l'arithmétique ? Croyez-moi, quelques chiffres sont souvent bien plus parlants qu'une longue prose, surtout lorsqu'elle est confuse. Et vous parlez pourtant à un adepte de littérature !

— Mais quels chiffres, chef ?

— Les chiffres concernant le 62e RI. Puis, plus particulièrement, les chiffres concernant la 2e compagnie du 62e RI. Enfin, à la loupe au fort grossissement, les chiffres relatifs à la première section de cette 2e compagnie, celle de Le Corre : le nombre de pertes, de disparus, de prisonniers, de préventionnaires ou de déserteurs s'il y avait lieu, mais aussi les citations pour bravoure et actions d'éclat.

— Et alors ?

— Alors, comme dans la plupart de nos régiments d'infanterie, beaucoup de morts, de blessés et de disparus, bien peu de prisonniers, encore moins de mauvais soldats, et un nombre déjà conséquent de citations, y compris et même surtout à titre posthume. Des braves, Bellec. Et aucune différence significative entre les quatre sections de la 2e compagnie, ni d'ailleurs entre les trois compagnies du bataillon, ni entre les trois bataillons du régiment. Ils ont tous dégusté, mais ils ont tous tenu avec abnégation. Rien donc qui puisse accréditer les propos que feu le lieutenant Le Corre a tenus dans les lettres envoyées à sa femme, que je considère dès lors comme les élucubrations d'un déséquilibré.

— Vous les avez lues ! ? s'exclama Bellec.

— Bien sûr que je les ai lues. Avant d'aller au QG.

— Mais quand est-ce que vous avez dormi ?

— Allons, allons, il n'y en avait pas un roman, non plus !

Bellec savait déjà que son chef dormait peu, mais là il n'en revenait tout simplement pas.

— Culotté, le garçon ! poursuivit Cognard, l'air contrarié. À l'entendre, sa section était remplie de traîne-savates et d'incapables. Croyez-moi que le JMO[1] et le tableau d'honneur disent tout autre chose ! Certes, il s'agissait d'un soldat de profession, et l'on sait que ceux-ci sont parfois un peu condescendants avec les conscrits, mais il y a des limites à tout. À la lecture de ces torchons, je me dis que nous avions affaire, dans le meilleur des cas, à un personnage fort antipathique, et dans le pire, à un paranoïaque digne d'être interné. Sans vouloir me féliciter de la mort de quiconque, l'armée française ne se porte sans doute que mieux depuis qu'il l'a… quittée.

— Je vois. Du coup, pas étonnant que l'état-major n'ait pas souhaité prêter foi aux réclamations de notre invitée embarrassante.

— Certes, je peux difficilement les en blâmer. Toutefois, *le cœur a ses raisons que la raison ignore*, et il semble qu'il faisait un bien piètre soldat, mais un bon mari. On ne peut pas non plus perdre à tous les coups. Aussi, nous accompagnerons madame Le Corre sur la tombe de son époux regretté tout à l'heure, en espérant que cela lui suffira.

Bellec acquiesça.

1. Journal des marches et des opérations.

— Bon, poursuivit Cognard, vous me les lisez, ces télégrammes de Morvan ?

La prévôté de division avait ceci de particulier qu'elle avait toujours le cul entre deux chaises, soumise à la fois aux ordres du chef de corps de la division pour les affaires courantes et à ceux de la prévôté de corps d'armée qui traitait davantage des affaires internes à la gendarmerie. Et bienheureux quand les ordres de l'un et de l'autre ne se contredisaient pas.

— Le premier message parle de la classe 1916[1]. « Comme vous le savez déjà, la mobilisation de la classe 1916 a été avancée et s'est effectuée tout au long de ce mois d'avril… »

— La classe 1915 en décembre 1914, et maintenant la classe 1916 en avril 1915, interrompit Cognard sous un front soucieux. À ce rythme-là, l'an prochain ils appelleront des gamins de quinze ans !

— « On nous signale que cette opération a occasionné une recrudescence des insoumissions. Après quelques semaines d'instruction militaire, ces jeunes gens rejoindront leur corps d'affectation sur le front. Il conviendra alors d'être vigilant, particulièrement avec les jeunes conscrits ayant fait l'objet d'un signalement pour insoumission, dont la liste sera portée à la connaissance des prévôtés de division. L'affection légitime de leurs parents ne peut en aucun cas soustraire ces jeunes gens à leur devoir patriotique. »

— Comme c'est joliment dit ! s'exclama Cognard en haussant les sourcils.

1. Jeunes hommes nés en 1896, qui auraient dû, selon les lois d'avant-guerre, être appelés au service militaire en 1916.

— Le deuxième message concerne, euh… les déserteurs.

— Mais ma parole, c'est une obsession !

— « Pour rappel à toutes les prévôtés de division. Dès que son unité a constaté l'irrégularité de son absence, le soldat fait l'objet d'un avis de recherche télégraphique, dit *signalement numéro un*. Le chef de corps le transmet au prévôt de division, qui le transmet par la voie hiérarchique jusqu'à la prévôté d'armée, qui se chargera de télégraphier aux brigades départementales correspondantes afin d'orienter les recherches… »

— C'est bien… Le temps que ça arrive à bon port, le type sera déjà rendu en Amérique du Sud, observa Cognard sur un ton pince-sans-rire.

— « Nous rappelons qu'aux termes du code de justice militaire, tout soldat qui a quitté son corps et ne l'a pas rejoint au bout de quelques jours d'absence illégale qui peuvent lui être accordés (à la discrétion du chef de corps, dans le cas où il se serait égaré ou aurait subi des incidents de circulation, notamment à l'occasion de ses permissions) sera considéré comme ayant déserté. En deçà du délai d'absence illégale, les sanctions restent du domaine disciplinaire et sont l'affaire du chef de corps. Au-delà, la désertion est qualifiée et relève du conseil de guerre. À l'heure où notre pays doit concéder les plus grands sacrifices, son unité et sa discipline ne peuvent être maintenues que par une équité rigoureuse des citoyens face au danger, et nous comptons sur le zèle de chacun afin que ceux qui refusent de payer l'impôt du sang ne restent pas impunis. »

— *Ceux qui refusent de payer l'impôt du sang*… Ah, comme j'aime la rhétorique de nos chefs ! Quelle emphase ! *L'impôt du sang*, cette expression ne fait-elle pas terriblement vibrer votre fibre patriotique ? *L'impôt du sang*… Vous connaissez un terme plus laid, Bellec ?

Le greffier dut convenir que non, mais du bout des lèvres. Non qu'il ne fût pas d'accord ; au contraire, il trouvait en effet que ce patriotisme ronflant était du plus parfait ridicule, et pour avoir vu bien des déserteurs ou assimilés, il avait déjà constaté à quel point la réalité était bien loin de l'image d'Épinal d'un resquilleur impénitent prêt à tuer père et mère pour ne pas faire son devoir. Au contraire, la plupart d'entre eux étaient des pauvres types, totalement dépassés par ce qu'on leur demandait de faire, et par ce qu'ils devaient subir. Mais le ton désinvolte de Cognard – séditieux, auraient même dit certains enragés – était si inhabituel pour un officier que Bellec ne pouvait pas s'empêcher de le considérer avec prudence, en tempérant dans les apparences l'enthousiasme que cela provoquait au fond de lui.

Ils continuèrent d'expédier les affaires courantes, de se pencher sur les procédures en cours pendant une bonne demi-heure, puis on frappa à la porte. Cognard jeta un coup d'œil à la pendule : neuf heures. C'était le gendarme Geffroy, qu'il avait convoqué pour une entrevue. Il le pria d'entrer et de s'asseoir.

— Vous m'avez demandé, chef ?

— Oui, Geffroy… Voilà, je n'irai pas par quatre chemins ; hier, nous avons reçu un télégramme de votre brigade, transmis par la prévôté de corps. C'est au sujet de votre… femme.

— Qu'est-ce qu'elle a fait celle-là, encore, hein !? lança-t-il en levant les yeux au ciel.

— On vous fait savoir qu'elle risque d'être expulsée de la caserne jusqu'à ce que vous soyez revenu, car elle perturbe son bon fonctionnement, notamment par ses… tapages nocturnes, semble-t-il.

— Rhooo, elle doit encore faire la nouba jusqu'à pas d'heure ! Elle est pas méchante, hein, chef, elle est juste un peu sotte. Mais c'est pas pour son intelligence que j'l'ai choisie !

Il ponctua sa phrase d'un clin d'œil.

— C'est bien Geffroy, vous semblez le prendre avec philosophie, mais c'est tout de même un petit peu ennuyeux.

— Qu'est-ce que j'y peux, dame ! J'suis à sept cents kilomètres !

— Vous pourriez essayer de la raisonner avant qu'elle ne se fasse mettre à la porte, non ?

— La raisonner ? Ça se voit que vous la connaissez pas, chef. Ça sert à rien de donner à boire à un singe qui n'a pas soif. Si le capitaine la fout dehors, ben ça lui fera les pieds, pis voilà. Elle ira séjourner chez sa mère, et ce sera pas la première fois.

— Parfait… Eh bien dans ce cas, bonne journée Geffroy !

— À tout à l'heure, chef !

Lorsque le visiteur eut refermé la porte derrière lui, Cognard et son greffier se regardèrent quelques instants sans mot dire, et soudain, de concert, ils se gondolèrent tels deux inséparables piliers de bar.

— Moi qui avais soigneusement préparé mes mots en m'attendant à ce qu'il le prenne mal, je dois dire que sur ce coup-là, il m'a cueilli ! lança Cognard lorsqu'il eut repris son souffle. Mais après tout, je ne vais pas m'en plaindre. En voilà un dont les affaires de cœur ne perturberont pas le service.

On toqua de nouveau à la porte. C'était la deuxième convocation de la matinée : le gros Flohic. Il entra, salua et s'assit à son tour sur la chaise du visiteur, face à ses deux supérieurs.

Le chat choisit ce moment pour se lever du poêle à charbon où il devait avoir trop chaud et sauta sur la table, la traversant en se dandinant, sans se préoccuper le moins du monde des humains qui étaient assis autour, puis il sauta sur les genoux de Bellec, bâilla à se décrocher la mâchoire en dévoilant ses canines aiguës, et se gratta copieusement le menton à coups de griffes.

— Faites attention à ce que vous dites, Flohic, dit Cognard. Nos deux greffiers vous écoutent, et l'un des deux va noter tout ce que vous direz.

Le gros gendarme sourit, laissant apparaître une bouche un peu édentée. Cela dit, les dents qu'il avait encore étaient bien blanches, ce qui sauvait la mise. Le prévôt était davantage perturbé par les deux impeccables rangées de chicots pourris du gendarme Peyron que par les dominos manquants de Flohic, qui par ailleurs était vraiment un personnage sympathique, avec toujours le mot pour rire, comme il l'avait prouvé la veille au soir.

— Bon, Flohic, je n'ai pas l'habitude de tourner autour du pot de confiture, c'est le cas de le dire. Je voulais vous parler de votre… embonpoint.

L'intéressé écarquilla les yeux et devint rouge comme une pivoine.

— Vous n'êtes certes pas le seul dans la prévôté à faire plus envie que pitié, comme le dit l'adage, mais autant pour les autres il me semble que c'est stabilisé ou en voie de décrue, autant vous j'ai l'impression que la guerre vous profite.

— Vous… croyez… chef? bégaya Flohic qui aurait disparu sous le tapis s'il l'avait pu. Je… sais pas… je me rends pas compte.

— Si si, croyez-moi. J'ai l'œil pour ça.

— J'étais déjà, euh, bien portant avant guerre, chef.

— Oui, je pense que certains biffins l'étaient également, mais soyez sûr qu'ils ont rapidement retrouvé la ligne.

— On est un peu forts dans la famille, depuis toujours. Aussi loin que je me souvienne…

— D'accord, Flohic. N'empêche que la cantine est bonne avec la petite mère Dacheux, pas vrai ? Enfin, je veux dire, l'est bin bonne eul'cuisine àch'mère Dacheux !

— C'est vrai, convint Flohic, qui avait retrouvé un peu le sourire.

— Qu'on soit bien clairs, Flohic, en temps normal, je n'en aurais pas grand-chose à faire de votre circonférence, mais là on marche sur des charbons ardents, ça n'a pas dû vous échapper. Beaucoup des types qui vont mourir en première ligne peinent à être ravitaillés, et même quand ils reviennent à l'arrière, ils n'ont pas nos filières. Qu'ils nous traitent de cognes, de bourres, de vaches ou d'embusqués, passe encore, mais qu'ils ne puissent pas nous traiter de gros ! On doit un minimum d'exemplarité à ces mômes qui meurent pour la France, vous me comprenez ?

Alors qu'il avait les épaules rentrées et la mine penaude, Flohic se redressa sur sa chaise, releva le menton. Avant même qu'il ne réponde, Cognard et Bellec avaient vu qu'il s'était passé quelque chose dans sa tête.

— Je comprends, chef. Vous avez raison. J'ai… J'ai un neveu qui vient d'être mobilisé dans la biffe. Classe 1916. C'est un bon p'tit gars et ma sœur aînée crève de trouille pour lui. Je vais faire des efforts.

Cognard hocha la tête, satisfait.

— Et puis, accessoirement, tu es censé pouvoir courir après un biffin indiscipliné, et même pourquoi pas le rattraper ! ajouta Bellec.

— Heureusement qu'y a le vélo ! répondit Flohic en souriant.

— Certes. Quoi que le vélo ne roule pas encore en rase campagne.

Sentant que l'entretien était fini, le gendarme se leva et salua.

— Ah oui, Flohic, le retint Cognard alors qu'il atteignait la porte. Rien à voir avec vos talents d'imitateur, hein !

— Je sais, chef, vous m'aviez convoqué avant de me prendre la main dans le… pot à confiture ! sourit Flohic.

— Et je continue à penser que vous êtes bon !

Flohic ouvrit la porte du greffe, mais quand il fut dans le chambranle, au lieu de la refermer derrière lui, il s'arrêta comme à regret de n'avoir pas tout dit.

— Un problème, Flohic ?

— Non, chef. Croyez-moi ou pas, mais en fait je vous aime bien, même si je vous imite. Vous êtes un peu… comme une attraction. Comme quand y avait la fête foraine au bled. Ou le théâtre de Guignol.

— Vous me traitez de Guignol, Flohic ? C'est un comble, pour un gendarme !

— Justement, vous c'est mieux, parce que Guignol on sait toujours comment ça va se finir, qu'à la fin il va bastonner le gendarme, alors qu'avec vous, c'est imprévisible. Et moi je dis, une fête foraine et un théâtre de Guignol dans ce merdier, il faut pas cracher dessus. J'aurais bien aimé que mon ancien chef de brigade il soye aussi rigolo que vous, chef. Rien que pour ça, suis pas si pressé de retourner là-bas.

Cognard hocha le menton, ne sachant pour une fois quoi répondre. Flohic s'en alla pour de bon.

— Je crois que c'est un beau compliment qu'il vous fait là, chef. Et que c'était pas du fayotage, dit Bellec tout en grattant machinalement l'échine de Greffier qui avait l'air d'apprécier la chose.

Naturellement, le maréchal des logis n'avait rien écrit durant tout l'entretien.

*

Albert comptait deux cimetières militaires provisoires. Désormais, on n'enterrait plus que dans celui-là, qu'on appelait sobrement « cimetière sud-est ». Il y avait encore de la place dans l'autre, mais des obus boches de gros calibre étaient tombés dedans et avaient exhumé un paquet de cadavres. Les territoriaux, infatigables cantonniers, trop vieux pour morfler en première ligne mais trop jeunes pour rester chez eux, avaient été traumatisés par cette obscénité, eux qui pour certains avaient l'âge d'être les pères de ceux dont les corps à moitié décomposés avaient été éparpillés sur cette terre consacrée par l'horreur. C'était comme les tuer une deuxième fois. Alors, on avait opté pour celui-ci, un peu plus éloigné du front, même si l'on savait qu'il était loin d'être hors de portée des artilleurs allemands.

Les monticules de terre étaient alignés. Des panonceaux peints en noir annonçaient même les numéros de rangées. La plupart des tombes étaient surmontées d'une croix bricolée avec plus ou moins de bonheur, en planches ou en bouts de rondins liés par un clou ou un morceau de ficelle, affublée d'un nom environ deux fois sur trois, quelquefois d'une date et d'un numéro de régiment. Dans la moitié des cas, les inscriptions étaient délavées, voire rendues illisibles par les intempéries. Le reste du temps, il n'y avait aucune information. Parfois, il n'y avait même pas de croix. À l'avant de chaque tombe – et c'était le seul vrai élément d'unité –, une bouteille renversée était plantée, goulot en terre. À l'intérieur de ces flacons embués, l'on devinait une feuille de papier.

— C'est le meilleur moyen qu'on a trouvé pour ne pas perdre l'identité des défunts, expliqua Léon à Mathilde Le Corre. La bouteille est bouchée à la cire pour que la feuille d'identification reste au sec. Nous tenons également un registre, mais deux précautions valent mieux qu'une.

Cognard connaissait bien l'inutilité de toutes ces mesures dès lors qu'un bombardement viendrait fouailler à son tour ce lieu de sépulture, mais il s'abstint évidemment de le dire à la visiteuse, déjà bien assez émue comme cela, tout comme il avait fait un détour pour éviter de passer devant l'autre, qui n'avait pas été remis en état et faisait peine à voir, même pour un cimetière. On avait dû ramasser les restes dispersés et mélangés de ces malheureux dont le fer et le feu avaient violé la dépouille, les rassembler dans des toiles de tente et les jeter en vrac dans une fosse commune creusée à la va-vite par peur des charognards et des épidémies.

Ils s'arrêtèrent devant la tombe de Le Corre.

Bellec avait proposé d'envoyer un gendarme pour l'« arranger » un peu, repasser un petit coup de peinture sur son nom, mais Cognard avait décliné. Ç'aurait été gros comme le nez au milieu de la figure, et mieux valait jouer franc-jeu. Et puis, comme c'était un officier, sa tombe était plus belle que la plupart des autres.

Mathilde Le Corre porta la main à sa bouche, pardessous le voile noir de son chapeau. D'une élégance simple, elle portait des gants de dentelle mais ne se souciait plus guère du bas de sa robe et de ses bottillons qui étaient inévitablement crottés. Cognard la trouva émouvante. Un instant, il lui sembla qu'elle chancelait sur ses jambes, mais il n'osa la soutenir par peur de l'inconvenance.

— Ça ira, madame Le Corre ?

— Oui, répondit-elle d'une voix tremblante mais déterminée. Vous voulez bien me laisser quelques minutes ?

— Naturellement. Si vous avez besoin de quoi que ce soit, appelez-moi, je ne suis pas loin.

À une cinquantaine de mètres de là, Firmin Delattre, un quinquagénaire albertin que l'on surnommait le croque-mort, venait d'arriver avec sa carriole à cheval pour une sinistre livraison. En se dirigeant vers lui, Cognard traversa le petit groupe de territoriaux qui avait creusé les tombes fraîches. Pudiquement, ils s'étaient mis à l'écart pour laisser les camarades des morts de la veille procéder à la mise en bière – et en terre –, après quoi ils retourneraient reboucher les trous. En attendant, ils se parlaient à voix basse, appuyés sur les manches de leurs pelles. Ils saluèrent le prévôt chaleureusement. Ils le connaissaient bien, comme ils connaissaient la plupart des gendarmes puisque diriger les corvées de nettoyage, d'entretien et de voirie rentrait dans les attributions de la prévôté. Ils se côtoyaient donc quasi quotidiennement, et à force, Léon avait assimilé les noms de la plupart d'entre eux, d'autant qu'il était un physionomiste patenté, doté d'une mémoire patronymique phénoménale. En plus de cette proximité physique, les territoriaux avaient également une proximité d'âge avec les gendarmes, ayant tous atteint trente-cinq ans et étant pour la plupart pères de famille, et comme eux, peu exposés, car ils n'étaient pas destinés à combattre. Pour toutes ces raisons, ils ne nourrissaient pas contre la prévôté les mêmes préventions que les fantassins, d'autant que, de par leur âge, ils étaient moins sujets à l'indiscipline. Et puis, lors d'une corvée d'entretien des routes, quelque temps auparavant, Cognard s'était mis en bras de chemise et avait empoigné une pelle pour les aider. Et comme ils le regardaient, médusés, il s'était contenté de dire que dépenser un peu de sueur et d'huile de coude n'avait jamais fait de mal à personne. Du coup, les deux gendarmes présents, gênés, s'étaient sentis obligés de l'imiter. Voilà qui avait, sans aucun doute, affûté la sympathie des « pépères », comme on les appelait affectueusement, à l'endroit du lieutenant.

— Qu'est-ce qu'on a aujourd'hui ? leur demanda-t-il en hochant le menton vers l'enterrement.

— Trois p'tits gars du 118e bousillés par le même obus, hier soir. Pas beau à voir, répondit l'un des territoriaux.

— À plus tard les gars, bon courage ! conclut Cognard en reprenant son chemin.

— Moi j'dois vous dire au revoir, mon lieutenant. Je pars demain à l'aube pour la 60e division de réserve.

— Oh… Eh bien…

— C'est pas moi qui l'ai demandé, c'est le médecin-major qu'a décidé de me verser. Paraît que j'ai une santé de fer, et qu'ils manquent de bras !

Le brave type avait intelligemment deviné la gêne de Cognard, qui ne savait pas s'il devait le féliciter pour son volontariat, ou le plaindre.

— Ne vous inquiétez pas, Dutertre, les divisions de réserve sont beaucoup moins exposées que…

— Vous fatiguez pas, mon lieutenant… l'interrompit l'autre avec un faible sourire. Je ferai du mieux que je pourrai, voilà tout. Et pis, contrairement à ces gugusses (il montra ses camarades du pouce en faisant un clin d'œil), je vais enfin toucher un vrai fusil, môa ! Un Lebel première catégorie ! Alors qu'eux vont continuer à se taper la honte avec leur fusil Gras antédiluvien !

Ils rirent, sans éclats pour ne pas déranger l'enterrement, même s'ils avaient le cœur serré. Cognard lui tendit la main.

— Vous avez du panache et je trouve cela beau ! Le panache n'éteint pas la peur, mais il la transcende. Bonne chance, Dutertre.

— Merci, mon lieutenant !

Après une chaleureuse poignée de main, le prévôt se dirigea vers l'autre scène qui animait le cimetière en cette fin de matinée. Alors que les soldats du 118e achevaient de mettre leurs camarades tués dans les cercueils, le gendarme Bourhis, préposé aux enterrements ce jour-là, était en train de signer un reçu au croque-mort.

— Monsieur Delattre, je peux vous voir une minute en aparté, s'il vous plaît ?

— Bien sûr, min leut'nant !

Cognard l'entraîna un peu à l'écart.

— Dites-moi, monsieur Delattre, vos tarifs ont bigrement augmenté, ces derniers temps !

Le vieux Picard prit un air gêné.

— Ben c'est qu'avuc al'guerre, él'bos i dvient chérot, min leut'nant !

— Allons, allons, et ces Boches qui nous coupent du bois gratuitement tous les jours. Ça ne vous économise même pas de l'argent sur le bûcheron, ça ?

— Ben él'botchillon il o un temps de sétchage à respecter, min leut'nant, avant d'pouvoér tailler un certcheuil eud'dans !

— Bien sûr, monsieur Delattre, bien sûr, je plaisantais !

Le visage du croque-mort se détendit.

— Ch'est po ginti cha min leut'nant de m'dire des cacouilles ! s'amusa-t-il, bien qu'un peu forcé.

— Mais je me suis quand même renseigné sur le cours du bois…

Le visage de Delattre se figea et devint livide.

— Y a pas qu'él'bos. I feut aussi poéyer eul'carron quanq él'roue d'al carrette elle casse, pis él'fourrage pour él'beudet ! Et al'prime éd'ristche pour les bombèrdémints ? Chu pas soldat, mi, j'ai passé l'âge !

— Vous savez, si j'avais l'esprit mal tourné, je dirais que vous êtes peut-être en train de profiter de la mort de nombre de vos compatriotes pour vous faire de l'argent, et que vous êtes un charognard. (Il força le ton.) Je pourrais même le dire un peu trop fort devant des gars qui ont perdu plusieurs de leurs meilleurs copains !

Les gars du 118e, qui se recueillaient au-dessus des dépouilles de leurs amis, tournèrent brièvement la tête vers eux. Pour éviter au croque-mort une attaque d'apoplexie, Cognard continua à voix basse.

— Ça les mettrait très en colère. Ils sont un peu chatouilleux là-dessus, et pourraient vous clouer dans une de vos caisses, mais vivant.

— Bon, d'accord, éj'continue à applitcher él'même tarif. Mais vous les Brétons, os'êtes avères ! termina le croque-mort en se dirigeant avec humeur vers sa *carrette* et son *beudet*.

— Ce sont plutôt les Auvergnats, à ce que dit la légende. Mais ma foi, certains Picards ont l'air de se défendre ! La France vous remercie de votre générosité, monsieur Delattre !

Pour toute réponse, il n'obtint qu'un grommellement et un haussement d'épaules.

Lorsque l'aumônier eut dit à son tour quelques mots et que les hommes du 118e se furent dispersés, Bourhis vint rejoindre son chef.

— Alors chef, fit-il, rigolard, vous l'avez fait, hein ? Vous avez pas pu vous en empêcher !

— Je suis passé maître dans l'art de surveiller les cours des denrées de base, depuis le début de la guerre. À la brigade, c'était même l'essentiel de mon travail. Et malheureusement, il semblerait que les cercueils soient devenus une denrée de base.

— Pas vraiment, chef. Ça reste un luxe. Vous vous en rendrez compte quand y aura une attaque et qu'ils enterreront les macchabs les uns sur les autres dans des toiles de tente parce qu'ils n'arriveront plus à fournir en caisses de pin.

— Quoi qu'il en soit, ce n'est pas une raison pour laisser spéculer sur les cercueils. C'est obscène.

— Oui, vous avez raison, chef.

— Bourhis, je vais aller faire mes adieux à madame Le Corre. Vous pourrez ensuite la raccompagner à la gare, s'il vous plaît ?

— Avec plaisir, chef.

— Merci, Bourhis.

— Ah, chef, vous vous souvenez du gamin qui était passé au falot pour son retour de perm en retard ? Le jeune papa ?

— Oui, bien sûr. Duruy. Charmant jeune homme ! Ne me dites pas qu'il a refait une bêtise, j'étais certain qu'il avait compris !

— Au contraire, chef. Il vient d'être amnistié.

Il hocha le menton vers les trois tombes fraîches.

— Décapité par un éclat d'obus. Au moins, il a pas souffert.

7

16 mai 1915

Les semaines passaient et Léon devait le constater à son corps défendant : même dans cette saleté de guerre, la routine finissait par s'installer. Il ne pouvait pas s'y faire, c'était plus fort que lui ; sa vie d'adulte durant, cette haine viscérale du train-train l'avait poursuivi, faisant de lui un déraciné, incapable de se fixer durablement où que ce fût. Il le voyait à présent : la guerre n'avait rien d'une aventure. C'était une routine sale et avilissante, malheureusement mortelle pour beaucoup, mais une routine malgré tout.

D'abord, son rêve de se débarrasser du plus gros de la paperasse avait rapidement périclité : la lourdeur administrative guerrière était tout aussi pesante que celle du temps de paix, si ce n'est pire. Mais le « service courant » n'était pas mieux. Avec un nom pareil, il aurait d'ailleurs dû s'en douter. Il ne s'agissait ni plus ni moins que d'être mis à la disposition de l'état-major de la division. Dans les textes, celle-ci était limitée à un certain nombre de tâches très encadrées, mais en pratique, Testard s'asseyait dessus avec allégresse et abusait largement de ses prérogatives – il n'était pas le seul, cette habitude était même quasi générale. Taillables et corvéables à merci, les gendarmes devaient ratisser le matériel abandonné, diriger les corvées de nettoyage des cantonnements par les territoriaux, l'enfouissement des ordures, les travaux de voirie, veiller à la salubrité des cuisines et des latrines. Une fois, « pour parer à l'urgence », on leur avait même donné l'ordre de confectionner des fascines eux-mêmes pour renforcer une tranchée fraîchement conquise. Éboueurs, cantonniers, bûcherons, vanniers, garde-chiourmes… Ces corvées humiliantes faisaient souvent d'eux la risée des autres soldats. Déjà qu'ils n'avaient pas besoin de ça !

On était dans l'armée et les ordres étaient les ordres. Même quand cela allait à l'encontre du règlement, cela préoccupait bien peu de gens, car la fin justifiait toujours les moyens. Aussi, Léon n'avait d'autre choix que de jouer le rôle de tampon entre la colère légitime de ses hommes et les ordres de l'état-major. Quand il fallait manier la pioche ou attacher des bouts de bois avec de la ficelle, il mettait volontiers la main à la pâte, d'ailleurs tout autant pour ne pas s'ennuyer que pour se faire bien voir de ses subalternes. Devant eux, même s'il haïssait l'hypocrisie, il gardait le sourire et faisait semblant de défendre les « ordres du manoir », comme on les surnommait déjà, arguant qu'à la guerre comme à la guerre, tout le monde devait devenir polyvalent et que la victoire finale valait bien de mettre de côté ses petites susceptibilités personnelles. En revanche, dès qu'il revenait dans le secret du greffe, il livrait son amertume à Bellec et alors qu'il n'ignorait pas la charge éprouvante en travail administratif de ce dernier, il lui demandait de consigner scrupuleusement sur le JMO tous les ordres ineptes qu'il recevait. Le brave garçon comprenait parfaitement et s'exécutait avec une bonne volonté qui laissait Léon béat d'admiration. Si cela venait aux oreilles de Testard, il piquerait une crise mémorable, mais après tout, c'était à ça que servait un journal des opérations, non ? À tenir la liste et le compte précis de ce qu'ils faisaient. Rien ne les obligeait à passer quoi que ce fût sous silence. Il avait même écrit à Morvan, en tournant plutôt sept fois ses mots dans sa tête avant de les coucher sur le papier, car à l'armée on n'aime pas trop les gens qui se plaignent d'un supérieur à un autre supérieur, y compris quand les deux concernés ne sont pas de la même arme. La réponse avait été rapide et constituée de circonlocutions admirables au milieu desquelles il était juste possible de comprendre qu'il était au courant du problème, que des plaintes analogues remontaient de la part de nombreuses divisions et que cela évoluerait positivement, mais qu'il fallait que des décisions soient prises en haut lieu, et redescendent jusqu'aux états-majors, qui traîneraient sans doute avant de les appliquer mais finiraient par le faire. Comme toujours, le temps de l'administration n'était pas celui des petites mains plongées dans le cambouis. En attendant d'hypothétiques jours meilleurs, il n'y avait qu'à continuer à souffrir en silence et obéir aux ordres.

C'était bien gentil, mais ce n'étaient pas des mannequins que Cognard avait sous ses ordres, ni même des « épouvantails » – quoi qu'en disent les biffins. C'étaient des hommes. Demandez à un sprinter de se mettre à la course de fond, il vous regardera d'un drôle d'air. Demandez à une taupe d'arrêter de creuser des trous et de grimper aux arbres, vous allez au-devant de grosses difficultés, et le contraire est valable avec un écureuil. Léon devait donc tenir des troupes sans cesse raillées par les autres armes, trop souvent utilisées à contre-emploi et à peine respectées par leurs donneurs d'ordres les plus proches. Or, ce n'était pas si facile d'être gendarme prévôtal, contrairement à ce que beaucoup prétendaient. Considérés comme toujours en service, nuits et dimanches inclus, ils ne pouvaient prendre leur temps de repos qu'à la prévôté, pour être toujours disponibles en cas de coup dur, et n'avaient pas accès aux lieux de relâche ouverts aux autres militaires, où ils n'auraient jamais été tolérés. Parce qu'ils étaient censés encadrer et réprimer les excès des autres soldats, on attendait d'eux qu'ils fussent exemplaires. Aussi, à la moindre incartade, ils étaient généreusement punis, bien plus que les fantassins auxquels on pardonnait beaucoup pour préserver une certaine forme de paix sociale, au service de la guerre, ironiquement. Cette sévérité s'expliquait par un phénomène d'entonnoir inversé : le prévôt de division devait notifier la punition d'un de ses hommes au prévôt de corps d'armée, qui augmentait invariablement la sanction, puis la transmettait au prévôt d'armée qui en rajoutait encore une couche. Sans compter que le commandement extérieur, en la personne du chef d'état-major de la division, pouvait également punir les gendarmes. La peine la plus fréquente, c'était les arrêts de rigueur, ce qui revenait à être consigné dans ses quartiers, car on ne pouvait quand même pas mettre un gendarme dans sa propre prison, avec des préventionnaires qu'il risquait d'avoir lui-même interpellés. Une semaine d'arrêts de rigueur pouvait sembler séduisante pour quiconque souhaitait éviter les corvées et les surveillances harassantes pendant un moment – c'est d'ailleurs ce qu'avaient bien compris certains fantassins habitués de la prison prévôtale qui montraient assez peu d'empressement à remonter au front –, mais c'était compter sans la retenue sur salaire et la suspension ou la privation d'une éventuelle future permission, qui pour l'heure tardait encore à venir. Surtout, c'était compter sans le fait que la punition figurerait sur le dossier du gendarme qui, en tant que militaire de carrière, risquait de se voir bloqué au tableau d'avancement.

Pour les manquements plus importants, en particulier quand un gendarme avait nui à ses collègues et qu'il devenait difficile de le maintenir dans son unité, la sanction était généralement la mutation. Pour les gendarmes des prévôtés d'armée et de corps d'armée, le transfert se faisait systématiquement vers une prévôté de division, beaucoup plus exposée, dont l'officier n'était pas toujours heureux de voir arriver une brebis galeuse dans son troupeau – fort heureusement, Cognard n'était pas concerné pour le moment. Pour les gendarmes des prévôtés de division, ils étaient transférés vers une autre équivalente : un certain Julliard en avait fait les frais sous le règne de Morvan et s'était fait éjecter à la prévôté de la 21e en raison de mœurs sexuelles assez débridées, dont tout un groupe de fantassins avait hélas été témoin.

Enfin, pour les manquements graves et répétés risquant de ternir durablement l'image de la maison, que l'on souhaitait aussi immaculée que la Conception, il restait la solution ultime de la révocation avec radiation pure et simple de la gendarmerie, qui relevait du prévôt d'armée. Dans ce cas, l'énergumène redevenait un citoyen *lambda*, et en tant que tel, dépendait à nouveau pleinement de la conscription, ce qui se traduisait par un retour au front dans un autre régiment.

Léon se souvenait toujours de cela lorsqu'il n'arrivait plus à ménager la chèvre et le chou et qu'il devait faire face à une mauvaise humeur de ses hommes qui, bien que parfaitement légitime, devenait trop chronique et envahissante.

— Oui, je sais que c'est très embêtant ce qu'on nous demande et que normalement, ce n'est pas notre travail, mais *primo*, vous avez tous choisi la gendarmerie, personne ne vous a forcé la main, et deuzio, l'infanterie c'est pire, ou alors prouvez-moi le contraire en vous portant volontaires.

Cela suffisait à mettre tout le monde d'accord.

Jusqu'à présent, Cognard avait seulement mis un avertissement à Jegou et Bodiguel qu'il avait découverts ivres pendant leur corvée de nettoyage, et mis deux jours d'arrêts de rigueur à Guillevic qu'il avait surpris endormi pendant sa garde de prison, en lui glissant à l'oreille que c'était juste pour lui permettre de se reposer deux jours et que ce ne serait ni transmis ni inscrit à son dossier ; le pauvre bougre était malade comme un chien depuis une semaine et avait pourtant refusé d'être évacué, tout en assurant deux nuits de rang à la circulation. Testard jouait bien avec les règles, pourquoi n'en ferait-il pas autant ?

Jouannic, en revanche, avait la main beaucoup plus lourde. Très tatillon sur les horaires, entre autres, le maréchal des logis saquait impitoyablement quiconque se pointait à son service ou à sa corvée avec ne serait-ce que cinq minutes de retard. Si Léon l'avait laissé faire, il se serait rapidement retrouvé avec ses cinq chevaux à attendre au box pendant que leurs cavaliers étaient aux arrêts de rigueur. Aussi, il avait pris l'habitude de ne pas transmettre à la hiérarchie un certain nombre de ses sanctions qu'il jugeait trop zélées, ce que l'intéressé prenait évidemment pour un désaveu. Le torchon brûlait donc plus que jamais entre Cognard et son sous-officier à cheval, alors qu'avec Bellec, au contraire, les liens ne faisaient que se resserrer de jour en jour. Après seulement six semaines de cohabitation, les deux hommes étaient quasiment devenus amis et, en ce qui concernait les sanctions, Léon ne s'était pas trompé au sujet du maréchal des logis greffier qui était dans la connivence totale avec les hommes. Non seulement il ne collait jamais de motif, mais il les couvrait souvent pendant que son chef faisait semblant de regarder ailleurs, tout en surveillant que cela ne dépasse pas la dose prescrite, et surtout que cela ne sorte pas de la prévôté.

*

Malgré le caractère routinier de la guerre, il y avait parfois de ces basculements brusques et imprévisibles – hélas, presque toujours dans l'horreur. Ce matin-là, Léon partit dégourdir les jambes de Rossinante à travers champs et futaies. Un soleil printanier et généreux, si longtemps attendu, dissipait les dernières nappes de brume qui stagnaient au ras du sol. Il s'arrêta un bon moment pour écouter les longues vocalises d'un troglodyte mignon. Qu'un aussi petit oiseau pût faire autant de boucan, voilà qui ne cessait jamais de l'émerveiller.

À la première explosion, pourtant lointaine, il arrêta de chanter, de même que les autres passereaux. Eux non plus n'arrivaient pas à s'y faire.

Les artilleurs boches s'étaient faits plus rares pendant les mois de ciel de plomb, de pluie et de boue, mais avec le beau temps, ils étaient de nouveau de sortie, et leurs obus avec eux.

Léon laissa passer l'orage et regarda les hautes volutes de fumée grise piocher au hasard dans les faubourgs de la ville, par séries de trois. Il n'y avait pas grand-chose à faire d'autre. Non seulement les chevaux avaient un comportement imprévisible dans un bombardement, mais de par leur stature, ils y étaient très vulnérables, comme en témoignaient les immenses pertes en équidés des premiers mois de guerre. Qui plus est, même en dehors des chutes d'obus, Rossinante avait déjà un comportement peu académique. À vrai dire, aucun autre gendarme que Léon n'en aurait voulu, mais il ne savait dire pourquoi, cet animal lui avait plu. Peut-être justement par son côté… anticonformiste.

Le martèlement sourd s'arrêta aussi vite qu'il avait commencé. Sans doute un tir de réglage. Ce n'était pas étonnant, car au loin, derrière les imprenables collines d'Ovillers et de La Boisselle, les *Drachen*[1] étaient de sortie, suspendus au bout de leurs immenses câbles. Cognard piqua des deux – bien qu'avec la circonspection nécessaire pour ne pas provoquer une saute

1. Ballons d'observation.

d'humeur de la part du hongre susceptible – pour rejoindre son cantonnement au plus vite.

Sur place, les brancardiers étaient malheureusement à pied d'œuvre, en train de ramasser une ménagère qui avait traversé la rue au mauvais endroit, au mauvais moment. Quant aux territoriaux, ils avaient accouru pour déblayer les ruines d'une maison qui s'était effondrée sur elle-même. D'après les voisins, navrés, toute une famille y vivait. Il y avait pourtant bien peu de chances de sortir qui que ce fût de vivant de cet enchevêtrement de briques, de poutres et d'ardoises.

À la prévôté, conformément aux consignes, les gendarmes de garde étaient descendus à la cave dans le plus grand calme, de même que les gardiens de prison avec leurs détenus. Ils sortaient juste quand leur chef arriva. Un obus était tombé dans la cour et avait soufflé la vitre du greffe. Il allait falloir se débrouiller pour la remplacer rapidement, pensa-t-il, tellement ils y passaient de temps.

Tout le reste de la journée, l'ambiance fut lourde. L'humain avait cette capacité de résilience qui lui permettait d'oublier le danger dès lors qu'il n'y était plus confronté pendant un moment. Or, après de longues semaines d'accalmie, l'ennemi venait de se rappeler à leur bon souvenir, et de leur dire à sa façon que cette jolie école, fleuron de la Troisième République et de la glorieuse loi Ferry, transformée pour l'occasion en gendarmerie, il n'en aurait pas pour longtemps à la mettre par terre, même à dix ou vingt kilomètres de distance. Le trou dans la cour et la vitre du greffe explosée seraient là pour le leur rappeler cruellement. Habitués à courir après de menus malfrats et n'ayant pour certains jamais dégainé leur revolver en service, les gendarmes avaient du mal à concevoir cette puissance de feu dévastatrice, encore capable d'être précise d'aussi loin, alors qu'eux avaient parfois du mal à loger une balle de 8 mm dans une cible placée à vingt-cinq mètres.

Mais il fallait oublier, de toute urgence, et jusqu'à la prochaine alerte. Alors dès que les territoriaux eurent tiré quatre cadavres des décombres de la maison effondrée, Léon leur demanda de reboucher le trou et envoya Geffroy quérir un vitrier, dût-il le trouver parmi les mobilisés et le payer en pinard et en saucisson. Ce greffe, c'était une fenêtre d'amitié, de partage et d'une certaine forme de travail serein dans un monde de brutes ; une parenthèse de vie normale. Et puis, Greffier ne pourrait plus gratter pour qu'on lui ouvre au petit matin, sans compter que sa haine des courants d'air était proverbiale.

8

Le soir, Cognard eut besoin de prendre l'air et décida de rejoindre le gendarme Martin qui était de service de circulation de nuit à la ligne de démarcation, sur la route d'Amiens. En dehors de sa peau constellée de cratères, celui-ci était plutôt un gai compagnon, et dans la nuit, Léon ne ferait que deviner les contours de son visage et ne serait pas tenté de loucher sur ses stigmates.

Martin, qui fumait une cigarette sous la minable guitoune de planches qui servait de poste-abri au planton, ne fut nullement surpris de voir arriver son chef à pied, les mains dans les poches. Dormant peu et ne tenant pas en place, il avait accoutumé ses hommes à ce genre de visites impromptues qui n'avaient rien d'inspections surprises, mais pouvaient au contraire durer des heures pendant lesquelles il se montrait intarissable, mais savait aussi les faire parler, et surtout les écouter.

— Halte là ! Mot de passe ! plaisanta Martin.

Un mot de passe qui changeait tous les jours devait théoriquement être connu des gens autorisés à circuler de nuit dans la zone des armées, soumise au couvre-feu. Il s'agissait généralement d'un nom de bataille ou de militaire célèbre.

— *Camerone!* répondit Cognard.

— Bien, chef!

— Tout compte fait, j'aurais mieux fait de sortir hier soir, c'était *Austerlitz.*

— Pourquoi?

— À Camerone, ils sont tous morts. Glorieusement sans doute, mais ça leur fait une belle jambe. Heureusement, je ne suis pas superstitieux.

— Ouais, j'ai su tout ça autrefois, mais j'ai pas votre mémoire, chef. Ni votre culture. En tout cas, c'est gentil de venir vous cailler les meules avec moi.

— Allons, il fait bon, non?

— Vous dites ça parce que vous venez de crapahuter une demi-heure, mais vous allez voir, le zef est pas chaud!

La nuit était sans lune et le ciel d'un noir d'encre, vierge de tout nuage, illuminé d'étoiles innombrables. En levant le nez, Léon chercha machinalement les quelques constellations qu'il connaissait; la Grande Ourse, cette casserole en surbrillance dont l'avant de la gamelle reporté cinq fois permettait de trouver l'étoile Polaire, queue de la Petite Ourse, bien moins éclatante que sa grande sœur. Et puis, toujours là, majestueux, le bouclier d'Orion, cet immense losange étincelant. Pour l'heure, le vent frais lui faisait plus de bien qu'autre chose. C'était comme s'il lui lavait la tête de ce qu'il avait vu le matin. La guerre semblait loin, d'un seul coup.

Le vrombissement d'un moteur, qui s'approchait en provenance d'Amiens, lui fit quitter ses rêveries. Il n'y avait pas de camion de ravitaillement de prévu cette nuit-là, aussi c'est avec une certaine curiosité que les deux hommes guettèrent le dernier virage visible, mais avant même que le véhicule ne le franchisse, au bruit, il devint évident qu'il s'agissait du ronron d'une voiture de tourisme.

L'automobile s'arrêta derrière la barrière. Martin s'approcha du conducteur tandis que Cognard restait en retrait, mais le chauffeur snoba carrément le gendarme pour s'adresser directement à son officier.

— Bonsoir, lieutenant. Vous donnez de votre personne, dites-moi !

Léon hésita un moment, le temps de lire péniblement les galons sur l'uniforme du visiteur dans la lueur falote de la lanterne de garde de Martin.

— Bonsoir, mon colonel. (Il se pencha, devinant une passagère à ses côtés.) Bonsoir, mademoiselle.

— Madame ! C'est à mon épouse que vous vous adressez, lieutenant, se récria l'autre.

Ça commence bien, cette affaire.

— Excusez-moi mon colonel, mais ce n'est pas marqué sur son front. Elle serait votre maîtresse que ça ne changerait rien, nous ne sommes pas la police des mœurs. Par contre, il semble que vous ignoriez le règlement selon lequel il est interdit de révéler à sa famille l'endroit où l'on se trouve, pour des raisons de sécurité. Et elle a un laissez-passer, votre femme ?

— Oui, son laissez-passer, c'est moi ! D'ailleurs, si vous pouviez nous laisser passer, justement…

— Vous avez un ordre de mission ?

— Quoi ! ?

Il était littéralement hors de lui.

— Un-or-dre-de-mis-sion, mon colonel, répéta-t-il lentement.

— Vous vous foutez de moi ? Je suis le lieutenant-colonel Tanguy, du 19e d'infanterie, mon cantonnement est droit devant et je pense que vous le savez très bien, alors pour la dernière fois, laissez-moi passer, *lieutenant.*

Allons, voilà qu'il joue le numéro de la condescendance de grade !

— Décidément, vous n'êtes pas à jour sur le règlement, mon colonel. Un gendarme, quel que soit son grade, est habilité à arrêter et contrôler n'importe quel officier, dans la mesure où un espion peut très bien être déguisé en général pour échapper à tout contrôle. De plus, c'est le couvre-feu à cette heure. Et pendant celui-ci, même les militaires ne doivent pas circuler, sauf personnel spécialement autorisé ou ordre de mission spécifique.

Tanguy renasqua, fumasse. Il était sorti de la voiture pour tenter de toiser le lieutenant rebelle, mais manque de chance, il lui rendait facilement dix centimètres.

— Bon, alors oui, j'ai un ordre de mission. Regardez derrière moi, je dois l'avoir collé sur mon cul !

— C'est un endroit peu orthodoxe pour le ranger. Puis-je vous demander de le décoller vous-même, la pudeur m'interdisant de m'en charger.

— Vous savez quoi, lieutenant ? Dans cette guerre, il y a ceux qui se battent, et ceux qui passent leur temps à emmerder ceux qui se battent avec des conneries. Et vous, vous faites partie de la deuxième catégorie !

Sur ces mots, Tanguy se rassit dans sa voiture, claqua la portière, enclencha la marche arrière, entreprit de contourner la barrière, faillit planter son véhicule dans le fossé, défonça un croisillon et un bout de sa carrosserie avec et accéléra dans un crissement de roues. Les deux gendarmes durent se reculer pour ne pas être blessés par les ruades de leur propre barrière bousculée, et il sembla bien à Léon que ce forcené avait crevé un de ses pneus au passage, mais il ne s'arrêta pas pour autant.

— Vous l'avez mis drôlement en boule, chef!

— Il m'a mis en boule aussi, comme ça nous sommes deux.

— Bah ça se voit pas trop... vous avez l'air d'un calme olympien.

— Avoir l'air, Martin, c'est là qu'est tout le secret! dit-il en lui adressant un clin d'œil.

Mine de rien, Cognard bouillait intérieurement. Il mentionnerait l'incident avec ce fat, mais il savait bien que Testard mettrait son signalement directement à la corbeille et qu'il ne lui arriverait rien de fâcheux, si ce n'est d'avoir à changer son pneu et son aile avant gauche. Ces types qui pensaient pouvoir se jouer des règlements et mériter l'impunité parce qu'ils étaient au front, cela devenait vraiment problématique, et le souci, c'était que l'état-major avait une vilaine tendance à ne pas leur donner tort, alors que d'un autre côté, un gendarme pouvait être sévèrement puni pour ne pas avoir arrêté une voiture. À telle enseigne qu'un homme était mort stupidement à Belfort en faisant rempart de son corps pour en stopper une qui s'était avérée être l'auto d'un officier resquilleur comme ce Tanguy.

Bon, au moins, Cognard ne risquait pas grand-chose non plus dans cette affaire. Il y avait tout de même peu de chances pour que ce joli cœur aille se plaindre à la division ou exige le remboursement des dégâts sur sa voiture. D'autant qu'il n'était même pas sûr que la dame à ses côtés fût vraiment sa femme.

Les deux hommes eurent à peine le temps de parler du pays et de se raconter quelques anecdotes affriolantes de leur métier en temps de paix qu'une autre voiture arriva à la barrière. Un taxi, cette fois.

Une femme assez coquette, d'une trentaine d'années, s'extirpa du véhicule avant d'étirer copieusement ses membres visiblement engourdis.

— Excusez-moi, messieurs, ce n'est pas très élégant, mais mon Dieu ce que ces voitures sont inconfortables ! Je préfère vraiment le train. Nous devons être presque arrivés, je suppose... Albert est encore loin ? Tenez, monsieur l'agent, voici mon sauf-conduit.

Martin prit le document machinalement, mais ne l'ouvrit pas.

— Ben non, Albert est juste derrière nous, mais... Ça m'embête d'avoir à vous dire ça, ma petite dame, mais votre sauf-conduit, même s'il est valable, il ne l'est que le jour. La nuit, c'est couvre-feu. Alors va falloir faire demi-tour !

Une expression d'horreur se figea sur le visage de la femme.

— Vous voyez, je vous l'avais bien dit ! fit le chauffeur de taxi en haussant les épaules.

— Attendez, non non non, c'est impossible ! fit-elle en secouant du chef frénétiquement. Je dois absolument passer, c'est une question de vie ou de mort ! On m'attend ce soir ! Ce n'est pas ma faute si nous arrivons si tard, c'est ce... ce tacot qui est tombé en panne !

Martin regarda le chauffeur d'un air interrogateur.

— Ouais, c'est vrai, j'suis tombé en carafe du côté de Pont-Noyelles et j'ai mis du temps à réparer. Mais bon, y avait des gens qu'étaient prêts à nous héberger pour la nuit, mais c'est madame qui a… lourdement insisté pour repartir.

« Lourdement insisté » … C'est-à-dire payé une rallonge, comprit immédiatement Cognard entre les mots. Et encore, il espérait que ce ne soit que de l'argent.

— Et alors, on peut savoir le motif qui vous empêchait d'attendre jusqu'à demain matin, ma petite dame ? demanda Martin avec à-propos.

— C'est ma cousine, monsieur l'agent. Elle a quatre enfants en bas âge, son mari est à la guerre et ses parents sont morts. Elle ne s'en sort pas !

— Ah ! (Il ouvrit enfin le document, l'éclairant avec sa lanterne.) Donc, vous venez de Pontivy et vous voulez me faire croire que votre cousine pouvait pas attendre jusqu'à demain matin ? Elle doit dormir avec ses quatre lardons à c't'heure. Et en arrivant, vous allez plus les réveiller qu'autre chose.

Il regarda la femme se liquéfier sur place, visiblement à court d'idées.

— Vous disiez quoi ? reprit Martin. Une question de vie ou de mort, c'est ça ? Dites voir, vous me prendriez pas un peu pour un lapin de trois semaines, des fois ? Qui c'est qui s'impatiente en vous attendant depuis quelques heures, en vrai ? Pour qu'ça vous mette dans un état pareil, ça doit être rudement important !

Elle baissa les yeux, vaincue.

— C'est… mon mari. Il est capitaine au 62e.

— Eh ben voilà, ça, ça tient plus la route, c'est le cas de le dire ! dit Martin en tapotant le capot du taxi.

— Déjà deux fois dans la même soirée que les consignes de sécurité sont superbement ignorées par des officiers, intervint Cognard qui était resté jusqu'ici dans l'ombre de son subalterne. Décidément, il va falloir généraliser la censure du courrier sortant, même pour les gradés !

— Bon, ben désolé ma petite dame, vous vous êtes donné tout ce mal pour rien. Faudra attendre la prochaine perm ! Mais les officiers en ont plus souvent que les troupiers, alors ça ira…

— Noon, je vous en supplie ! Laissez-moi passer !

Sans crier gare, elle s'était littéralement jetée aux pieds du gendarme et pleurait maintenant à chaudes larmes. Martin en fut totalement décontenancé.

— Eh ben, c'est beau l'amour, dites-moi. J'aimerais bien que ma régulière me démontre autant d'affection ! Mais ça change rien, on va devoir vous refouler quand même.

— Vous ne comprenez pas ! dit la femme entre deux sanglots. Sans cette visite, il me sera impossible de cacher mon adultère à mon mari !

Interloqué, Martin resta un moment à se gratter la tête.

— Ah ben ça, finit-il par dire, je retire ce que j'ai dit à propos de ma régulière. Et vous, attendez-moi ici, faut qu'j'en cause avec mon chef.

Martin parcourut les quelques mètres qui le séparaient de Cognard.

— Ahem, chef… On a un problème. La donzelle a un polichinelle dans le tiroir, et *a priori* il est pas de son mari, dit-il, l'air ennuyé.

Léon était hilare.

— Oui oui, j'ai tout entendu. Cocasse, n'est-ce pas ?

— Mais qu'est-ce que j'y réponds, chef ?

— Oh, ce que vous voulez, Martin ! Faites comme si je n'étais pas là, vous vous en tirez très bien !

Il n'en pouvait plus de se retenir de rire.

— C'est pas gentil, ça, chef, de rigoler à mes dépens ! maugréa Martin en retournant vers la cliente. Bon, allez ! Ça va pour cette fois ! lui dit-il, magnanime, en lui tendant son sauf-conduit.

— Oh merci, merci, monsieur l'agent ! Je ne sais pas comment vous remercier !

— J'en veux pas, d'vos remerciements ! Je fais ça juste pour votre capitaine de mari, et encore, je sais pas si c'est lui rendre service !

Penaude, elle s'engouffra dans la voiture, qui redémarra. Martin commença à pousser la barrière en ronchonnant, et, tandis que l'automobile passait à toute petite allure, il ne put s'empêcher de lancer à la passagère un clin d'œil gourmand.

— Vous, je sais ce que vous allez faire ce soir !

Et comme la donzelle se permettait encore de s'offusquer, il ajouta :

— Oh ça va hein, faites pas votre poule effarouchée ! Vous êtes plutôt mal placée pour me traiter de goujat ! Nan, mais j'vous jure !

— C'était encore un sauf-conduit de la mairie d'Albert, c'est ça ? demanda Léon, qui parvenait à peine à retrouver son sérieux.

— Ouaip.

À la demande de l'état-major, qui était submergé par les sollicitations et se plaignait de ne pas avoir le temps de les traiter, les mairies de la zone des armées pouvaient depuis peu délivrer des sauf-conduits, mais elles le faisaient parfois avec une bienveillance coupable, et pas forcément gratuite. À l'occasion, il allait falloir mettre le nez là-dedans, pensa Léon.

— Vous savez, Martin, cet officier n'est peut-être pas si cocu que ça. Si ça se trouve, c'était une ruse pour qu'on ne la refoule pas. Auquel cas, à la fois pour la suite qu'elle avait dans les idées et pour ses talents de tragédienne, cette femme méritait bien d'arriver à ses fins.

— Vous croyez ?

— Et après tout, si on est obligés de laisser passer ce cher Tanguy, pourquoi empêcher cette brave femme de rejoindre son mari ?

— En tout cas, y a pas intérêt que ça me retombe sur le paletot, parce que là, je vais être colère !

— Ne vous inquiétez pas, ici le silence arrangera tout le monde. Félicitations, vous avez été très bon, à part la dernière remarque qui manquait peut-être un peu de classe... Mais je reconnais que c'était drôle !

— Merci, chef ! sourit Martin.

Après ces aventures, Léon s'apprêta à rentrer à la prévôté pour prendre ses quatre heures de sommeil habituelles avant de se retrouver au greffe avec Bellec et Greffier à l'heure du café et des télégrammes, mais décidément, il était écrit que la nuit serait agitée.

C'était maintenant une troupe de la taille d'une compagnie qui s'approchait en rangs serrés, marchant au pas, encadrée par ses sous-officiers et officiers, le carré d'as sur le dos avec toile de tente en sautoir et tout le barda réglementaire, et le fusil en bandoulière. C'étaient des Morbihannais du 116e RI, et ce n'était pas une relève du front. Celles-ci se faisaient de nuit pour éviter d'attirer l'attention de l'artillerie boche, mais ces gars-là étaient trop en dehors des cantonnements pour que ce soit une montée au front. Ça devait donc être une marche de nuit, un entraînement – ou punition collective – imposé à des hommes normalement au repos.

— Vingt-deux, v'là les bourres !

— Sus aux épouvantails !

— Manquait plus qu'eux !

— Tudieu, moi qui croyais que les vaches étaient au pré !

Difficile de dire de quelles bouches sortaient ces amabilités, car ils formaient une masse sombre et compacte dans la pénombre, et ils savaient en jouer. Toutefois, ni les caporaux ni les sergents ne leur demandaient de se taire. Il était même probable qu'ils se gaussent avec leurs hommes.

C'est beau de voir à quel point la gendarmerie resserre leurs rangs et favorise leur esprit de corps, pensa Léon. *Dommage que ce soit à nos dépens.*

— 'Tention les gars, ça doit être le dernier gendarme. Ça veut dire que le front commence ici !

Celle-ci finit vraiment par être éculée.

— Bonne nuit les fauvettes à tête bleue !

Ah ! Celui-là, un peu plus grande gueule que les autres, Léon l'avait repéré sans discussion possible avec son ouïe acérée. C'était l'heure de la contre-attaque.

— Vous, soldat, sortez du rang !

— M… Moi, mon lieutenant ?

— Oui, vous.

Sorti de son troupeau, le mouton faisait tout de suite moins le malin.

— Pour votre gouverne, mon brave, la fauvette à tête bleue n'existe pas. La fauvette à tête noire, oui. Mais si vous croyez en avoir vu une, vous devez faire erreur : c'est un oiseau migrateur et en cette saison, il se trouve au Maghreb. De plus, c'est un oiseau diurne.

— Euh… diurne…

— C'est cela. Qui vit le jour, donc pas la nuit. Traitez-nous donc de hiboux si vous voulez, mais pas de fauvettes.

— Euh… oui. De hiboux, mon lieutenant.

Le pauvre type était complètement désorienté.

— Ce sera tout.

— Je… peux y aller ? demanda-t-il sans trop y croire.

— Bien sûr. Vous n'allez pas rester ici jusqu'à l'aube. Ouste !

Il regagna sa place au trot.

— Putain, les gars, faut-y des connaissances ornithologistiques pour devenir cogne ? fit une voix, très sérieusement.

Mais Léon n'en avait pas encore fini avec eux. Alors qu'approchait la silhouette du capitaine de compagnie, qui fermait quasiment la marche, il s'adressa à eux collectivement, d'une voix forte et claire.

— Dites-moi, les gars, qui vous fait marcher de nuit comme ça, pendant vos jours de relâche ? Avec le temps que vous passez au front, vous croyez que vous avez encore besoin de ce genre d'entraînement ?

Une rumeur d'approbation s'éleva dans la nuit.

— Tu l'as dit bouffi ! fit une voix.

— Ah ben ça, v'là un cogne qui dit pas que des bourres ! confirma une autre.

Comme Léon s'y attendait, le capitaine se détacha du groupe pour se diriger droit vers lui. Ce type persécutait ses hommes au point de leur imposer une marche de nuit, alors qu'ils étaient au repos après avoir bravé la mort pendant cinq jours, et même là, tandis qu'habituellement ils avaient sans doute juste le droit de fermer leur clapet, il les laissait déblatérer sur la gendarmerie. Voilà qui méritait à tout le moins une petite mise au point.

Il se posta juste devant le prévôt, les jambes écartées, les mains derrière le dos, et attendit dans cette posture raide et martiale que ses hommes s'éloignent un peu, tout en lui soufflant au visage une haleine méphitique mêlée de tabac brun qui lui donna presque un haut-le-cœur. Heureusement, encore une fois, qu'il dominait les débats d'une bonne quinzaine de centimètres, cela lui permettait de ne pas avoir le nez au niveau de sa bouche.

— De quel droit vous vous autorisez à remettre en cause mes décisions devant mes hommes, lieutenant ?

— Du même droit dont vous faites usage pour laisser vos hommes insulter la gendarmerie sans rien dire, capitaine.

L'autre en resta baba. Il stagna un moment, benêt, dans la même posture devenue ridicule, cherchant en vain quelque chose à répondre. Et puis, au bout du compte, il déguerpit. Tout simplement.

Martin vint rejoindre son chef et ensemble ils regardèrent, avec une satisfaction contenue, le piteux pitaine partir la queue entre les jambes.

— C’est vrai, ce que vous avez dit, chef ?
— Quoi donc ?
— Ben, le truc avec la fauvette à tête… noire ?
— Ah, ça ? Non. En fait, la fauvette à tête noire est de retour d’hivernage en avril, mais je doute qu’on revienne me contredire.
— Ben dites donc, vous en savez, des choses !

9

13 juin 1915

C'était une matinée presque estivale, et Cognard s'affairait à curer les sabots de Rossinante, tout en sifflotant un air de Mozart, en l'occurrence le *Rondo à la turque*. En règle générale, le hongre aimait assez le côté mélomane de son patron. En tout cas, c'est ce que ce dernier se plaisait à croire. Il avait pris récemment la décision de panser lui-même son cheval, car il avait fini par avoir honte des facéties que Rossinante faisait subir aux gendarmes qui s'occupaient de lui. On ne comptait plus les fois où il avait retourné les sacs d'accessoires laissés à sa portée. Depuis qu'on avait enfin réussi à installer des portes aux box, le saligaud avait mis peu de temps à comprendre comment ouvrir lui-même le loquet avec ses dents et s'était payé le luxe de quelques promenades en solitaire qui avaient mobilisé le ban et l'arrière-ban pour le ramener à bon port. Quand un gendarme avait le malheur de poser sa selle impeccablement cirée en sautoir sur la porte du box, comme il le faisait pour tous les autres chevaux, Rossinante prenait un malin plaisir à l'envoyer valdinguer dans la poussière d'un coup de chanfrein. Il avait même expédié Jégou le cul dans la boue d'un coup de flanc en tournant d'un quart de tour pendant qu'il le brossait. Ce corniaud était comme un éléphant dans un magasin de porcelaine, et il mettait à mal les palefreniers même les plus expérimentés, qui devaient revoir tous leurs réflexes.

Jouannic revint de patrouille sur son gros étalon noir dressé au doigt et à l'œil, et resta un moment interdit devant le spectacle qui s'offrait à ses yeux : pendant que Cognard était penché en avant avec la jambe de Rossinante pliée et coincée entre ses genoux, ce dernier fourrageait avec ses naseaux dans la poche de sa vareuse, cherchant visiblement à y attraper quelque chose. Finalement, il en sortit une pomme dont il ne fit qu'une bouchée.

— Chef… Il est en train de vous faire les poches.

— Je sais bien, voyons. Mais ça lui fait plaisir de croire que je ne m'en rends pas compte. Ne lui retirez donc pas ses petites joies, car un cheval heureux fait un cavalier heureux.

Jouannic secoua la tête.

— Vous n'avez aucune autorité sur ce cheval.

— Vous comprenez maintenant pourquoi je n'ai pas eu d'enfants. Cela valait mieux pour eux !

Il reposa le pied du hongre par terre, se redressa et lui gratouilla le sommet de la crinière.

— En fait, cet animal a une haute conception de la liberté. Nous nous ressemblons, lui et moi. Ce que je préfère dans les chevaux, c'est leurs oreilles. On dirait de la moquette. Et vous Jouannic ?

Le briscard vit que son chef avait une énorme traînée blanche et glaireuse en travers de la poitrine.

— À vrai dire, je ne me suis jamais posé ce genre de question, mais qu'est-ce qui s'est passé sur votre vareuse, là ?

— Il m'a éternué dessus. Ça lui arrive souvent au printemps. Je me demande s'il n'a pas un peu le rhume des foins. Eh bien, ne me regardez pas avec ces yeux de merlan frit, ce n'est que de la morve ! Bon, il y en a beaucoup certes, mais que voulez-vous, tout est question de proportions. Gros nez, grosse morve !

— Vous avez vu ce qu'il fait, là ?

Le hongre venait d'ouvrir le bouton-pression de la musette que Cognard avait laissée par terre. Il farfouilla à l'intérieur et en sortit une grosse carotte, triomphant.

— Bien sûr, je l'avais posée là à dessein. C'est une petite tradition que nous avons adoptée, lui et moi.

Jouannic secoua de nouveau la tête et partit mettre son cheval au box. Deux minutes plus tard, il était de retour.

Tiens, il semblerait que mon maréchal des logis à cheval veuille échanger avec moi.

— Vous avez inspecté les chevaux récemment, chef ?

— Oui, pas plus tard que la semaine dernière.

— Vous en avez pensé quoi ?

— Leur conduite est en tout point exemplaire, à l'exception bien sûr du mien.

— D'accord, mais sur leur état de santé ?

— Il m'a paru assez moyen, mais je n'ai pas votre expertise.

— Ils souffrent, chef.

— Les hommes aussi, Jouannic.

— Oui, mais les chevaux, eux, n'ont rien demandé.

— Et vous croyez franchement que les hommes, en tout cas l'écrasante majorité d'entre eux, ont demandé quelque chose ?

Le sous-officier ne releva même pas, tant il commençait à être habitué aux propos iconoclastes de son chef.

— L'hiver a été long. Ça a été difficile de les abriter correctement, pas toujours possible de les panser et de les sortir tous les jours, et je parle même pas de la nourriture. Le fourrage était si cher qu'on a dû diminuer les rations. Fandango a mis plus d'un mois à guérir du tout petit éclat qu'il a pris dans la croupe. Le pire, c'est le maréchal-ferrant. On nous le rembourse quatre francs au maximum, alors que le seul qui exerce encore à Albert prend trois fois plus[1] !

— Vous auriez dû me le dire avant, Jouannic. Ces abus ne sont pas tolérables. J'irai parler à ce maréchal-ferrant.

— C'est bien simple, la prime d'entretien de cent francs[2] ne suffit jamais, chaque mois depuis le début de la guerre, on en a été de notre poche ! Là, ils vont reprendre un peu de poil de la bête cet été, faut espérer, mais je sais pas s'ils supporteront un nouvel hiver comme ça.

— Mais je rêve, ou le vieux maréchal des logis serait un grand sentimental ? En tout cas, pour les chevaux. C'est déjà un bon début !

1. Le maréchal-ferrant était gratuit pour les gendarmes dans les brigades départementales.

2. La paie de base d'un gendarme du rang débutant était de 150 francs pour un gendarme à pied, 250 francs pour un gendarme à cheval, sachant qu'il devait acheter sa monture lui-même et l'entretenir à ses frais.

Cognard se mit à rire. Jouannic resta de glace.

— Mais rassurez-vous ! Notre cher commandement n'est pas aveugle, il se rend bien compte que nos gais compagnons sont en train de devenir des poids trop lourds à porter, et pas seulement en raison de leurs cinq quintaux de moyenne par tête. On nous a prévenus, Jouannic... les gendarmes à cheval tués, évacués, réformés ou retraités seront remplacés par des gendarmes à pied ou des cyclistes.

— Ça, pas question ! Je suis un homme à cheval, moi ! Un centaure !

— Je trouve l'image plaisante ! rit Cognard.

— Non, mais sérieusement, vous me voyez pédaler sur un biclou, chef ?

— Sérieusement ? Non. Mais vous n'avez rien à craindre. Vous n'êtes ni tué, ni évacué, ni réformé, ni retraité, même s'il faudra quand même y songer un jour. Ils ne peuvent pas démonter des gendarmes sans rendre indu leur supplément de traitement, et ils savent que vous y êtes très attachés.

— N'empêche, je vous l'avais bien dit : je suis une race en voie de disparition. Et vous m'ôterez pas de l'idée qu'au niveau autorité, un gendarme sur son biclou, ce sera pas la même histoire qu'un gendarme sur son cheval !

— Allons Jouannic. L'autorité est dans l'homme, pas dans son accoutrement ou dans son matériel. Vous n'avez nullement besoin d'un cheval pour vous faire entendre, vous le savez bien.

Tout en parlant, Cognard avait sorti son portefeuille de la poche de son pantalon et en avait extrait cent francs.

— Tenez, prenez ça et distribuez-le équitablement entre vos hommes pour supplément d'entretien, en attendant mieux.

— C'est quoi cet argent ? demanda Jouannic d'un air suspicieux.

— C'est ma propre prime d'entretien. Je vous la donne de bon cœur.

Le briscard plissa les yeux, fronça les sourcils et n'esquissa pas le moindre geste vers les billets.

— Vous essayez de m'acheter ?

— Mais non, pas du tout, bougre d'âne ! répondit Cognard en haussant un peu le ton malgré lui et en fourrant les billets dans sa poche avec humeur. Je suis un vieux célibataire, je n'ai pas d'enfants, j'aime les chevaux et je n'ai aucun goût de luxe. C'est aussi simple que cela, pourquoi voulez-vous que ce soit compliqué ? Pourquoi voulez-vous tant que je vous achète, alors que vous êtes de toute évidence incorruptible ? Vous me croyez assez sot pour ne pas m'en être rendu compte ?

— Je dis que vous vous y entendez pour acheter les gens, et que vous avez pas forcément besoin d'argent pour ça. Je vous ai bien vu faire !

— Vous n'en voulez pas, ce n'est pas grave, je les donnerai au brigadier à cheval Binet, il sera peut-être moins pétri de principes que vous... Vous savez Jouannic, vous pouvez me haïr secrètement. C'est dans la nature des choses puisque je suis votre officier commandant. Les hommes ont une attirance atavique pour la liberté, ils aiment bien commander mais ne souhaitent être commandés par personne, et je reconnais bien là la contradiction humaine. Vous pouvez me haïr secrètement, mais vous ne pouvez pas le dire librement. Ne vous croyez pas seul, cependant. Il en est de même pour à peu près tout le monde, moi compris.

— Vous pouvez pas parler normalement, des fois ? Sans enrober vos phrases dans de la philosophie à quatre sous ? On est dans l'armée ici, pas à la Sorbonne !

— Je parle comme j'ai envie de parler ! Et puisqu'on est dans les sujets qui fâchent, je vous informe que j'ai cassé le motif que vous avez mis à Tellier parce qu'il n'avait pas refait la teinture de son magnifique cheval gris clair pommelé. Vous êtes le premier à vous plaindre que l'entretien des chevaux coûte un bras, alors que la teinture est introuvable et hors de prix. Ce canasson a à peu près mille fois plus de chances de se péter un genou tout seul dans une ornière que de se faire repérer par un *Drachen* parce qu'il est trop clair ! *Idem* pour le motif que vous avez mis à tous vos hommes pour ne pas avoir tondu leurs chevaux. Vous avez vu l'état du mien ? Vous ne voulez pas me mettre un motif aussi, tant que vous y êtes ? Ils ont eu froid, vous l'avez dit vous-même, alors laissez leur fourrure tranquille, bon sang de bonsoir !

— Je n'ai fait qu'appliquer le règlement…

— Oh oui, ça vous savez bien le faire. Vous êtes aussi doué en règlement que moi en *philosophie à quatre sous*. Mais bon sang, ça ne vous effleure pas l'esprit parfois que le règlement peut être idiot, voire inapplicable ? Et les biffins que vous mettez au trou pour un oui ou pour un non, on peut en parler, Jouannic ? Nous sommes dans une profession où le zèle aveugle nous porte lourdement préjudice, aussi est-il préférable de réserver celui-ci à des circonstances exceptionnelles qui ne jetteront pas l'opprobre sur nous. Il faut savoir négliger les peccadilles, qui vexent inutilement le justiciable, et vous concentrer sur les choses primordiales qui, au contraire, lui laisseront un profond sentiment de colère et d'injustice si vous ne les traitez pas avec toute l'énergie qu'elles méritent.

— Traduit en termes simples, vous me demandez d'être laxiste, c'est ça ?

— Non Jouannic. Pas laxiste. Compréhensif. C'est dans l'intérêt de tout le monde, y compris et même surtout du nôtre. *Grâce à vous*, la prison ne désemplit pas. Par contre, elle est devenue un lieu de villégiature prisé des vacanciers ! Même si j'étais d'accord avec votre vision très… restrictive de l'application du code, je serais obligé de reconnaître que c'est contre-productif. On les incarcère et leurs officiers viennent les chercher au bout d'un jour ou deux, sans même prendre la peine de faire semblant de leur adresser le moindre reproche. Bientôt, les gars se battront pour être emprisonnés !

— Pas ma faute si les officiers de biffins ne font pas leur boulot.

— Certes non, ce n'est pas votre faute. Mais vous devez comprendre que je n'ai aucun pouvoir sur eux. J'ai déjà manifesté mon mécontentement à ce sujet, mais ils s'en pignolent, et avant que ça change, de l'eau passera sous les ponts ! Le séjour en prévôté est devenu une vaste blague qui doit bien faire rigoler dans les popotes, et il faut être assez borné pour ne pas s'en rendre compte !

Le sous-officier restait raide comme un piquet, buté et renfrogné. Sa nature procédurière et tatillonne refusait d'intégrer ce que Cognard lui disait, cela se ressentait à son attitude.

— Quand je vois ce que vous laissez faire à votre cheval, je comprends mieux certaines choses, balança-t-il, assassin.

Léon soupira, pris de découragement.

— Ne vous plaignez pas, mon laxisme légendaire vous permet aussi de me dire cela sans vous prendre un motif, dit-il en se laissant tomber sur un tabouret crotté.

— Je peux disposer, chef?

Le prévôt eut une immense envie de lui faire signe de déguerpir, mais cela eût été un constat d'échec. Il s'y refusa. Il fallait absolument qu'il arrive à gagner du terrain avec cette tête de pioche.

— Non.

Une once de surprise filtra sur le visage du ronchon, malgré ses efforts de raideur.

— Alors quels sont vos ordres, chef?

— Vous restez encore un peu à écouter ma *philosophie à quatre sous.*

Jouannic se taisait.

— Vous êtes vraiment bourru, continua Cognard, mais au fond, je pense qu'un type qui aime autant les chevaux ne peut pas être un mauvais bougre.

Le maréchal des logis émit un grognement désapprobateur.

— Si si, Jouannic, vous êtes bourru! Mais contrairement à ce que vous croyez sans doute, je ne déteste pas les gens comme vous, parce que quand quelque chose ne va pas, ça se voit tout de suite à votre tête, vous ne pouvez pas faire semblant. Je préfère cent fois un bougon comme vous qu'un autre qui me sourira par-devant, mais me plantera un couteau dans le dos dès que je l'aurai tourné.

— Je ne suis pas bourru. C'est juste que j'aime bien que les choses soient faites dans les règles, c'est tout. Les règles, bon Dieu, c'est ce qui fait la différence entre les animaux et nous !

— Détrompez-vous. Les animaux aussi obéissent à des règles, mais elles leur sont propres. Parfois, même, ils se plient aux nôtres, pour leur plus grand malheur… Des carcasses de chevaux gonflées au soleil, vous avez dû en voir, non ? Quant aux règles des hommes, parlons-en si vous voulez… Maintenant on tire même sur les brancardiers, et j'ai entendu dire que les Boches avaient commencé à nous balancer des bouteilles de chlore !

— La coutume, c'est important, insista Jouannic. Si même les gendarmes s'assoient sur les règles, ils ne sont plus crédibles, et c'est l'anarchie, voilà ce que je dis. À ce qu'on raconte, vous avez été mobilard, donc l'anarchie, vous savez ce que ça donne[1]. À la rigueur, vous pouvez vous arranger des règles en privé, mais le montrez pas aux gars. C'est des petites compromissions ça, et ça pourrait devenir du chantage si on n'y prend pas garde. Vous êtes, comment dit-on ?… Complaisant, voilà ! Vous les achetez en fait, chef, même si vous n'aimez pas le mot, et le respect ça s'achète pas, ça se gagne.

— Je vois, vous êtes un maréchal des logis à cheval… sur les principes. Mais vous avez raison Jouannic.

1. Les braqueurs, dont certains étaient motorisés, tels que ceux de la célèbre bande à Bonnot en 1912, se réclamaient souvent de l'anarchie.

C'est une belle phrase, ça : « Le respect ne s'achète pas, il se gagne. » Cela dit, s'il ne s'achète pas, il ne s'impose pas non plus. Toutefois, vous êtes de bon conseil, et je vais en tenir compte, au moins en partie. J'espère que vous me pardonnerez le reste.

— C'est vrai que je vous apprécie pas trop, pour être franc. Je préférais le prévôt Morvan qui était un type carré comme je les aime, mais pour sûr, vous êtes quand même un sacré bonhomme.

— Pourquoi ça, Jouannic ?

— Justement, parce que je peux vous dire que je vous aime pas trop et être certain que vous chercherez pas à me le faire payer.

— Bien sûr que non, Jouannic. Parce que moi, je vous aime bien.

— Justement, c'est pas bien ! Vous êtes là pour nous commander, chef, pas pour nous aimer !

— Désolé, ça fait justement partie des points que je ne peux pas corriger, même si je le voulais. Mais du coup, vous ne m'aimez pas, mais vous me respectez, pas vrai ?

— Oui.

— Je ne vous ai pourtant pas acheté, et je ne vous ai rien imposé. Ce qu'il fallait démontrer.

— L'autre truc qui m'énerve chez vous, c'est que vous voulez toujours avoir raison.

— Alors c'est que je ne suis pas un si mauvais officier que ça, finalement. Ce n'est pas ce que vous m'avez dit un jour ? « Un officier a toujours raison, même quand il a tort. »

— Vous voyez, vous pouvez pas vous en empêcher.

— De quoi, Jouannic ?

— De dire que vous avez raison.

— Si vous aviez écouté entre les lignes, vous auriez su que j'ai habilement laissé entendre que je pouvais parfois avoir tort.

— Je n'écoute pas entre les lignes, ni les *habiles* sous-entendus. Sinon, je serais officier, pas maréchal des logis. Je suis un type simple. Pour moi, un chat est un chat, un Nègre un Nègre et un Boche un Boche. Et si je vous respecte, c'est parce que vous êtes officier et qu'on est dans l'armée. Vous seriez un épouvantail que ça changerait rien… Vous avez deux barrettes, point.

— Et après, vous direz que le respect se gagne, hein… Mais c'est bien, vous progressez, Jouannic, même dans vos contradictions. Quoi que vous en pensiez, je vous tire vers le haut. Restez encore quelque temps ici, et vous pourrez même vous ficher de moi avec une telle *habileté* que je ne m'en rendrai plus compte.

10

17 juin 1915

Cet après-midi-là, la demi-douzaine de gendarmes à cheval de la prévôté chemina avec son lieutenant vers le principal carrefour du sud de la ville pour soutenir et superviser une mission de circulation. On attendait un important convoi de ravitaillement en provenance d'Amiens. *Convoi absolument prioritaire*, avaient prévenu les ordres. Dès que Cognard en avait été informé, il avait ordonné de bloquer en amont ce nœud de communication qu'il savait sujet aux embouteillages, plus d'une heure avant le passage prévu pour la noria de camions.

Le temps était au beau fixe et les *Drachen* de nouveau de sortie au-dessus des lignes allemandes. En allant inspecter le carrefour le matin, il avait pu constater qu'il voyait l'une de ces maudites saucisses et sa nacelle, ce qui voulait dire, selon les lois irréfragables de l'optique, que l'observateur qui s'y trouvait pouvait aussi voir ce croisement, surtout avec ses jumelles.

Rossinante était bien disposé, ce jour-là, Cognard le sentait entre ses cuisses. Dieu ce que ce cheval pouvait être soupe au lait. Mais il ne lui en voulait pas. Quand il voyait les fantassins râler avant de remonter leur maudit sac à dos sur leurs épaules, il les comprenait, alors il n'avait aucune raison de ne pas comprendre qu'un cheval pût ne pas avoir envie de porter un humain. C'était contre nature, à vrai dire. Le plus étonnant, c'était que les autres chevaux s'exécutassent sans rien dire et fussent d'humeur presque égale. Cognard adorait les chevaux, mais il n'aimait pas tant que cela monter dessus. Il préférait entre tout les regarder galoper seuls dans un pré, libres de toute entrave. Il s'était abstenu de dire une chose pareille à Jouannic, qui l'aurait définitivement pris pour un fou à lier.

Il jeta un regard en coin sur l'intéressé, qui avançait à sa droite, légèrement en retrait. Il avait son air taciturne habituel, la babine inférieure retroussée sous sa grosse moustache poivre et sel. Pourtant, quelque chose d'assez intangible, qu'il ne savait trop comment qualifier, laissait penser à Cognard qu'il avait réussi à avancer ses pions avec l'inflexible maréchal des logis, lors de la longue conversation animée qu'il avait eue avec lui dans les box, quelques jours auparavant. L'avenir lui donnerait peut-être tort, mais il avait tout de même l'impression de tenir un tout petit début de progrès pour accéder aux voies impénétrables du vieux briscard.

Une dizaine de minutes avant l'heure prévue pour le passage du convoi, les gendarmes à cheval arrivèrent sur place. Au premier coup d'œil, Cognard comprit qu'il avait bien fait de bloquer les deux voies secondaires par de larges barrières à tréteaux : une dizaine de charrettes hippomobiles, pour moitié militaires et pour moitié civiles, attendaient d'un côté, et une demi-douzaine de l'autre. Il y avait de tout : une ambulance vide, un chariot d'artilleurs, un autre du génie, un tombereau de fourrage, un marchand de fruits... Au rythme où allaient ce genre de carrioles, elles n'auraient pas manqué de provoquer un encombrement monstre avec la file de camions, car la route était à peine assez large pour se croiser et comportait quelques zones d'étranglement où tout croisement était impossible. Tiens, il y avait même ce bon vieux Firmin Delattre avec sa chariotte de croque-morts. Léon lui adressa un petit signe amical que l'intéressé fit semblant de ne pas voir. Dieu ce qu'il pouvait être rancunier !

Le prévôt constata avec satisfaction que ses hommes étaient placés aux endroits stratégiques, avec leur fanion réglementaire, celui-là même qu'ils devaient remplacer par une lanterne colorée pour les missions de circulation de nuit, accessoires qui, maniés les bras tendus en croix, leur valaient fréquemment d'être qualifiés d'épouvantails, entre autres noms d'oiseaux.

Léon arriva à hauteur du gendarme Peyron et se prépara à faire abstraction de ses dents quand il ouvrirait la bouche, mais au moment d'engager la conversation, il remarqua qu'une espèce de bubon suintant lui avait poussé sur la paupière inférieure de l'œil droit. Décidément, c'était une malédiction !

— C'est quoi, ce que vous avez à l'œil, Peyron ?

— Un chalazion, chef.

— Je vais vous faire un billet pour l'infirmerie.

— J'y suis déjà allé, ils ont dit que c'était rien et que ça allait partir tout seul.

— Je vais vous refaire un billet quand même, ça doit être une erreur. Ils ne peuvent pas vous laisser comme ça. Qui sait, c'est peut-être contagieux !

— D'accord, chef. Mais ptêt pas tout de suite, non ?

— Oui, hum, bien sûr, réglons d'abord cette histoire de convoi, ça va sans dire. Comment ça se passe alors ?

— Pour moi, rien à signaler. Par contre je crois que Guillevic en bave avec un lieutenant motorisé qui veut passer à tout prix. Tout à l'heure, il a klaxonné comme un forcené, puis comme on s'occupait pas de lui, il est venu faire du grabuge à la barrière.

— Merci Peyron, je m'en charge.

Léon se mit au petit trot pour aller rejoindre l'autre colonne de véhicules à l'arrêt. De là où il était juché, il reconnut assez rapidement l'automobile qui avait forcé le barrage de nuit sur la ligne de démarcation, un mois auparavant. L'aile avant en portait encore les stigmates. Il y avait quatre chariots à cheval arrêtés devant elle, et deux derrière. Guillevic était sur le bas-côté en train de se faire gourmander par un lieutenant visiblement acariâtre, à croire que c'était une tradition dans ce 19e d'infanterie. Le malheureux gendarme essayait de garder sa contenance, mais même quand vous savez que vous êtes dans vos droits en tant que gendarme affecté à une mission d'ordre public, ce n'est jamais facile de tenir tête à un officier un peu trop sûr de lui.

— Que se passe-t-il, Guillevic ?

— Ah, chef. (Il était visiblement content de le voir.) C'est le lieutenant Jacquart, il est officier de liaison au 19e et il veut passer pour rejoindre son colonel, il dit qu'il a un message urgent à lui transmettre et qu'il ne peut pas attendre. J'essayais de lui expliquer que, s'il avait été le premier à arriver sur le barrage, on lui aurait ouvert avec plaisir bien entendu, mais que là on pouvait pas se permettre de relâcher toutes ces charrettes avec l'arrivée imminente du convoi, que ça risque de tout bloquer…

En temps normal, Léon serait descendu par politesse de sa selle pour se mettre à la même hauteur que le mécontent… enfin, à quinze centimètres de plus. Mais il se souvint de sa conversation avec Jouannic au sujet de l'autorité qui émane d'un cavalier plus que d'un cycliste ou d'un piéton. Il avait promis au vétéran de faire quelques efforts dans sa direction, il se dit que c'était l'instant ou jamais, d'autant qu'avec le souvenir de ses échanges musclés avec le colonel Tanguy, il ne se sentait pas très enclin à la bienveillance avec son sous-fifre qui avait l'air d'avoir été forgé dans le même chaudron. Il resta donc droit sur sa selle.

— Eh bien, lieutenant ? *Si vous aviez été le premier à arriver sur le barrage, on vous aurait ouvert avec plaisir, bien entendu, mais là on ne peut pas se permettre de relâcher toutes ces charrettes avec l'arrivée imminente du convoi, car cela risque de tout bloquer.* C'est très clair. Qu'est-ce que vous ne comprenez pas, là-dedans ? Comme vous le voyez, je ne peux pas demander à ces charrettes de faire demi-tour, il n'y a pas la place. Il vous reste donc à prendre votre mal en patience, le convoi devrait passer dans cinq minutes environ, et ensuite on ouvrira et mes hommes feront garer les charrettes dès que possible pour que vous puissiez les doubler.

— Je n'ai d'ordre à recevoir que de mon colonel ! Dégagez-moi ces charrettes immédiatement !

— Eh bien non ! Ne vous en déplaise, pour ce qui est de la circulation, vous avez à obéir à mes ordres avant ceux de votre cher colonel. Quand je dis : priorité au train[1] de ravitaillement, c'est valable pour tout le monde. Vous seriez maréchal que je vous dirais quand même d'aller poser votre cul dans votre voiture et d'attendre votre tour. Mais ça n'arriverait pas, parce que je pense qu'un maréchal serait capable de comprendre ça tout seul !

— Dites, descendez donc de votre canasson et venez me dire ça en face, espèce de salopard !

Léon fit faire volte-face à Rossinante qui, avec sa délicatesse habituelle, manqua renverser le lieutenant furieux.

— Non, désolé, j'ai du travail. Et je vous colle un motif pour outrage. Guillevic, vous dresserez son procès-verbal au lieutenant. Et vous, Jacquart, vous transmettrez mes amitiés au colonel Tanguy quand vous le verrez. Nous avons déjà fait connaissance le mois dernier, lui et moi.

Le temps de retourner au carrefour, le premier camion était en vue. Pile à l'heure, les trainglots ! Ils se suivaient à l'intervalle réglementaire de cinquante mètres. Léon en compta un, puis deux, puis trois, et en même temps qu'il les comptait, il surveillait Rossinante comme le lait sur le feu, car celui-ci était

1. Un convoi militaire de camions ou de chariots était appelé un « train ».

parfois sujet à des réactions imprévisibles en présence de véhicules motorisés. Pour le moment, il était calme.

Léon releva la tête, compta un quatrième camion, mais celui-ci freina et s'arrêta juste devant lui. Le prévôt chercha la cause vers l'avant et ne tarda pas à la trouver : le véhicule qui le précédait était lui aussi à l'arrêt et une fumée noire s'échappait de son capot. Toujours incisif et décisif, Jouannic, qui était aussi compétent qu'il était procédurier – ce qui n'était pas peu dire –, s'élança au galop vers la queue de convoi pour stopper les véhicules en aval et leur faire conserver leurs distances de sécurité autant que faire se pouvait. Avoir sous son commandement un type qui appliquait les ordres avant même qu'on eût le temps de les donner, c'était vraiment inestimable et cela excusait tous ses travers. Sûr de pouvoir s'appuyer sur le vétéran, Cognard trotta directement jusqu'au camion en panne pour s'enquérir du diagnostic du conducteur-mécanicien qui se penchait dessus.

— C'est grave ?

— Y a de la casse, répondit le trainglot. Trop long à réparer, il faut demander à celui de devant de me tracter.

— D'accord, j'y vais.

Léon demanda à Rossinante d'y mettre plus de nerf pour parvenir rapidement au camion de tête qui avait mis un peu de temps à se rendre compte de la panne de son poursuivant et s'était arrêté à plus de cent mètres. Alors que les sabots du cheval crépitaient sur le sable de carrière, son cavalier avait une vue imprenable en contre-plongée sur la saucisse allemande. Si seulement ses maudits câbles pouvaient casser et qu'elle s'envole jusque sur la lune ! Hélas, ce genre de chose n'arrivait jamais. Les battements de son cœur s'étaient sensiblement accélérés. Il savait qu'un convoi paralysé était une cible de premier choix et que chaque seconde pouvait compter.

Avant même que Léon n'arrive à hauteur de l'autre camion, le brave trainglot avait déjà compris et enclenché la marche arrière. Le prévôt fit demi-tour, tandis que Peyron arrivait déjà à toutes jambes pour guider la manœuvre dans les passages étroits.

Un sifflement sinistre déchira l'air et fut aussitôt suivi d'une explosion fracassante qui démolit le mur d'une grange en bordure de route. Ils étaient repérés. Rossinante se cabra, et ne fut pas le seul. Léon vit Tellier vider les étriers, mais lui réussit miraculeusement à rester en selle. Par contre, dès que le cheval eut reposé les sabots au sol, il mit immédiatement pied à terre et chassa l'animal d'une claque sur la croupe en espérant qu'il passe au travers. Le hongre ne se fit pas prier et partit au triple galop.

Un deuxième obus tomba en plein milieu du carrefour, soulevant une immense gerbe noire. Un troisième tomba dans le fossé, cinquante mètres plus loin, faisant retomber une averse de terre et de gravats sur un camion à l'arrêt dont les occupants virent la mort de près. Les salopards avaient grand soin de bien viser et prenaient toute la route en enfilade. Bientôt, elle deviendrait impraticable, entre les entonnoirs, les pierres et les ardoises qui allaient tomber dessus, voire les réverbères qui allaient s'effondrer en travers !

Léon se tourna vers Peyron qui était toujours avec le camion de devant.

— Dites-lui de foutre le camp ! En avant toute ! Qu'il aille se mettre à l'abri !

Un nouvel obus tomba dans la colonne de charrettes et pulvérisa l'une d'entre elles. Impossible de dire si le propriétaire avait eu le temps de s'enfuir. Cognard courait de toute la force de ses jambes vers l'arrière, vers le camion en panne dont le conducteur s'était couché dessous, les mains sur la tête. Un autre obus toucha un toit et fit gicler de pleines brassées de débris de charpente et d'ardoise, dont quelques fragments tombèrent en pluie tout autour de lui, le couvrant de poussière, claquant sur la visière de son képi. Il ne réfléchissait plus, car il n'y avait plus à réfléchir. Il ne voyait qu'un seul moyen de sauver ce convoi du désastre, il fallait le tenter et le hasard ferait le reste. Après tout, le général Éblé avait bien réussi, lui, à installer des pontons sur la Bérézina sous la canonnade des Russes, en se jetant lui-même à l'eau pour donner l'exemple ! La tâche de Léon était bien plus facile : ce n'était pas une rivière charriant des glaçons, c'était juste une route, et il ne s'agissait pas de construire un pont, mais juste de dégager la voie.

— Sortez de là, venez m'aider, vite ! cria Cognard en se précipitant dans la cabine du conducteur pour desserrer le frein à main.

Pour tout arranger, le camion était tombé en panne entre deux maisons, à un endroit où il n'y avait ni fossé ni jardin. Le prévôt sortit un sifflet de sa poche, pendant que le trainglot s'extirpait péniblement de sa cachette dérisoire, et s'époumona dedans en espérant que ce signal attirerait du monde. Les obus continuaient de pleuvoir comme à Gravelotte.

Peyron courait dans sa direction, tandis qu'un grand-père providentiel, la casquette enfoncée sur le crâne, sortit d'une remise en maillot de corps et en sabots et trottina vers l'épave. Il était ventripotent, mais avait encore la carrure solide.

— J'va vous aider, mon capitaine! dit le brave homme tranquillement, comme si un projectile mortel ne risquait pas à tout instant de le mettre en charpie.

Ce n'était pas le moment de finasser sur le grade. À trois, ils réussirent à ébranler le camion. Dans son élan, Peyron arriva pour ajouter sa poussée énergique et ils le menèrent en roue libre jusqu'à hauteur d'un terrain en friche bordé d'une ornière.

— Frein à main! hurla Cognard.

Le conducteur se jeta dans la cabine. Tellier les rejoignit à son tour, grimaçant de douleur et se tenant la main droite; il avait dû se blesser dans sa chute de cheval. Le brigadier Binet surgit à la rescousse après avoir sans doute mis le sien à l'abri quelque part, suivi immédiatement de Guillevic, hors d'haleine, qui avait dû battre le record mondial du deux cents mètres sous une grêle d'obus, et qui saignait du front. Le souffle coupé, il fit signe à Léon que ce n'était rien.

Ils avaient compris ce que le lieutenant voulait faire, se mirent sur le côté et poussèrent de toutes leurs forces pour essayer de renverser le camion, Tellier avec l'épaule. Ils arrivèrent certes à le faire branler sur ses suspensions, mais c'était encore insuffisant.

Galvanisé par la vue de ces gens unissant leurs efforts désespérés, le trainglot ne tarda pas à retrouver ses moyens. Il se précipita à l'arrière du camion et en ressortit bientôt avec un pic-pioche dans les mains.

Il disparut brièvement derrière le véhicule que les pousseurs sentirent s'affaisser dans le bon sens : il venait de crever les deux pneus côté fossé.

Il y avait du mieux, mais le maudit camion ne chavirait toujours pas. D'autres obus tombaient, mais Léon préférait ne pas regarder où, car de toute façon, il n'avait pas d'autre idée.

Alors, le trainglot remonta à l'arrière, et on l'entendit ahaner à l'intérieur dans un fracas de caisses, alors que le poids basculait inexorablement vers le fossé. Cognard comprit qu'ils allaient y arriver, du moins si un percutant ne s'invitait pas à la fête entre-temps. Léon coordonna la poussée, tandis que le brave conducteur continuait son transbahutage. Les essieux grincèrent, le véhicule branla.

— Fous le camp, l'trainglot ! On va l'avoir ! cria Peyron.

Il eut juste le temps de sauter par l'arrière, deux secondes avant que le camion ne se renverse en écrabouillant une clôture, et c'est seulement là qu'ils purent songer à se mettre à l'abri des bombes qui ne cessaient de tomber, sauf Léon qui siffla comme un forcené en faisant signe au convoi d'avancer.

Les camions qui étaient restés bloqués à l'arrière réagirent au quart de tour. Pied au plancher, ils avancèrent dans ce chaos en évitant les nids-de-poule et les amas d'ardoises cassées qui constellaient la chaussée, et réussirent tous à évacuer le carrefour vers l'avant, où ils disparurent entre les immeubles encore debout, se masquant ainsi à la vue du *Drachen*.

Là-haut, l'observateur dut téléphoner à l'officier de liaison des batteries d'artillerie boches, supposa Léon, et lui dire dans sa langue teutonne qu'il n'y avait plus de cibles d'importance aux coordonnées indiquées. Peut-être aussi ragea-t-il d'avoir manqué une si bonne occasion ? On ne le saurait jamais. Le tir cessa, laissant les hommes groggy.

Léon partit au bilan. Tellier semblait avoir le poignet cassé, la blessure de Guillevic était très superficielle, même s'il avait beaucoup saigné. Pas de victimes apparentes dans les files d'attente, ce qui tenait du miracle. La charrette de Delattre était détruite, mais lui était bien vivant, ce qui ne manquerait pas d'augmenter substantiellement le prix des cercueils.

Jouannic arriva sur son cheval qui semblait égal à lui-même, malgré la dégelée qui venait de tomber. Était-il seulement descendu de selle ou avait-il tout dirigé de là-haut ? Mystère. Ce centaure était un roc.

— Au rapport, chef !

— Tout va bien, Jouannic ?

— Le gendarme à cheval Jégou est tombé pour la France en m'aidant à diriger le convoi.

— Merde.

— Mais vous l'avez sauvé, chef.

— Pardon ?

— Le convoi.

— *Nous* l'avons sauvé, Jouannic. Tous ensemble.

Le respect ne s'achète pas, il se gagne. Sans doute Léon avait-il gagné aujourd'hui le respect de Jouannic, ce qui lui serait très utile par la suite. Mais à quel prix !

Pendant ce temps-là, Guillevic était parti faire le point sur sa colonne de véhicules en attente. Pas de dégâts à signaler. Il chercha un moment Jacquart et le trouva allongé à plat ventre dans le fossé, alors que le bombardement s'était tu depuis près de trois minutes.

— Vous êtes blessé, mon lieutenant ? demanda le brave gendarme au visage ensanglanté.

— Hem, non, fit l'officier en se relevant et en époussetant grossièrement son uniforme.

— Bon, très bien. Maintenant, vous comprenez pourquoi on vous a pas laissé passer ? Si ces camions avaient été bloqués par des charrettes, ils auraient tous été réduits en bouillie. Allez, je vous dresse votre procès-verbal et ensuite vous pourrez partir…

Après l'avoir récupéré en rase campagne et ramené à la prévôté, on dut abattre le cheval de Jégou, car l'obus qui avait tué son cavalier l'avait grièvement blessé. De l'avis général, il était condamné. C'est Jouannic qui s'en chargea, avec un mousqueton Berthier, car il craignait que le revolver soit insuffisant pour l'achever en une seule fois. Quand il revint, il avait les yeux rougis. Plus d'un se demanda si ce qui l'attristait était la mort de Jégou ou celle de son cheval. Léon se dit que c'était probablement les deux.

Les obsèques de Jégou eurent lieu le lendemain, dans l'intimité des gendarmes de la prévôté qui n'étaient pas de permanence. Le régiment du train, que les gendarmes avaient sauvé d'un carnage, ne se fit pas représenter, ni l'état-major, ni aucune autre fraction de l'armée. Seul ce vieux bonhomme, ce civil qui les avait aidés sans trembler, tint à être présent. Les hommes ne disaient rien mais n'en pensaient pas moins, et Cognard sentait la rancœur monter inexorablement. Ce mépris était déjà problématique, mais il était en passe de devenir un véritable baril de poudre qui ne demanderait qu'une étincelle pour exploser.

Heureusement que les gendarmes étaient réputés pour leur discipline.

À l'issue de l'humble cérémonie, ils invitèrent le vieux bonhomme à boire un coup à la prévôté, mais il avait apporté son eau-de-vie de prune avec lui. Même Léon accepta d'en boire un peu, pour la forme, après l'avoir cependant largement coupée à l'eau.

Rossinante rentra trois jours plus tard, indemne.

11

6 juillet 1915

— Dites-moi, Bellec, si c'est pas indiscret, combien vous mesurez ? Ça a dû passer ric-rac quand vous avez voulu vous engager, non ?

— Un mètre soixante-trois et cinq millimètres à la toise, chef. Ils m'ont fait cadeau des cinq millimètres qui manquaient parce qu'ils n'avaient pas assez de candidats. Depuis quelque temps, je comprends mieux pourquoi ! répondit le greffier en accrochant sa vareuse à la patère comme tous les matins.

Léon détestait la routine, mais il devait reconnaître que celle-ci avait du bon. Tandis qu'un doux rayon de soleil matinal lui caressait la nuque, il tendit un quart de café fumant au nouveau venu qui s'installa sur sa chaise en jetant les télégrammes devant lui.

— Alors, qu'avons-nous aujourd'hui ?

— « Par décision du général Joffre, commandant en chef de l'armée française, des permissions de six jours seront organisées par roulements dès la deuxième quinzaine de juillet et concerneront tous les hommes du rang. »

— Mais c'est formidable, Bellec ! Cela va relancer la natalité dans le pays ! lança Léon, goguenard.

— « Les chefs de corps ont reçu l'ordre de s'assurer que les permissionnaires laissent leur fusil dans leur unité avant de se rendre sur le lieu de leur permission qui devra être dûment enregistré sur leur livret militaire et présenté sur toute réquisition des brigades de gendarmerie départementale. Toutes les prévôtés doivent prendre en compte le risque accru de désertion qui va résulter de ces permissions, notamment à leur terme échu. »

— Tiens, vous reprendrez bien un peu de désertion ! Ça me manquait ! Donc en gros, on leur permet de prendre quelques vacances en famille, mais on ne leur fait pas trop confiance quand même...

— C'est l'idée, je crois, dit Bellec en haussant les épaules.

— D'autres nouvelles réjouissantes ?

— Oui. On nous informe que nous allons toucher quatre nouvelles bicyclettes.

— Formidable, j'adore la bicyclette !

Personne n'avait jamais vu Cognard sur un vélo.

— Quatre et quatre qui font huit, donc ! C'est Jouannic qui va être ravi !

— Quatre et quatre qui font sept, en fait, chef. Il y en a une de cassée, et *a priori* irréparable.

— Oh, paix à son âme ! rigola Léon en se signant grossièrement.

— Je crois que les gars vont râler. Leurs biclous sont inutiles pour les plantons comme pour les gardiens de prison, et ne sont pas du tout pratiques pour les transfèrements de prisonniers où on doit les accompagner sur leurs deux pieds...

— … Et si on montait les prisonniers à bicyclette ? Ce serait révolutionnaire ! En voilà une solution innovante !

— Vous êtes en forme aujourd'hui, chef ! sourit Bellec. Donc, je disais que les gars préfèrent avoir les deux mains libres en cas de tentative d'évasion…

— … Il faut qu'ils apprennent à pédaler sans tenir le guidon ! répondit l'autre du tac au tac, hilare.

— Mais vous êtes intenable ! On peut travailler un peu ? dit Bellec sans conviction, un large sourire aux lèvres.

— Poursuivez, je vous en prie.

— Les gars n'en peuvent plus de les porter pliées sur leur dos. Pour bien faire, il faudrait les transporter par camion, mais le problème c'est qu'on devrait alors les laisser un moment sans surveillance, au risque de se les faire voler…

— Autant demander carrément un camion, ce que j'ai déjà fait. On m'a dit non. Question suivante !

— L'autre souci, c'est que leurs bicyclettes Gérard, elles n'ont pas de pneus pleins et elles n'arrêtent pas de crever. Et puis, elles sont faites pour des nains, chef. En dehors de moi, vous savez bien que les gendarmes sont plutôt plus grands que la moyenne, même si pas autant que vous, et la moitié de nos gars tiennent à peine dessus tellement la distance entre la selle et le guidon est petite.

— Allons, fadaises que cela ! s'emporta Cognard, théâtral. Je ne peux pas croire que la glorieuse armée française ait pu commettre pareille impéritie, et j'entends le prouver immédiatement. Suivez-moi !

Il sortit en coup de vent et se dirigea vers la resserre où les vélos étaient rangés. Il en prit un et l'emporta dans la rue pour l'enfourcher avec enthousiasme. Il manqua s'étaler dès les premiers mètres, mais réussit finalement à trouver un équilibre précaire après quelques dangereux zigzags. Il devait écarter ses jambes immenses dont les genoux dépassaient le guidon de quinze bons centimètres, sans compter qu'ils étaient pliés plus qu'à l'équerre à cause de la selle beaucoup trop basse. Le spectacle était totalement grotesque.

— Vous voyez, Bellec! cria-t-il en faisant tintinnabuler la sonnette en continu. Aucun problème! Excellent matériel! Je pourrais même pédaler leeeeees… (il faillit tomber) doigts dans le nez, si je voulais. Bonjour, madame! s'exclama-t-il en croisant une paysanne qui le regardait passer, interloquée.

Bientôt, le spectacle insolite attira des badauds aux portes et fenêtres. Quelques civils, mais aussi les prisonniers et prisonnières qui n'en ratèrent pas une bouchée, de même que les gendarmes qui étaient nombreux dans la prévôté. Les divertissements étaient si rares…

Cognard fit un demi-tour approximatif où il faillit se vautrer une troisième fois, puis remonta la rue en sens inverse.

— Chaud devant! Laissez passer! Gendarmerie en service commandé! dit-il à l'approche de la paysanne qu'il avait croisée trente secondes plus tôt, en maniant frénétiquement la sonnette.

Lorsqu'il freina pour s'arrêter devant la prévôté, il faillit tomber une dernière fois, lâcha tout et trébucha à moitié dans le cadre et dans le pédalier, mais parvint *in extremis* à rester debout.

— Voilà. Je ne sais pas ce que vous reprochez à ces bicyclettes, elles sont parfaites! lança-t-il à Bellec, rayonnant, sous les applaudissements hilares des spectateurs.

Après cette séquence surréaliste, la popote du matin fut particulièrement joyeuse. C'était triste à dire, mais la mort de Jégou avait, de façon générale, resserré les liens et favorisé l'esprit de corps.

L'attitude courageuse et le sang-froid de Cognard lors du bombardement du carrefour n'étaient pas passés inaperçus, et le fait qu'il n'ait pas été cité à l'ordre de la division avait été ressenti par ses hommes comme une grave injustice contre leur chef, mais aussi comme une nouvelle infamie contre leur groupe, et contre la gendarmerie en général.

En vérité, des cas de gendarmes cités pour actes de bravoure existaient bien, mais Cognard savait que s'il n'y avait pas eu droit, c'était moins à cause de son état de gendarme que de sa personnalité. Bien heureusement, il n'en avait cure.

Il y avait de bonnes choses.

Le remplaçant de Jégou était Bertho, un gars de la brigade d'Étel avec lequel Cognard avait travaillé au début de la guerre. Un type honnête et solide, sur lequel on pouvait compter. Par contre, conformément à la *circulaire de remplacement graduel des gendarmes montés*, et au grand dam de Jouannic, il n'avait jamais de sa vie mis les pieds dans des étriers.

Depuis le bombardement, les sanctions disciplinaires et les emprisonnements de Jouannic avaient été divisés par cinq. C'était sa manière de parcourir une partie du chemin. Alors Cognard, même s'il trouvait que le briscard avait encore parfois la main un peu lourde, avait fait une autre partie du chemin en confirmant systématiquement toutes les sanctions qu'il infligeait, comme cela se pratique normalement dans une unité où un officier ne désavoue pas son subalterne pour ne pas offrir aux hommes du rang le désastreux spectacle de la division. Tacitement, sans jamais avoir abordé la question, Cognard et son maréchal des logis à cheval avaient fait la paix. Mieux que cela, ils avaient fait alliance. Et de façon inattendue, c'étaient les hommes eux-mêmes qui étaient en train de terminer le reste du chemin : depuis une semaine ou deux, ils se montraient plus rigoureux, plus ponctuels, et donnaient de moins en moins de motifs à leur supérieur de les punir. Comme quoi, Jouannic avait un peu raison, malgré tout.

Il y avait de moins bonnes choses, comme quand Léon avait appris – malheureusement sans surprise – que l'état-major ne suivait pas ses réquisitions contre le lieutenant Jacquart. Pourtant, Testard pouvait difficilement ignorer que si les gendarmes avaient écouté les lubies de ce couard minable, cela eût sans doute provoqué une véritable hécatombe. Mais l'ombre protectrice du fameux colonel Tanguy planait probablement derrière ce nouveau désaveu.

*

C'était donc une journée qui avait fort bien commencé, mais qui devait hélas mal finir. Pendant la popote du soir, un agent de liaison entra dans le réfectoire et demanda à parler au prévôt. En le voyant s'approcher, Léon savait qu'il y avait bien peu de chances pour que ce fût une bonne nouvelle.

— Bonsoir, mon lieutenant. Excusez-moi de vous déranger en plein repas, mais… un gars du 62e s'est suicidé au cantonnement. Un caporal.

— Quand ça ?

— Ça vient tout juste d'arriver.

Cognard mit un coup de coude à Bellec.

— Montrez-nous le chemin, on vous suit !

La nuit était tombée depuis peu et les rues d'Albert étaient silencieuses. Un grondement de canon lointain, qui illuminait sporadiquement l'horizon, ne parvenait pas à couvrir le crissement des insectes nocturnes. La chaleur du jour n'était pas complètement évanouie et la température était d'une douceur qui, en d'autres temps et en d'autres lieux, eût incité à la flânerie et au romantisme.

— C'est pas de veine, alors que la p'tite mère Dacheux nous avait concocté un far aux pruneaux à la mode de chez nous, pour nous rappeler *nôte poéyis éd'Brétagne* ! dit Bellec.

— Les gars nous en laisseront.

— Ben, c't-à-dire que j'ai peur d'avoir perdu l'appétit en revenant, voyez…

Ils marchèrent une dizaine de minutes, jusqu'aux faubourgs ouest de la ville. La compagnie de la victime était installée, pour sa relâche, dans une vaste grange à foin prêtée par un paysan ou réquisitionnée. Il n'y avait pas grand monde qui dormait à cette heure. Ça discutait, ça picolait, ça tapait le carton ou ça rigolait.

Un sous-officier, petit et râblé, avec un nez mutin et une tête de boxeur professionnel, était là pour accueillir les gendarmes.

— Bonsoir, prévôt. Adjudant-chef Fourquin, commandant la section du caporal Guyader. Faites excuse, on a envoyé chercher le capitaine Cadoret qui est à la tête de la compagnie, mais apparemment il n'est pas en ville ce soir.

— Le caporal Guyader, c'est notre suicidé ? demanda Léon.

— Oui… Il est derrière la grange.

— Bien. Allons voir cela.

Le corps était étendu sur le ventre, dans la pénombre, au milieu des hautes herbes et des orties, un fusil Lebel à côté de lui. Une forte odeur d'urine se dégageait de toute la zone, qui laissait peu de doutes sur l'utilisation conventionnelle qu'en faisaient les hommes de la compagnie. Trois silhouettes de soldats se tenaient debout autour du défunt, les mains dans les poches.

— Qui l'a trouvé ?

— C'est moi, fit l'un d'eux. Enfin, c'est nous deux. On fumait un clope dehors, on a entendu le coup de feu, alors on s'est précipités, et voilà.

— Vos noms ?

— Caporal-chef Derrien.

— Soldat Séveno.

Cognard nota l'absence de marque de respect dû à son grade, et ne douta à aucun instant que ce fût volontaire. Il choisit de ne pas faire d'esclandre.

— Est-ce que c'est possible d'avoir de la lumière ? Il fait noir comme dans un four, ici.

— Allez chercher des lanternes, les gars, dit Fourquin.

Séveno et Derrien s'exécutèrent.

— Et vous, soldat ? demanda Cognard au troisième larron qui n'avait pas encore parlé.

— Moi, c'est Richard, mon lieutenant.

— Vous connaissiez Guyader ?

— Un peu, oui. Je suis dans son escouade. Vraiment un type bien, courageux et tout. Pas beaucoup de sens de l'humour, mais un bon copain quand même.

— Vous étiez avec lui ce soir ?

— Oui, avec moi et plusieurs autres de l'escouade, on jouait à la belote, puis il est parti en disant qu'il avait envie de pisser. Et deux minutes plus tard, *bang*, plus personne.

— Il était dans son état normal ?

— Absolument. Rien vu venir.

— Ces derniers temps, il ne semblait pas plus abattu que d'habitude ? Il ne s'était pas ouvert auprès de vous de quelque souci que ce soit ?

— Nan. Il parlait jamais de lui. Je sais juste qu'il était marié, c'est tout. Ça va être dur pour sa femme. Vous serez obligé de lui dire qu'il est mort comme ça ?

— Ce n'est pas moi qui m'occupe de ce genre d'information, mais en principe, hélas, la procédure est la transparence avec la famille, d'autant que le suicide n'ouvre généralement pas droit à la mention « Mort pour la France ».

— C'est moche.

Les lanternes arrivèrent. Léon congédia les trois hommes, ne conservant avec lui que Bellec et l'adjudant-chef Fourquin.

— Éclairez-moi ça, Bellec.

Il y avait un orifice sortant très irrégulier d'une demi-paume de large au niveau occipital. Du sang avait éclaboussé le haut de son dos, mélangé à de la matière cérébrale et des fragments de boîte crânienne.

— Adjudant-chef Fourquin, où avez-vous formé les faisceaux ?

— À l'entrée de la grange.

— Donc en sortant de la grange pour aller uriner, Guyader aurait pris son fusil sans que personne s'en rende compte ?

— Ça ne me semble pas possible, quelqu'un l'aurait forcément vu. Je pense plutôt qu'il avait dû s'arranger pour planquer son nougat dans les hautes herbes.

— Mais dites-moi, les faisceaux ne doivent pas être vérifiés une fois formés ?

— Oui, mais ce sont les caporaux de chaque escouade qui font cette vérification, justement.

— Très bien, on ne pourra rien faire de plus ici. Envoyez chercher les brancardiers divisionnaires pour procéder à l'enlèvement du corps. Vous pouvez disposer.

— D'accord. Je peux récupérer son fusil ? Je crois qu'il n'en aura plus besoin, le pauv' gars.

— Non, je prends le fusil.

— Ah bon ? Mais pourquoi ?

— Comme pièce à conviction. Il sera restitué à votre fourrier dans deux ou trois jours.

— Pièce à conviction de quoi ?

Cognard se releva de toute sa hauteur, toisa Fourquin quelques instants dans le reflet moiré des lanternes.

— Mais de son suicide, bien entendu.

— Ah. S'cusez, hein, c'est la première fois qu'un truc pareil m'arrive, et j'espère bien que c'est la dernière. Comme si ça suffisait pas de les voir crever au front, maintenant faut qu'ils se foutent en l'air. C'est à n'y plus rien comprendre.

Quand Fourquin fut parti, Cognard et Bellec se retrouvèrent seuls avec le cadavre en attendant les brancardiers.

— Qu'est-ce que vous en pensez, Bellec ?
— Ben, comme disait le soldat tout à l'heure : c'est moche !
— Oui, mais encore ?
Le prévôt dévisageait son greffier, qui comprit qu'il attendait autre chose de lui.
— Eh bien... Je sais pas... Je me dis, c'est sans doute parce qu'ils sont habitués à en voir de dures au front, mais quand même, ça n'a pas l'air de les toucher beaucoup. Si c'était vraiment un type bien et apprécié de ses hommes, ils auraient tous dû être dépités, non ?
— Je ne vous le fais pas dire. Et Fourquin, qu'en pensez-vous ?
— Pareil, il avait vaguement l'air de s'en foutre, sauf à la dernière phrase, après que vous lui avez dit que vous deviez embarquer le fusil. Comme si une petite voix lui avait rappelé dans sa tête : « Oh, zut, j'ai oublié d'être triste. »
— Tout à fait. Je dirais même plus : il était aussi éploré qu'une péronnelle qui apprend la mort de son époux nonagénaire et richissime.
— Oui, ça manquait de trémolos dans la voix, pour le moins.
— J'aurais bien aimé ne pas avoir cette conversation dans la pénombre, je pense que l'observation de leurs visages nous en aurait appris beaucoup. Il n'est pas exclu que je revienne dans les jours à venir, d'ailleurs.
Les brancardiers arrivèrent un quart d'heure plus tard. Léon exigea qu'ils placent le corps sur la litière exactement de la manière dont il était allongé. Bellec remarqua que son chef déposait le fusil à côté du cadavre en le maniant avec les plus grandes précautions

et en ne touchant que l'extrémité du canon et de la crosse.

Lorsque le petit cortège nocturne parvint au bout de la rue, à l'entrée de la ville, les brancardiers s'apprêtaient à tourner à gauche pour se rendre à la partie morgue de l'hôpital de campagne, mais Cognard leur demanda au contraire de tourner à droite, vers la prévôté.

— Mais… On n'a jamais fait ça, mon lieutenant !

— Eh bien, il n'est pas trop tard pour commencer, messieurs.

— Mais, le médecin-major va nous demander où il est demain matin pour faire le certificat de décès et le permis d'inhumer ! On va lui répondre quoi ?

— Que je vous ai ordonné de le transporter à la prévôté. Je prends tout sous mon chapeau, n'ayez aucune crainte.

C'est ainsi que le cadavre du caporal Guyader se retrouva, à une heure du matin, déposé dans son brancard sur la table du greffe, avec un drap blanc par-dessus.

— Allons nous coucher, Bellec. Celui-là au moins ne risque pas de s'enfuir et nous avons besoin de lumière naturelle pour l'examiner de plus près. Sur le pont à cinq heures du matin !

— Chef, il est de mon devoir de vous dire que cette histoire va vous apporter de gros ennuis.

— Les ennuis sont les ennemis de la routine, Bellec, donc ça me va ! À tout à l'heure !

12

7 juillet 1915

À l'heure dite, Bellec débarqua au greffe blanc comme un linge et l'air épuisé, cependant que Cognard avait fait glisser le linceul de pudeur et se retroussait les manches. Sa tasse de café fumait, posée juste à côté du mort.

— Eh bien, Bellec, vous avez une de ces têtes ! On dirait que vous n'avez pas dormi !

— En fait, c'est le cas. Je n'ai quasiment pas dormi.

— Ce n'est pas sérieux ! Quand on ne dispose que de quatre heures de sommeil, il ne faut pas les gâcher !

— À vrai dire, j'aurais bien aimé. Mais tout ça m'a un peu… tourneboulé.

— Je comprends. Vous avez mangé quelque chose, au moins ?

— Non, chef. Vraiment… pas faim.

— Il faut absolument que vous mangiez quelque chose, sinon vous allez le regretter amèrement. Tenez, prenez sur la petite table, il y a du café et un bon reste de far aux pruneaux de la mère Dacheux. Il est excellent !

— Non, chef, ça va pas être possible. On peut aérer, là ? ajouta-t-il en constatant que la fenêtre était fermée.

— Ah oui, c'était pour empêcher Greffier de rentrer. Je l'ai mis dehors, car il avait l'air un peu trop intéressé par notre client... Il n'aurait plus manqué qu'il en mange un morceau !

— Arrêtez, chef, ou je vais vraiment dégueuler, là !

— Eh oui, que voulez-vous, ces mignonnes boules de poils n'ont pas les mêmes mœurs alimentaires que nous !

Bellec ouvrit la fenêtre en grand, s'abstenant d'entretenir la conversation sur les velléités nécrophages et anthropophages de certains animaux domestiques.

— Chef... Vous allez réellement disséquer ce cadavre dans le greffe ?

Cognard haussa les épaules en rigolant.

— Allons, soyez sérieux. Je ne fais pas d'autopsie. Pour cela, il faut être médecin agréé, et je ne suis ni l'un ni l'autre. En revanche, il m'est souvent arrivé d'y assister lorsque j'étais dans la mobile. Dites, vous pouvez m'aider à le déshabiller ? C'est compliqué avec la rigidité cadavérique.

— Chef, je suis désolé, ça va être la première fois en trois mois que je vous refuse quelque chose, mais c'est aussi pour votre bien. Je vous jure que si je fais ça, je retapisse votre macchabée à la bile fraîche.

— C'est bon, Bellec, je vais me débrouiller. Quelle petite nature vous faites, franchement ! Puisque je vous dis de manger quelque chose ! Croyez-en mon expérience, c'est bien pire à jeun. Vous êtes têtu, hein ! Un vrai Breton !

Le greffier sortit prendre l'air cinq minutes. Quand il revint, il avait repris un peu de couleurs. Entre-temps, Cognard avait réussi à mettre le pauvre Guyader torse nu, et il l'avait retourné. Le spectacle était un peu moins dégoûtant que la vue de dos avec ce puits insondable à l'arrière du crâne et ces débris de cerveau partout. Bellec garda ses distances, mais se servit un demi-quart de café et osa croquer dans le coin d'une part de far breton. Il remarqua que les deux maxillaires du mort étaient très écartés et qu'il avait quelque chose dans la bouche.

— C'est quoi, ce truc ?

Léon y mit deux doigts et, d'une rapide torsion du poignet, en sortit un petit bout de bois de cinq centimètres de long, avant de le montrer à son greffier.

— Ça, c'est ma béquille, Bellec !

— Votre… béquille ?

— Oui, je l'avais mise hier soir pour lui garder la bouche grande ouverte. Si je ne l'avais pas fait, ce matin je n'aurais jamais pu regarder à l'intérieur, à cause de la raideur. Regardez, maintenant ça tient tout seul !

En effet, la mâchoire restait ouverte à l'extrême, dans une grimace affreuse, comme s'il avait été statufié au beau milieu d'un hurlement d'horreur.

Léon fouilla méthodiquement les poches du mort et en sortit son portefeuille, dans lequel il avait glissé son livret militaire.

— Voyons cela… Le reste de sa dernière solde ; pas de quoi faire des folies. Et c'est à peu près tout. Pas la moindre correspondance, dirait-on. C'est curieux, ça !

— Y a encore des gars qui sont illettrés, chef.

Cognard feuilleta le livret militaire.

— Joseph Marie Guyader, né le 28 avril 1892 à Ploemeur, arrondissement de Lorient, département du Morbihan. Taille : un mètre soixante-quatre. Arrivé aux armées le 1er juin 1913. Nommé caporal le 15 juillet 1914. Profession : cultivateur. Niveau d'instruction : trois[1].

— Soit une « instruction primaire plus développée ». Bon, oubliez ce que j'ai dit, non seulement il savait lire et écrire, mais même un peu plus que ça.

— Certes. Et il était au service militaire depuis plus d'un an quand la guerre a éclaté, ce qui exclut qu'il puisse être une bleusaille à laquelle les autres n'avaient pas eu le temps de se lier. Leur attitude d'hier soir reste donc étrangement détachée.

Léon se replongea dans la lecture du livret.

— Marié en la mairie de Ploemeur le 5 juillet 1914 à Catherine Marie Guyader, née Caudan.

— Un tout jeune marié, donc. C'est vraiment étonnant qu'il n'ait aucune lettre sur lui. Regardez, il porte bien son alliance.

— En effet.

Le prévôt se pencha sur la bouche du défunt et sortit une loupe.

— Bon, sans surprise, il est mort d'un tir d'arme à feu, comme en témoignent le palais, la luette et le pharynx, carbonisés par la flamme de bouche. Vu l'orifice de sortie, ce n'est pas l'œuvre d'une arme de poing, donc l'hypothèse de l'utilisation de son Lebel

1. Les niveaux d'instruction inscrits sur les livrets militaires allaient de 0 (ne sait ni lire ni écrire) à 5 (bacheliers et au-delà).

de dotation – ou d'un autre – est à privilégier. Tiens, tiens… C'est curieux, ça…

— Quoi donc ? Je vous laisse me décrire, hein, vous avez toute ma confiance !

Ça va mieux, lui. Il recommence à plaisanter.

— Il a trois incisives et une canine fracturées, et plusieurs autres fissurées… Sur une dentition par ailleurs dans un état remarquable, j'ose même dire rarissime. Quel gâchis, vraiment !

— C'est le recul du fusil qui a dû lui déglinguer les dominos, chef.

— Vous l'avez dit vous-même : le *recul*, qui fait ressortir l'arme. Nous n'avons pas à notre disposition les moyens expérimentaux d'Ambroise Paré, mais je serais prêt à parier que le recul du fusil ne casserait jamais toutes ces dents.

— Qu'est-ce qu'il a fait, Ambroise Paré ?

— Vous ne connaissez pas l'anecdote ? Pour essayer de soigner – en vain, d'ailleurs – le roi Henri II qui s'était fait planter un morceau de lance de cavalerie dans le cerveau à travers l'œil, il fit subir le même sort à six condamnés à mort pour tenter de trouver une solution.

Bellec se mit à rire.

— Déjà que c'est pas très orthodoxe d'avoir fait amener ce type ici, alors si en plus vous allez à la morgue pour tirer au Lebel dans la gueule des cadavres, histoire de voir ce que ça fait, je crois pas que ça va passer… Mais pour en revenir à notre affaire, je pense que le recul peut vraiment lui avoir démoli le râtelier : la mire lui a sans doute arraché les dents du haut au passage.

— J'ai trois objections. La première, c'est que le poids à vide du Lebel est de quatre kilos cent, ce qui est très lourd. Il est quasi indispensable d'appuyer la crosse du fusil sur une surface solide – typiquement, le sol – pour pouvoir se tuer avec. La deuxième, c'est que la moitié des dents cassées sont des dents du bas, et qu'il n'y a pas de hausse sous le canon… ou inversement, si le fusil a été utilisé à l'envers. La troisième, c'est que si vous aviez vu juste, les dents supérieures brisées auraient été expulsées de sa bouche par le choc de la hausse.

Léon se saisit d'une petite pince et la glissa entre les lèvres écartelées du mort.

— Or, les voilà, ses incisives supérieures. J'opte donc plutôt pour un choc de l'extérieur vers l'intérieur, comme un coup de poing ou de crosse, mais il aurait des ecchymoses sur les lèvres et peut-être au-delà, ce qui n'est pas le cas…

— … Ou un coup de canon. On lui aurait introduit le canon de force dans la bouche ?

— C'est mon hypothèse prioritaire.

Cognard parcourut le reste du corps de Guyader avec sa loupe.

— D'autant que nous avons des griffures ici, aux poignets et à l'avant-bras… et des ecchymoses au cou et au bras, d'ailleurs probablement en dessous de la réalité, car elles auront été ralenties par la mort, mais un légiste vous exposerait ça mieux que moi. En bref, à tous les endroits les plus commodes pour saisir quelqu'un. Ce garçon a eu une empoignade juste avant son décès, et il s'est débattu avec vigueur.

— Merde, chef… un meurtre ?

— Et même un meurtre avec préméditation. Et je parie mon cheval que ses assassins ont fait disparaître sa correspondance de peur qu'on ne la lise et que ça ne nous donne des soupçons.

— Ses assassins... acquiesça Bellec, pensif.

— Oui. D'après vous, combien faut-il être pour enfoncer de force le canon d'un Lebel dans la bouche d'un soldat entraîné qui ne se laisse pas faire ?

— Au moins trois, chef.

— Malheureusement, nous sommes en temps de guerre, et ce pauvre gamin risque de passer par pertes et profits. C'est d'ailleurs certainement là-dessus que comptent ses meurtriers.

— D'autant que je vous rappelle que ce qu'on est en train de faire est totalement illégal.

— Il nous faut des arguments en béton, Bellec ! s'enthousiasma Léon. Il n'y aura aucune autopsie, on le sait déjà, donc il faut développer notre argumentaire antisuicide si l'on ne veut pas que ce crime reste impuni. Prenez du papier et écrivez, greffier !

— Ça, pas de problème, c'est dans mes cordes ! sourit le plumitif.

Léon sortit des gants de sa trousse à malices – comme il l'appelait – qui était décidément bien garnie, et les enfila. Il imbiba un tampon d'ouate avec une bouteille d'alcool à quatre-vingt-dix degrés, et désinfecta le bout du canon du fusil, dont il ouvrit la culasse pour vérifier qu'elle était vide, de même que l'auget.

— On va essayer d'éviter un accident malencontreux, justifia Cognard. Tout d'abord, tentons une petite reconstitution. Je suis désespéré et je veux me suicider avec ce fusil Lebel modèle 1886 de la manufacture d'armes de Saint-Étienne. Je suis debout dans un champ qui sent l'urine, je n'ai rien pour m'asseoir et qui plus est, il fait nuit, je ne vois donc pas grand-chose.

Il retourna le fusil et se fourra le canon dans la bouche sans autre forme de procès. Il tenta d'atteindre la détente en tendant le bras et en allongeant les doigts au maximum, sans succès. Il manquait facilement quinze centimètres, tant l'arme était longue. N'arrivant plus à soutenir le fusil d'une seule main, il fut rapidement obligé de poser la crosse par terre.

— 'a commen'e 'al ! dit-il à Bellec sans pour autant retirer le canon de sa bouche.

Cherchant par tous les moyens à gagner de précieux centimètres, il enfonça encore un peu plus loin le canon, se cambra au maximum, tout en basculant la tête en arrière et en maintenant le fusil sur sa poitrine avec sa main gauche ; il parvint tout juste à presser la détente.

— Voilà. Sachant que je fais un mètre quatre-vingts, que j'ai une envergure plutôt élevée pour ma taille. Guyader faisant un mètre soixante-quatre, je crois qu'à ce stade il est inutile de comparer la longueur de nos bras respectifs : il lui a été impossible de se tuer de cette manière.

— En utilisant un bout de bois ? C'est couillon ce que je dis, chef, mais bon, je me fais l'avocat du diable.

— Vous avez parfaitement raison. Je vais chercher un bâton, même si, notez-le bien, nous avons inspecté les alentours immédiats du corps et n'en avons trouvé aucun qui puisse faire l'affaire. Mais admettons…

Pendant que son chef allait chercher l'accessoire voulu dans la cour, Bellec noircit frénétiquement du papier, prenant des notes en sténographie pour ne rien oublier. Il prendrait ensuite le temps de rédiger le tout impeccablement. Enfin une affaire qui le sortait de son ordinaire ! Il se sentait pousser l'âme d'un justicier.

Deux minutes plus tard, Cognard était de retour avec une branche d'une trentaine de centimètres de long, qu'il avait choisie de manière que l'on puisse tailler la tête en Y et ainsi accrocher la détente plus facilement.

— Notez que mes préparatifs sont très élaborés. Je mets toutes les chances de mon côté pour me tuer. Je m'applique ! dit-il, tout en élaguant le rameau avec son couteau de poche pour donner à l'accessoire la forme adéquate.

Il reprit le fusil, en fourra de nouveau le canon dans sa bouche, posa très rapidement la crosse par terre, car au vu de la lourdeur de l'objet, c'était la seule façon de lui assurer la stabilité nécessaire pour atteindre la détente avec le morceau de bois. Il plia légèrement les genoux.

— Oui ! Ou'iez 'as 'e 'e 'e'ure un 'è're 'oi'an-'a're ! fit-il en voyant le regard interrogatif du greffier.

Alors, il tendit la main droite prolongée de son bâton, et après quelques tâtonnements, réussit à déclencher la détente.

— Vous disiez quoi, chef ? J'ai rien compris. On vous a pas appris qu'il fallait pas parler la bouche pleine ?

— Je disais qu'il convenait de ne pas oublier que je faisais un mètre soixante-quatre, d'où ma légère génuflexion. Après cette démonstration, pensez-vous qu'il ait pu y parvenir autrement ?

— Franchement, non, je vois pas comment.

— Très bien. Et quel était l'angle du fusil ?

— En degrés, je peux pas vous le donner, mais ce qui est sûr, c'est que l'angle de la trajectoire de tir n'est sûrement pas celui du caporal Guyader. Si vous aviez repeint le greffe avec votre cervelle, je dirais que la balle serait ressortie au niveau de la partie arrière du sommet de votre crâne, mais certainement pas par la nuque, comme pour lui.

— Nous sommes bien d'accord. Il en serait d'ailleurs de même s'il avait réussi à appuyer sur la détente avec son pied, encore que cela me paraisse de toute façon impossible en portant des brodequins. Finalement, nous sommes chanceux, nous les gendarmes.

— Pourquoi, chef ?

— Entre nos revolvers et nos mousquetons Berthier, nous avons le privilège de pouvoir nous suicider avec nos armes de dotation, ce qui n'est visiblement pas le cas des biffins.

Cognard ramassa la chemise et la vareuse de Guyader et entreprit de les lui remettre.

— Donc, résumons-nous. Je suis désespéré – ce qui reste à prouver, et l'absence de correspondance nous en empêche fort opportunément – et je veux me tuer. Lorsque ma compagnie est de repos, je réussis à cacher mon fusil dans les hautes herbes au nez et à la barbe de tous mes camarades, en un lieu qui sert de pissotières clandestines à tout le monde. Comme je n'ai pas, tant s'en faut, une envergure suffisante pour appuyer sur la détente avec mon doigt, j'utilise un bout de bois préalablement préparé, qui se volatilise après mon suicide…

Léon ayant encore plus de mal à rhabiller le cadavre qu'à le déshabiller, Bellec vint à son secours. Il buvait les paroles de son chef, semblant avoir oublié dans l'intervalle sa répulsion pour ce spectacle macabre.

— Ah oui, n'oublions pas aussi que la balle, tirée à environ soixante-dix degrés du plancher des vaches, ricoche malencontreusement dans ma tête de cochon – car je suis breton – et sort en fin de compte au niveau occipital, comme si elle avait été tirée quasiment à l'horizontale.

— C'est abracadabrant. S'il voulait mourir, il aurait été beaucoup plus simple de monter sur le parapet en première ligne. D'autant que ses camarades auraient alors dit qu'il avait été tué par un tireur d'élite, ce qui lui aurait permis d'avoir la mention « Mort pour la France » et de ne pas priver sa femme de pension. Il ne pouvait pas ignorer qu'en se suicidant à l'arrière, il risquait de la mettre en difficulté.

— En effet, et ce n'est pas tout ! À ces arguments d'autorité s'en ajoute un autre, d'expérience et de bon sens. Dans ma carrière, j'ai malheureusement dû constater plus d'un suicide. Le plus souvent, ils font cela dans leur grenier, au fond de leur jardin, ou dans leur salle à manger, mais quand la maison est vide. Discret, mais propre. Le suicide a quelque chose de pudique. La seule fois où quelqu'un m'a fait mentir, c'était davantage dû au *modus operandi* choisi : il s'était jeté sous un train. Vous avez déjà vu quelqu'un qui s'était jeté sous un train, Bellec ?

— Non, chef, mais je pense que ça doit être conforme à ce que nos gars voient tous les jours en première ligne après un bombardement.

— Cet endroit était celui que trois cents hommes utilisent parce qu'ils ont la flemme d'aller jusqu'aux latrines réglementaires, avec une fréquentation en rapport avec la quantité de vin ingurgitée de retour du front – il faudra qu'on les verbalise, d'ailleurs. On ne se suicide pas dans des pissotières, improvisées ou non. Ça ne se fait pas, c'est tout. On n'a pas envie de savoir que notre corps sera retrouvé dans un carré de verdure qui reçoit soixante litres de pipi par jour. Bien sûr, à toute règle il y a des exceptions, mais si les statistiques empiriques restent en tout temps un très bon indice, quand elles s'ajoutent à d'autres indices, elles deviennent implacables. Et j'aime ce qui est implacable, Bellec. D'autant qu'avec un peu de chance, je vais trouver encore plus implacable ! Mais j'aurai besoin de m'isoler un moment pour étudier ça de près.

— Vous voilà bien mystérieux, chef. Vous n'allez quand même pas laisser votre greffier dans l'ignorance ?

— Eh bien, pour tout vous dire, j'ai très peu dormi moi aussi…

— Pour vous, c'est une habitude !

— Oui, mais là, je suis carrément tombé du lit à trois heures et demie. Du coup, songeant que ce fusil tout de bois et d'acier était un objet idéalement lisse, je n'ai pas pu résister à la tentation de le passer à la poudre d'alumine.

— Qu'est-ce que c'est ?

— Un révélateur d'empreintes digitales, petit souvenir que j'ai rapporté de mon séjour à la mobile.

Et je peux vous dire qu'en effet, il y en a, des empreintes, sur ce fusil ! Tellement qu'il va me falloir un moment pour les analyser et les comparer. J'ai fini par ne répertorier que celles qu'il y avait à l'avant de la crosse, là où l'assassin a posé sa main – à moins de porter des gants, ce dont je doute.

— Vous n'avez pas regardé au milieu du canon, là où Guyader a posé sa main s'il s'est vraiment suicidé ?

— Ce dont je doute plus encore. Et la réponse est non, car il y aura sûrement ses empreintes à cet endroit, et cela ne prouvera rien du tout.

— Pourquoi ?

— Parce que tous les soldats empoignent leur fusil ici, que ce soit pour le prendre et le mettre en bandoulière, ou pour le déposer en faisceau. Il n'y a pas de différence probante entre la prise naturelle et la prise pour se suicider.

Cognard ouvrit son calepin et le tendit à Bellec. Il y avait dessiné un croquis assez fidèle de l'avant-crosse d'un fusil Lebel vue des deux faces, avec des petits ronds par endroits reliés à des flèches numérotées.

— Je vais comparer toutes les empreintes répertoriées avec celle que j'ai prise au doigt de Guyader. Je vous fiche mon billet que je vais trouver des corrélations, car c'était bien son fusil, mais que je vais aussi trouver une autre empreinte…

— D'accord, mais si c'est le cas, vous en ferez quoi ?

— À chaque jour suffit sa peine. Je vais déjà faire mes comparatifs et nous verrons bien. Mais je ne vous cache pas que même si je trouve une autre empreinte, il y a peu de chances qu'elle soit dans le fichier national, créé il y a quelques années, qui en est encore à ses balbutiements. La plupart de ceux qui y figurent sont en prison pour longtemps et n'ont même pas été autorisés à en sortir pour participer à la grande fête.

— Et le mobile, chef, qu'est-ce que ça peut être ? demanda Bellec en mordant à pleines dents dans une belle part de far aux pruneaux et en se servant une grande rasade de café sans même avoir pris la peine de se laver les mains.

— Pour ça, rien de tel qu'un petit *brainstorming*, Bellec.

— Un petit quoi ?

— *Brainstorming*. Littéralement, une *tempête de cerveau* ; j'adore cette image ! C'est une méthode créée par nos éminents collègues de Scotland Yard. Ils se mettent à cinq ou six et balancent tout ce qui leur passe par la tête : hypothèses, arguments, réfutations, du tac au tac et à la volée.

— Nous ne sommes que deux.

— Oui, mais nous sommes bons ! dit Léon dans un clin d'œil. Alors Bellec, admettons que quelques-uns de ses « camarades » aient « suicidé » le caporal Guyader contre son gré. Pourquoi l'ont-ils fait ?

— C'est pas crapuleux, ça m'étonnerait que le type soit à la tête d'une fortune cachée... Par vengeance ?

— Oui, mais pour se venger de quoi ?

— Ben, d'un truc grave, forcément... Quelque chose qui a provoqué la mort au feu d'un autre ? Il aurait tiré la couverture, en quelque sorte ?

Cognard fit une moue dubitative.

— Pas facile à faire, dans un endroit où l'on ne sait jamais d'où la mort va venir, et où elle vient toujours à une vitesse telle qu'on ne peut pas la prévenir.

— Il a abandonné un blessé ?

— C'est un peu léger. Les blessés sont bien plus souvent abandonnés en espérant que les brancardiers pourront aller les récupérer la nuit suivante que ramenés sur le dos de leurs camarades. C'est même la consigne générale. D'ailleurs, ceux qui rapportent un blessé sur leur dos sont plutôt cités à l'ordre de la division, ce qui prouve qu'il s'agit là d'une pratique dangereuse. On ne peut donc pas en vouloir à un type qui ne l'a pas fait.

— Il a été surpris à piller des cadavres !

— Intéressant. Cela dit, à ma connaissance, la plupart des gars à qui c'est arrivé sont passés au falot, éventuellement après avoir été rossés par leurs camarades révoltés, rien de plus. Encore une fois, la sentence de mort me paraît sévère.

— Ou alors, ils ont voulu le faire taire. Il savait quelque chose de compromettant pour eux, ou il a vu un truc qu'il n'aurait pas dû voir.

— Intéressant. Vous pensez à quoi ?

— Un truc maous, forcément… Un gros trafic… Ou un meurtre… Un truc qui enverrait le coupable aux travaux forcés à perpète, voire au poteau !

— Cela tient la route. Mais pourquoi avoir fait cela à l'arrière, alors qu'il aurait été tellement plus facile et moins risqué de le supprimer au front, en faisant croire qu'il avait été tué par les Allemands ? Dans le feu de l'action, un accident est si vite arrivé, n'est-ce pas ? Impossible de faire la différence entre une balle française et une balle allemande.

— Ils ont dû être pris par le temps. Il a peut-être menacé de tout balancer ?

Cognard hocha la tête.

— Ce sera mon hypothèse privilégiée. Pour l'étayer – ou la contredire –, je propose que vous alliez questionner le vaguemestre pour savoir s'il se souvient de lui avoir régulièrement apporté du courrier, ou pas. Quant à moi, je vais étudier ces empreintes, et écrire à madame veuve Guyader en choisissant mes mots avec science et tact.

— Et lui, qu'est-ce qu'on en fait ? demanda Bellec en désignant le défunt qui gisait sur la table.

— Eh bien, la civière de monsieur est avancée !

Le greffier regarda par la fenêtre et, en effet, les deux brancardiers de la veille arrivaient. Léon alla leur ouvrir la porte, tout le monde se salua.

— Vous arrivez bien, messieurs, nous avions justement terminé !

— Faudrait que vous veniez avec nous, mon lieutenant. Le major veut vous voir.

— Tout de suite ?

— Ouaip. Il a dit « avec le mort », sur un ton un peu comme s'il risquait d'y en avoir un deuxième, si vous voyez ce que je veux dire…

13

8 juillet 1915

Quand Cognard et son greffier se retrouvèrent le lendemain matin, il était bien plus tard que la veille. Ils accusaient encore le coup de leur nuit presque sans sommeil et se sentaient, sans vouloir le reconnaître, un peu frustrés de devoir continuer à expédier les affaires courantes – et Dieu sait s'il y en avait ! – alors qu'ils auraient souhaité pouvoir se consacrer corps et âme à la quête de la vérité sur cette affaire.

La veille, Léon était parvenu à sauver les meubles auprès du médecin-major de l'hôpital de campagne. De but en blanc, ce dernier l'avait très fraîchement accueilli, l'avait traité de maniaque, menacé de le dénoncer à l'état-major pour détournement de cadavre et exercice illégal de la médecine, et lui avait promis les neuf cercles de l'enfer de Dante. Et puis, après avoir hurlé tout son soûl, il l'avait écouté parler. Or, il fallait le reconnaître, Cognard était un homme persuasif, et aucun interlocuteur ne lui convenait mieux que ceux qui l'écoutaient attentivement, eussent-ils par ailleurs un caractère difficile. Et de fait, le toubib était peu amène, mais pas borné. Il faut dire qu'il passait le plus clair de ses journées à amputer des bras et des jambes, prescrire de la morphine, remplir des fiches d'évacuation et céder la place à l'aumônier quand il n'y avait plus rien à faire, ce qui était fréquent. Cela lui donnait des circonstances atténuantes. En ne disant rien que la vérité et en n'omettant aucun argument, Léon avait donc réussi à le calmer, et presque à le faire basculer dans son camp, il l'avait senti. Mais rapidement, les réticences coutumières et bureaucratiques s'étaient éveillées. Non, voyons, on ne faisait pas d'autopsie en temps de guerre.

Ah bon, c'était interdit ?

On ne savait pas si c'était interdit, mais ça ne se faisait pas, c'est tout. D'ailleurs, on n'en avait pas le temps, on avait de nombreuses opérations programmées pour tenter de sauver des hommes encore vivants, alors un mort, pensez donc ! Et puis, on n'était pas légiste ! C'est un métier à part entière !

Alors, pouvait-on demander s'il y avait un légiste du civil qui pouvait venir d'Amiens ou de Paris ? Après tout, lorsqu'il y a un espion, les gendarmes font bien venir un commissaire de la Sûreté générale, qui est un civil ! Il y a donc des ponts possibles !

Ah non, ça ne s'était jamais fait, une chose pareille !

Mais peut-être serait-il temps d'innover ?

Oh, mais dites donc, ça commence à bien faire, votre affaire, là ! Votre macchabée sera enterré cet après-midi, sans cérémonie, et estimez-vous heureux !

Fin de non-recevoir, claire, nette et définitive.

Bellec avait trouvé le temps d'aller voir le sergent-vaguemestre régimentaire du 62e RI. Il avait en charge le courrier de ses trois bataillons, soit douze compagnies, et du personnel dépendant directement de son état-major, soit la bagatelle de trois mille cinq cents hommes. Autant dire que Guyader était une aiguille dans une meule de foin et qu'il y avait bien peu de chances pour que le vaguemestre se souvînt de lui. Tout enquêteur dira que l'une des choses qui font le charme étrange de son travail, c'est que parfois, alors qu'il est persuadé d'aboutir à quelque chose en entreprenant une démarche, il n'obtient rien du tout, et que d'autres fois, le contraire se produit : le vaguemestre reconnut Guyader sur la photo de son livret militaire. C'était sans doute un facteur de qualité, qui faisait son métier – considéré comme une bonne planque – avec grande conscience professionnelle, il était certainement humain, très physionomiste et avait probablement une excellente mémoire des noms, mais Bellec sut tout de suite qu'avec Guyader, c'était encore autre chose. Ce jeune homme était tellement attendrissant ! Il explosait littéralement de joie quand il voyait arriver une lettre de sa femme ou de ses parents ! Une joie tellement communicative qu'elle faisait rigoler tous ses copains ! Il avait embrassé – oui, embrassé ! – le vaguemestre quand il lui avait apporté la nouvelle de la naissance de sa petite fille ! Comment ça, mort ? Oh, quel malheur ! Comment ? Suicidé ?! Notre brave facteur n'en revenait pas. *A priori*, les meurtriers n'avaient pas pensé à le mettre dans la confidence, dites donc. Il avait encore une lettre pour Guyader, d'ailleurs, et Bellec avait bien essayé de l'obtenir, l'air de rien, mais taratata ! Le courrier des morts ne doit être donné à personne, mais juste renvoyé à l'expéditeur avec la mention « décédé ».

Non, pas de passe-droit. C'est qu'il y risquait sa planque, euh, sa place.

En tout cas, la preuve était faite que Guyader recevait régulièrement du courrier, ce qui inclinait à croire que ses bourreaux avaient tout brûlé dans la précipitation, donc que sa correspondance pouvait receler des informations importantes.

Cognard, lui, n'avait pas encore écrit à Catherine Guyader. Rien ne pressait. D'abord, la décence lui commandait d'attendre que la malheureuse fût mise au courant par les voies officielles, et ensuite, il savait qu'il avait intérêt à faire preuve d'une éloquence rusée pour espérer obtenir ce qu'il voulait, sans avoir l'air de le demander. Mieux valait prendre le temps de la réflexion. En revanche, il avait passé le plus clair de son après-midi précédent à s'user les yeux sur ces maudites empreintes digitales, ce qui n'était peut-être pas étranger non plus à son état de fatigue avancée. Il faut dire que le matériel dont il disposait était plutôt fruste vis-à-vis de celui de la Sûreté générale – le microscope, remplacé pour l'occasion par une grosse loupe, lui avait fait cruellement défaut – et qu'il avait aussi perdu la main. Malgré tout, après des heures d'effort et quelques moments de découragement, il avait formellement identifié l'empreinte de Guyader sur le fusil, mais également celle d'un autre homme, comme il s'y attendait, et cette dernière était parfaitement compatible avec une utilisation mortelle de l'arme. Restait bien sûr à savoir à qui elle appartenait, et ça, ce serait une autre paire de manches.

Les deux hommes avaient fait le point et partagé toutes leurs informations. Ils étaient à présent silencieux, absorbés l'un et l'autre dans leurs tâches respectives, tout en sirotant un énième quart de café qui avait, ce matin-là, un goût particulièrement prononcé de chicorée, mais ce n'était pas pour déplaire à Léon. Bellec terminait de mettre au propre le rapport d'enquête sur la mort de Guyader, tandis que Cognard feuilletait compulsivement son calepin en relisant inlassablement ses notes, ce qu'il faisait très souvent quand il n'arrivait plus à réfléchir.

— Vous vous rappelez cette femme qui n'avait pas eu de laissez-passer pour se rendre sur la tombe de son mari ? demanda-t-il brusquement.

— Ah, la folle ?

— Je vous trouve bien sévère. Il s'agissait plutôt d'une veuve très émue, et qui manifestait son désappointement certes bruyamment, mais avec quelque raison.

— Oui, eh bien ?

— Comme quoi cela sert de relire ses notes... Je viens de tomber sur ce que j'avais écrit à son propos. Vous vous souvenez à quelle unité appartenait le mari qu'elle pleurait de façon si pathétique ? Ce cher lieutenant Le Corre qui semblait avoir une haine si farouche de ses hommes, à tel point que sa femme était persuadée qu'on l'avait assassiné...

— Euh, non, ça fait une éternité, il me semble...

— Il commandait la première section de la 2e compagnie du 62e régiment d'infanterie.

— Nom de Dieu ! Ne me dites pas que...

— ... Si. Guyader appartenait également à la première section de la 2e compagnie du 62e régiment d'infanterie. Et ce brave adjudant-chef Fourquin, qui nous a semblé si « affligé » par la perte de son caporal, c'est lui qui a succédé au lieutenant Le Corre après sa mort le 18 janvier dernier. Déconcertant, n'est-ce pas ?

— Mais alors...

— ... Vous avez étudié les probabilités à l'école, Bellec ?

— Ben, ça m'évoque vaguement quelque chose, mais je vous avoue que j'étais plutôt un littéraire.

— Ah, les probabilités, c'est passionnant, pourtant ! Mais vous allez voir, c'est assez intuitif. Tenez, transposons dans le civil. Imaginons que dans une ville, en l'espace de quelques mois, vous ayez une mort suspecte à la scierie, et une autre à l'abattoir. Quelles seraient les chances qu'il y ait corrélation entre les deux ?

— Faibles, je dirais.

— Et maintenant, admettons qu'au lieu de cela, en l'espace de quelques mois toujours, vous ayez deux morts suspectes à la scierie... ou à l'abattoir, si vous préférez. Mais toutes les deux au même endroit. Quelles seraient les chances qu'il y ait corrélation entre les deux ?

— Bien plus importantes, chef. Mais jusqu'à présent, vous ne considériez pas la mort de ce lieutenant comme suspecte. Vous disiez même que c'était un mythomane, je crois.

— Oui, mais ceci me donne une furieuse envie de revoir mon jugement, et d'aller présenter mes excuses à madame Le Corre, ce que je m'abstiendrai de faire, en tout cas pour le moment. Mais vous savez quoi ? Il y a une façon d'en avoir le cœur net très rapidement.

— Ah bon ? Laquelle ?

— Demander à Testard l'autorisation d'exhumer et d'autopsier le lieutenant Le Corre.

— Ouh là, comme vous y allez, chef ! Le toubib vous a dit hier matin qu'il était pas question d'autopsier un macchab' tout frais et pas encore enterré parce que ça se faisait pas dans l'armée, et vous voudriez déterrer un autre macchab' vieux de six mois ? M'est avis que ça va coincer dans les rouages !

— Autopsier, c'est un bien grand mot. Juste le temps de faire une petite vérification. Il est censé être mort dans un bombardement, non ? Si c'est vraiment le cas, cela se verra et exclura l'assassinat. Et puis, notre démonstration est implacable, vous êtes en train de finir de la rédiger avec tout le sérieux qui vous caractérise, je vais emporter votre rapport et le reste, j'en fais mon affaire ! Un officier assassiné par ses hommes, c'est une perspective qu'aucun état-major ne voudrait laisser impunie.

*

Cognard n'obtint pas d'entrevue avant la fin de l'après-midi, ce qui laissa à son greffier le temps de peaufiner son rapport, quitte à négliger un peu l'amas de procédures qui ne demandait qu'à s'épaissir.

Il fut obligé de constater qu'il était nerveux et préféra marcher les trois kilomètres jusqu'au QG à côté de Rossinante en le tenant à la longe, plutôt que de monter dessus. La marche le détendait plus que l'équitation, et comme le hongre se plaisait à avoir le dos libre, ils étaient tous les deux satisfaits. Évidemment, les badauds qu'il croisa, civils ou militaires, furent quelque peu déconcertés par le spectacle inhabituel de cet officier qui attendait patiemment que son cheval daignât arrêter de brouter l'herbe grasse pour pouvoir reprendre sa marche, mais comme à l'ordinaire, Cognard se contentait de les saluer avec un large sourire, ce qui déclenchait selon les cas gêne, indifférence ou même une réponse enjouée avec quelques commentaires triviaux sur le beau temps ou le dernier bombardement.

Ce que les gens peuvent être étranges… et différents ! se disait-il.

Quand il arriva dans la cour du manoir, son appréhension, loin de l'avoir quitté comme le trac s'en va brusquement au moment où l'on déclame sa première réplique, ne faisait que le tarauder davantage. Depuis trois mois qu'il était arrivé à la prévôté, il s'était habitué à accomplir les quatre volontés de Testard, comme le voulaient l'usage et la chaîne de commandement. C'était la première fois qu'il s'apprêtait à emprunter le chemin inverse et à le solliciter à son tour pour quelque chose. Il ne savait pas trop sur quel pied danser avec le colonel. Si ce dernier ne lui avait jamais manifesté d'inimitié particulière, il ne lui avait jamais non plus montré la moindre sympathie. En fait, Léon avait la désagréable impression qu'il l'attendait au tournant, prêt à fondre sur lui au moindre faux pas comme la buse variable fond sur la tourterelle.

Vous êtes un drôle d'oiseau, vous… Un emmerdeur ? J'espère que ce n'est pas moi que vous allez emmerder, lui avait-il dit.

L'*a priori*, qui sonnait presque comme un procès d'intention, avait laissé des traces.

Un *drôle d'oiseau*, oui. Lunaire, aérien, sans doute.

Si n'être pas comme tout le monde, et ne pas faire comme tout le monde, c'était être un *drôle d'oiseau*, un *emmerdeur*, alors oui, il l'était.

Il avait *emmerdé* son père.

Il avait *emmerdé* ses professeurs.

Il avait *emmerdé* les surveillants généraux successifs de l'internat, presque tous sans exception.

À peine s'était-il engagé qu'il avait aussi *emmerdé* ses supérieurs, et volontiers ses subalternes aussi, bien qu'un peu moins, généralement.

Et le pire, c'est qu'il ne voulait pas les *emmerder*. Mais c'était plus fort que lui : il *emmerdait* le monde, malgré lui.

Il en avait une conscience aiguë, mais pour que ce fût tenable, il n'avait pas eu le choix : il était devenu sûr de lui. Même quand il ne l'était pas, il devait montrer qu'il l'était, envers et contre tout. Il y avait bien pire que d'être différent ; c'était de ne pas l'assumer. Le système tolérait mal la différence, certes, mais il brisait définitivement et sans pitié la différence non assumée.

Et là, au moment d'adresser une requête d'importance à Testard, Léon sentait ses certitudes vaciller sur leurs fondements, et il n'aimait pas du tout cela. Il dut lutter contre une terrible envie de trouver un prétexte pour faire demi-tour.

*

Quand il ressortit du bureau de Testard, une vingtaine de minutes plus tard, il était meurtri. Pas seulement parce que l'entretien avait été bien pire que tout ce qu'il avait imaginé, mais surtout par le peu de cas que cet officier supérieur, bras droit d'un général de division, faisait de la vérité. Léon, à son faible niveau de responsabilité, avait décidé de consacrer sa vie à la recherche de celle-ci, du moins de ce qui s'en approchait le plus, dans l'état des connaissances et des techniques qui étaient celles de son époque. Ce rond-de-cuir, gonflé de pouvoir et de suffisance, était, lui, prêt à la piétiner, même dans son évidence la plus pure, pour protéger ses idées reçues et ses us et coutumes bureaucratiques ineptes, ferment de l'incurie la plus vile et la plus dégoûtante.

Il essaya de rejouer dans sa tête le fil de l'entretien pour essayer de savoir à quel moment ça avait déraillé. En fait, à aucun moment. Le wagon n'avait tout simplement jamais touché les rails.

Prudemment, Léon avait commencé par dire qu'il avait de bonnes raisons de douter de la réalité du suicide de Guyader.

— Oh, vous savez, même ici, le suicide est malheureusement plus fréquent qu'on ne le croit ! avait répondu Testard, sans lui demander à quoi il songeait.

Puisque le colonel ne cherchait pas à en savoir plus, Léon avait alors confié qu'il soupçonnait un meurtre déguisé en suicide, probablement commis par plusieurs hommes de la même unité.

— Ah oui, et qu'est-ce que vous voudriez faire ? Une enquête ?

Léon avait eu envie de lui répondre : « Évidemment ! Quoi d'autre ? J'ai d'ailleurs déjà commencé ! » Mais comme visiblement cela ne relevait pas du tout de l'évidence pour son interlocuteur, il s'était contenté de répondre que oui, il jugerait cela très utile, d'autant qu'il soupçonnait un lien avec une autre mort suspecte.

— Mais vous vous croyez où ? avait brutalement répondu le colonel. Vous n'êtes plus à la Sûreté générale, ici !

Sans même lui demander à quelle autre *mort suspecte* il pensait. Décidément, il déjouait tous les pronostics. Cet entretien ne l'intéressait pas. Ce que Léon avait à dire ne l'intéressait nullement. Surtout, la vérité ne l'intéressait pas le moins du monde, cela crevait les yeux.

Cognard s'était pourtant obstiné. Il lui avait révélé qu'il soupçonnait un lien entre la mort du lieutenant Le Corre et celle du caporal Guyader, et qu'il y avait tout lieu d'écouter avec attention ce que madame Le Corre avait à dire. Erreur fatale !

— Vous lui avez parlé ? Et de quel droit avez-vous reçu cette emmerdeuse ? Vous croyez que si je lui ai refusé un sauf-conduit, c'était pour le plaisir de vous voir l'accueillir quand même par-dessus ma tête ?

On lui parlait indices, il répondait crime de lèse-majesté. Léon avait alors expliqué que la dame ne lui avait guère laissé le choix, avant de revenir une fois encore sur la mort de Le Corre dont le colonel ne voulait visiblement pas parler, et de suggérer que le moyen infaillible de savoir si oui ou non il avait été tué comme il était écrit dans le rapport, c'était de l'exhumer. Cris d'orfraie de Testard.

— Quoi ! ? Mais vous êtes cinglé ! Les territoriaux se plaignent que je leur fasse jouer les fossoyeurs, et maintenant vous voudriez que je leur demande de déterrer un pauvre type qu'ils ont enterré il y a six mois pour que vous puissiez vous adonner à vos petits jeux nécrophiles ? Vous êtes un grand malade !

Ou l'art de continuer à ne surtout pas parler du fond pour en rester sciemment à ce que la forme proposée pouvait avoir de choquant et d'inusité. Mais Léon s'était accroché encore et avait dégainé sa dernière arme, l'ultime : le rapport accablant dressé par Bellec à la suite de leurs observations et expériences, qui prouvait que Guyader n'avait pas pu se suicider, aussi sûr que deux et deux font quatre.

Testard s'était senti obligé, tout de même, de parcourir les feuillets en diagonale, de croquis en mesure et de réfutation en conclusion. Mais très rapidement, il avait levé vers Léon un regard explicite, à mi-chemin entre la révulsion et le désespoir.

— Vous avez vraiment rapporté le cadavre de ce type à la prévôté ? Mais vous avez complètement perdu l'esprit, Cognard ! Jusqu'où irez-vous dans l'idiotie ?

Cette réaction qu'il avait eue, c'était comme si vous sauviez votre petit frère de la noyade et qu'en le ramenant à demi bleu à votre père sur la plage, la seule réaction de celui-ci était de vous coller une gifle parce que vous reveniez mouillé ! Alors qui était l'idiot ? Ou plus grave, qui faisait semblant de l'être ?

— Vous voulez les chiffres des suicides aux armées, Cognard ?

Mais oui, c'était forcément un suicide, puisqu'il y en avait de nombreux ! En voilà, de la déduction scientifique !

Plus Léon argumentait, plus il se heurtait à ce mur de déni. Les dés étaient jetés avant même qu'il entre, il avait perdu avant même de commencer la partie ;

voilà d'où venait cette impression désagréable qu'il avait eue – c'était une intuition. Quoi qu'il dise et quelle que soit la manière dont il le dirait, il aurait tort. Parce qu'au fond des choses, la vérité n'intéressait pas Testard. Il aurait été lui-même le commanditaire de ces deux assassinats qu'il ne se serait pas conduit autrement. Pourtant, il ne l'était pas, cela n'avait pas de sens. Ce n'était même pas de la collusion, c'était juste de la complaisance... Oui, bizarrement, la même que Jouannic reprochait à Léon, mais dans une autre catégorie, celle-ci. De la complaisance aveugle, sale, poisseuse et intellectuellement malhonnête, celle qui vous retourne les sangs et vous donne des élancements d'atrabile.

Pour parachever le tout, Testard avait déchiré le rapport de Bellec bien en évidence sous les yeux du prévôt, avant de le jeter à la corbeille avec le même rictus jouisseur et porcin que son professeur de huitième quand il se sentait insulté par le contenu de sa rédaction, déjà, alors que la forme en était parfaite. Mais peut-être que cela aussi, ça l'avait mis en colère ?

Ce jean-foutre de Testard avait osé déchirer et jeter sans vergogne un travail extrêmement rigoureux, admirablement présenté, une démonstration irréfutable de la vérité, en ayant à peine daigné jeter un œil dessus. Trahir, travestir, fouler du pied la vérité, c'était le pire crime que Léon Cognard pouvait concevoir. Et quand il s'agissait d'une personne disposant de larges pouvoirs et prérogatives, le crime devenait capital.

Quand il quitta le manoir, ulcéré, ce n'était plus une affaire, c'était *son* affaire. Ce n'était même plus Léon Cognard contre les assassins de la première section, 2e compagnie du 62e RI, c'était Léon Cognard contre la bêtise bureaucratique de l'armée française.

Au retour, ne lui en déplût, Rossinante fut poussé au galop enlevé. Quand son greffier vint à la rencontre de Léon pour savoir comment s'était passée cette entrevue, la seule réponse qu'il obtint fut :

— Allez vous reposer, Bellec ! On embauche à deux heures du matin !

*

Quand Bellec descendit au greffe encore tout ensommeillé, il se réveilla bien vite en voyant que son patron était prêt à sortir et avait aligné sur la table une pioche, deux pelles-bêches, une hache, un pied-de-biche et deux lanternes. Il écarquilla les yeux, secoua la tête et fit non de la main.

— Oh là là, ça dérape là, chef ! Si vous voulez y aller de nuit, c'est qu'on vous a pas autorisé à y aller de jour. Moi, je mange pas de ce pain-là, j'ai pas l'intention de me faire virer de la gendarmerie pour violation de sépulture et profanation de cadavre !

Cognard avait anticipé la réticence de son greffier, et affûté son argumentaire pour l'emmener avec lui dans sa dérive.

— J'espère que vous avez fait une copie carbone de votre brillant rapport, Bellec ?

— Eh bien euh… oui. Mais je ne vois pas le…

— Moi non plus je ne le vois pas, le rapport. Ou plutôt, je ne le vois plus. Cet hurluberlu de Testard en a fait des confettis à mon nez et à ma barbe, sans même le lire. Donc la copie carbone, vous me ferez le plaisir de la mettre dans l'armoire forte, parce que s'il croit qu'il va s'en tirer comme ça, c'est qu'il ne connaît pas Léon Cognard.

Bellec resta un moment interdit face à cette révélation. Il ne s'attendait certes pas à ce que Testard se montre coopératif, mais de là à opposer une telle véhémence, cela allait loin. Cognard ne lui laissa pas le temps de réagir.

— Testard a l'air de considérer que la guerre justifie des mesures exceptionnelles de complaisance coupable. J'en prends bonne note, et je me déclare en guerre moi aussi. En guerre dans la guerre.

— Contre qui ?

— Eh bien, je viens de vous le dire : contre la complaisance coupable d'une bureaucratie inconséquente et autoritaire.

— Ouh là ! C'est un combat perdu d'avance, ça, chef ! s'amusa le greffier.

— *Que dites-vous ?... C'est inutile ?... Je le sais !*
Mais on ne se bat pas dans l'espoir du succès !
— *Non ! non, c'est bien plus beau lorsque c'est inutile !*
Qu'est-ce que tous ceux-là ! Vous êtes mille ?
— *Ah ! je vous reconnais, tous mes vieux ennemis !*
Le Mensonge ? Tiens, tiens ! Ha ! ha ! les Compromis,
— *Les Préjugés, les Lâchetés ! Que je pactise ?*
Jamais, jamais ! Ah, te voilà, toi, la Sottise !
— *Je sais bien qu'à la fin vous me mettrez à bas...*
— *N'importe ! Je me bats, je me bats, je me bats !* [1]

— Eh bien voilà, vous avez retrouvé votre panache, Bellec !

— C'est pas gentil de me prendre par les sentiments, chef.

1. *Cyrano de Bergerac*, Edmond Rostand.

— Dommage que je ne porte jamais mon coupe-choux sur moi. Je l'aurais dégainé contre le Mensonge, les Compromis et les Préjugés, ça aurait été du plus bel effet !

*

C'était une nuit sans lune, le ciel était bouché de nuages bas et compacts. L'ambiance était lourde et orageuse, à l'instar de l'état d'esprit de Léon. Seuls brillaient dans l'obscurité la lanterne des gendarmes, et de temps à autre un éclair furtif illuminant brièvement la ligne d'horizon, dont il était difficile de dire s'il émanait d'un orage sec ou d'une lointaine canonnade.

En marchant dans les rues désertes d'Albert avec toute sa quincaillerie, Bellec sentait à nouveau son panache battre en retraite, et ne cessait de répéter à Cognard qu'il était complètement fou.

— Avec ma scoumoune, on va se faire poirer, c'est comme si c'était fait ! gémit-il.

— Et par qui voulez-vous que nous nous fassions prendre en plein couvre-feu, Bellec ? Par les gendarmes chargés de le faire respecter ? Les gendarmes, c'est nous. Pour une fois que c'est un avantage, profitons-en !

De jour, le cimetière provisoire sud-est n'était déjà pas un spectacle très réjouissant. Mais désert et en pleine nuit, on touchait aux ultimes limites du lugubre. Léon avait beau être déterminé, il se dit tout à coup que s'il avait dû venir seul, arriver devant ces tombes improvisées dont la silhouette sinistre se découpait dans l'atmosphère fuligineuse l'aurait sans doute incité à faire demi-tour et à rentrer au bercail la queue entre les jambes.

Ils trouvèrent très vite la tombe et se mirent aussitôt au travail, dans un silence tout juste interrompu par les bougonnements étouffés de Bellec. Fort heureusement, la terre était encore meuble, et ces sépultures transitoires n'avaient pas les exigences d'un cimetière de l'arrière, notamment en termes de profondeur. Les territoriaux, qui détestaient ce travail, avaient même souvent tendance à le bâcler. Quand ils eurent creusé à peine un mètre, la pelle-bêche de Cognard heurta une planche de bois.

— Bonne nouvelle, chuchota-t-il, notre ami a bénéficié d'une boîte en sapin du père Delattre. Du coup, il sera mieux conservé !

Hélas, ils n'étaient pas au bout de leurs peines. Le plus long fut de dégager entièrement le cercueil avec assez de débattement pour pouvoir descendre dans le trou et ouvrir le couvercle, et le fait de ne travailler qu'à la lueur pâlotte de deux lanternes de chantier n'était pas pour leur faciliter la tâche.

Quand ils eurent enfin terminé leur labeur dans cette chaleur lourde et moite, ils étaient en nage.

— Bon, c'est le moment de vérité ! dit Cognard en sortant deux larges bandes d'étoffe qu'il avait découpées dans des draps.

Il en tendit une à son compagnon après en avoir aspergé le centre avec une petite bouteille.

— C'est de l'alcool de menthe, dit-il. Ça aide à supporter l'odeur. Attachez-vous ça autour du visage. J'espère qu'il ne va pas être en trop mauvais état, la décomposition des cadavres n'est pas une science exacte !

— Testard a raison… Vous êtes cinglé ! répondit Bellec.

Quelques torsions de pied-de-biche plus tard, le cercueil était ouvert. Léon ramassa sa lanterne et éclaira l'intérieur, cherchant le poignet du cadavre et sa plaque d'identité.

— Commençons par regarder si c'est bien lui… Dans tout ce bazar, les inversions sont fréquentes. *Le Corre Pierre*, voilà ! (Il prit un peu de recul pour éclairer le défunt dans son ensemble.) Ça va, il n'est pas trop abîmé. Si j'ose dire, Le Corre n'a pas l'air encore trop décomposé, s'amusa-t-il. Vous voyez une grosse plaie par éclat d'obus, vous ?

— Je vois rien du tout, bordel ! Je regarde même pas ! Vous êtes cinglé !

— D'accord, mais vous pouvez rester poli, tout de même. Alors puisque vous ne voulez pas regarder, je vous le dis : pas de mutilation ou de grosse perte tissulaire comme c'est le cas habituellement pour les blessures fatales par éclat d'obus.

— Il y a aussi de petits éclats qui peuvent tuer quand ils sont mal placés, même si c'est plus rare. Ou alors, c'était ptêt un fusant ? Il a ptêt ramassé un shrapnel ? Ces billes de plomb font des trous pas plus gros que les balles de fusil et elles sont tout aussi mortelles.

— D'accord, mais Le Corre n'a pas été évacué pour blessure, ce qui signifie qu'il est mort sur le coup, ou tout au moins en très peu de temps. Il a donc forcément été touché dans une zone vitale… Au minimum l'abdomen, mais plus probablement le thorax ou la tête. Et je peux déjà vous le dire : rien à la tête. Je vais ouvrir sa vareuse, car je vois qu'il a une tache sombre au niveau du sternum qui pourrait correspondre à ce que nous cherchons.

— Jésus Marie Joseph, vous êtes cinglé !

— Ah non, pas de bondieuseries, hein ! Je préférais encore les grossièretés !

— Bordel de merde, vous êtes complètement à la masse !

Souriant dans le noir sous son écharpe imbibée d'alcool mentholé, qui laissait quand même passer quelques effluves de charogne peu ragoûtants, Léon dénuda le torse du cadavre.

— Bon, eh bien les tissus sont quand même pas mal euh... pas beaux à voir, quoi. Mais malgré tout, on distingue un trou, en plein milieu de la poitrine. Aucun doute que c'est l'entrée du projectile qui lui a été fatal. Il a traversé le sternum. Si j'osais...

— Si vous osiez quoi ? s'effraya Bellec. Pitié non, n'osez rien ! Vous avez déjà assez osé pour ce soir !

Il y eut quelques bruits tels que ceux que l'on pourrait entendre dans un abattoir ou dans l'arrière-boutique d'un boucher, puis un craquement comme celui d'un morceau de bois mort.

— Putain, mais qu'est-ce que vous faites ! ?

— Voilà, je l'ai ! Finalement, c'était plus facile que s'il était mort hier.

Cette fois-ci, pris d'un haut-le-cœur incoercible, Bellec eut tout juste le temps d'arracher son écharpe avant de dégobiller le reste de son dîner de la veille.

— Désolé, mon cher Le Corre, pour les outrages que j'ai fait subir à votre enveloppe corporelle, même si je doute que vous en ayez quelque chose à faire là où vous êtes. C'était pour la bonne cause : faire triompher la vérité ! Ce qui n'empêche que je continue à penser que vous n'étiez pas quelqu'un de très sympathique, ni recommandable... Bon! Ça va mieux, Bellec? Vous allez au moins pouvoir m'aider à tout remettre en place?

— Vous êtes totalement, définitivement, irrémédiablement cinglé.

— Peut-être, mais j'ai extrait la balle qui l'a tué. 8 mm Lebel. Décidément, c'est une habitude dans cette unité, de se tirer dessus *malencontreusement*.

— Et vous allez en faire quoi de cette jolie preuve, gros malin? Vous allez la déposer triomphalement sur le bureau de Testard demain matin à la première heure?

14

Jour et nuit, Cognard vivait à l'heure de l'affaire Guyader-Le Corre, ou Le Corre-Guyader, selon que l'on nommait d'abord la victime qui l'avait mis sur la voie, ou celle qui avait été tuée la première. Objectivement, il avait bien du mal à passer à autre chose. C'était devenu son affaire, sa guerre, sa croisade, et cela commençait à se voir, tant il délaissait tout le reste.

Heureusement, Bellec était là. L'indispensable Bellec. Toujours présent, arrangeant et d'humeur égale, arrondissant les angles chaque fois que nécessaire, il était omniprésent. Il ne se désintéressait pas de l'obsession de son chef, loin de là, mais il ne pouvait tout simplement pas se permettre d'y consacrer autant de temps. Le greffier était un rouage essentiel de la prévôté, car toutes les procédures devaient passer par lui.

Peu rancunier, il n'en voulut pas à Cognard pour l'escapade macabre à laquelle il l'avait convié. Dès le lendemain, il avait retrouvé son attitude et son entrain habituels, au grand soulagement du prévôt qui avait un attachement profond pour son collègue.

Le jour suivant, ils convoquèrent au greffe les douze soldats de l'escouade de Guyader, dont Richard, ainsi que le soldat Séveno, le caporal-chef Derrien et l'adjudant-chef Fourquin pour prendre leur déposition. Le planning était chargé, mais d'une part, ils devaient remonter au front le jour suivant, et d'autre part, Cognard voulait tous les recevoir le même jour pour qu'ils n'aient pas le temps de se concerter entre les premiers et les derniers convoqués.

Malgré ces précautions, il constata bien vite que la concertation avait, hélas, déjà eu lieu. Elle avait même dû être enfoncée dans les crânes, les fesses serrées et le petit doigt sur la couture. Un véritable *briefing*, eussent dit les collègues de Scotland Yard.

Les camarades d'escouade de Guyader restèrent très évasifs. Tout juste eut-on la confirmation qu'il était marié depuis peu, et qu'il était papa d'une petite fille depuis le mois d'avril ; conçue pendant sa nuit de noces, se plaisait-il à raconter. Autre fait connu du plus grand nombre, sa mère était malade depuis quelques mois, gravement semblait-il, et cela l'inquiétait beaucoup. Pour le reste, cela ne fut que banalités et vérités de La Palice. Que c'était triste de mourir comme ça ! Qu'est-ce qui lui avait pris ? C'était sa femme qui allait être malheureuse ! Et cette pauvre orpheline ! Et sa mère ? Bon sang, ça allait l'achever !

Seul l'un d'eux, le soldat Meyer, sembla particulièrement mal à l'aise, avec un regard fuyant et des réponses hésitantes, sans qu'il fût vraiment possible de juger si c'était de la peur, de l'embarras ou de la timidité maladive.

Séveno battit le record de la déposition la plus courte, disant ne rien savoir de Guyader et ne le connaître que de vue, qu'il était juste arrivé le premier sur les lieux après avoir entendu le coup de feu, point.

Derrien, interrogé sur ses rapports avec le défunt en tant qu'homologue au même grade dans une autre escouade, répondit qu'en effet, il n'était pas très lié avec lui, et qu'il reconnaissait même volontiers que Guyader l'agaçait. Est-ce que ça faisait de lui un monstre ? Non, bien sûr, lui répondit-on.

Fourquin, en tant que supérieur direct de la victime, fut celui que Cognard cuisina le plus, tout en restant prudemment dans le cadre de la déposition d'un témoin de suicide.

— Il recevait beaucoup de courrier ?

— Oh non, pas tellement !

— C'est bizarre, ça... Le vaguemestre a dit que justement, il avait des explosions de joie quand il en recevait.

Cognard dévorait Fourquin des yeux, mais celui-ci avait le regard baissé sur la table et s'il était décontenancé par la question, il n'en laissa rien paraître.

— Ah... Oui... Ben je suppose que c'est justement parce qu'il en recevait pas souvent que ça lui faisait tant plaisir !

— Ce n'est pas non plus ce que dit le vaguemestre.

— Ben, j'ai autre chose à faire que de regarder qui reçoit du courrier et qui n'en reçoit pas, moi ! s'agaça l'adjudant.

— Et il n'avait aucun courrier sur lui...

— Oh, ben si on devait tout garder, hein ! Moi je balance les lettres de ma marraine de guerre quand je les ai lues, elle le sait et elle m'en veut pas.

Cinq minutes plus tard, songeant que la situation familiale de Guyader, entre sa mère malade et sa femme qui venait d'accoucher, pouvait lui donner une envie légitime de solliciter une permission, Léon demanda à Fourquin s'il l'avait fait.

— Euh… Oui, je crois.

— Vous croyez, ou vous en êtes sûr ? Elles passent toutes par vous, non ?

— Oui, mais je ne peux pas me souvenir de toutes les demandes de perm ! Surtout depuis la circulaire Joffre, chacun veut la sienne, maintenant !

— Oui, mais avec sa situation personnelle, Guyader aurait pu en demander une exceptionnelle, avant la circulaire, auquel cas vous vous en souviendriez, non ?

— Ouais, bien sûr, mais je m'en souviens pas, donc je suppose qu'il a pas dû le faire.

Cognard nota le mot *permission* sur son carnet, le souligna et le suivit d'un point d'interrogation. C'était à peine perceptible, mais il avait cru sentir le sous-officier légèrement gêné aux entournures par cette question.

À la fin de l'entretien, Léon demanda à Fourquin s'il avait une hypothèse sur la cause du suicide de Guyader.

— Je sais pas. Peut-être qu'il s'est suicidé parce qu'il supportait pas l'idée que sa mère meure ? Y a des gens qui ont du mal à grandir.

— Du mal à grandir ? Quand on perd ses parents, quel que soit notre âge, on est toujours un enfant, adjudant.

— Oui, bien sûr, c'est dur pour tout le monde, mais y en a des plus fragiles. Heureusement que tout le monde se fout pas en l'air à la mort de ses parents, vous imaginez ?

— Je ne vous le fais pas dire. D'autant que d'un autre côté, il y avait cette femme aimée et cette enfant née. Par ailleurs, quand on ne supporte pas l'idée de voir sa mère mourir, on ne cherche pas à aller la voir mourante en demandant une permission.

— C'est vrai.

Léon esquissa un sourire triomphant. Fourquin venait de tomber dans son piège, reconnaissant implicitement que Guyader avait bien demandé une permission. Le prévôt s'abstint cependant de mettre l'adjudant devant ses contradictions. Ce n'était pas encore le moment.

L'omerta régnait donc. Elle était même bien installée dans la première section, et peut-être au-delà. Cette grange était le lieu de cantonnement de toute la compagnie, soit trois autres sections en plus de celle-ci. Même si les trois cents hommes n'étaient pas tous là le soir du meurtre, comment imaginer que personne n'avait rien vu ni entendu ? Comment supposer que personne n'avait au moins distingué les cris probables de Guyader tentant de se défendre contre ses bourreaux ?

Il fallait parvenir à fissurer cette solidarité de façade, à décaper ce vernis d'esprit de corps. Dans l'armée, on retrouvait les mêmes querelles de voisinage, les mêmes incompatibilités d'humeur, les mêmes petites mesquineries de bas étage que dans le civil, avec la promiscuité en plus. Sauf qu'en prime, ils étaient tous à cran et ils avaient un flingue !

En attendant, dès que Fourquin sortit du greffe, Léon empoigna sa loupe et sa planche à empreintes pour une longue nuit de travail. Les quinze visiteurs avaient copieusement mis leurs mains pleines de doigts, qui sur la table de bois impeccablement cirée, qui sur le dossier de la chaise pour la tirer et s'asseoir, qui sur la porte pour la repousser derrière eux. Après leur passage, ils avaient tous eu droit à un relevé d'empreintes, et si l'intuition de Léon ne l'avait pas trompé, le tireur était l'un de ces quinze-là.

Le lendemain matin, après une nuit blanche, le verdict tomba, indiscutable : c'était Séveno. Son dactylogramme correspondait en tout point à celui laissé sur la crosse du fusil qui avait servi à assassiner Guyader. Probablement Derrien, qui était très costaud, Richard, voire Fourquin lui-même, avaient-ils, eux, maîtrisé le malheureux, même si cela n'était, pour l'heure, que des conjectures.

Bon sang, c'était rageant d'avoir une profusion de preuves aussi accablantes et de ne pas pouvoir les utiliser !

Pendant que la 2e compagnie remontait en ligne, Cognard ne perdit pas son temps.

D'abord, il prit enfin le temps d'écrire à Catherine Guyader ; une lettre digne et polie, remplie de condoléances sincères, mais aussi d'hameçons adroitement laissés à traîner pour en apprendre davantage sur la victime, sur sa situation sentimentale, sur la maladie de sa mère, mais surtout sur ses éventuelles demandes de permissions. Cette question était cruciale, il le sentait, et à ce titre il ne regrettait pas d'avoir attendu la fin des dépositions avant d'écrire ce courrier. Le plus difficile fut d'éviter de laisser entendre que le caporal Guyader eût pu être victime d'autre chose que d'un suicide.

Ceci fait, il demanda audience à son supérieur dans la gendarmerie et néanmoins prédécesseur, le prévôt de corps d'armée Morvan. Comme celui-ci avait toujours son bureau à Amiens, la visite lui prit toute la journée. L'entretien se révéla décevant. Certes, le commandant l'accueillit fort aimablement et écouta son histoire avec grand intérêt – Léon passa quand même quelques détails sous silence, dont la violation de sépulture –, ce qui le changea de l'incroyable dialogue de sourds qu'il avait eu avec Testard, mais bien qu'il fût très certainement convaincu de la véracité de ses dires, Morvan refusa de se mouiller et préféra botter en touche. D'accord, il ne recevait ses ordres que du prévôt d'armée, mais n'empêche qu'il était commandant alors que Testard était colonel, qui plus est d'état-major. L'armée restait l'armée, envers et contre tout. Même le prévôt d'armée s'écraserait devant le général d'armée, qui ne manquerait pas de défendre son général de division, qui lui-même ne manquerait pas de défendre son maudit chef d'état-major. Oui, c'était injuste, mais c'était comme ça. La guerre à elle seule était une juridiction d'exception, et Clemenceau avait raison : la justice militaire était à la justice ce que la musique militaire était à la musique.

De retour à la prévôté, Cognard consulta le Carnet B, cette liste noire de tous les pacifistes, antimilitaristes, anarchistes et espions ou supposés tels, qui avait été dressée avant la guerre. À l'origine, ils devaient être arrêtés à leur domicile quelques jours avant la mobilisation, mais le ministère de l'Intérieur y avait renoncé à la dernière minute, préférant finalement une surveillance qui s'était révélée la plupart du temps peu fructueuse. L'immense majorité des trublions avaient en fait sagement rejoint leur régiment et signé le pacte de l'Union sacrée, souvent avec leur propre sang. Mais Léon vérifia quand même, pour le cas où ce meurtre aurait eu un mobile politique, même si cela lui semblait improbable. De fait, le seul homme classé Carnet B de la première section était un certain Bourdic, activiste de la CGT considéré comme pacifiste et internationaliste. Il n'appartenait pas à l'escouade de Guyader, et s'était battu sans démériter, côte à côte avec des radicaux, des conservateurs et sans doute même des Camelots du roi. Il n'y avait rien à voir de ce côté-là.

Après avoir retourné le problème dans tous les sens, Cognard se rendit compte qu'en dehors d'attendre une hypothétique réponse de Catherine Guyader, dont il ne savait pas quand elle viendrait ni si elle viendrait, il était à court d'idées. D'ailleurs, l'affaire était en grande partie résolue. En temps normal, avec les preuves dont il disposait, il eût fait arrêter Séveno et Fourquin, qui eussent avoué ce qu'il ignorait encore le temps de quelques interrogatoires serrés. Seulement voilà, nous n'étions pas en temps normal. À cause de la frilosité, voire de l'obstruction de la hiérarchie militaire, Léon ne pouvait pas exploiter des preuves qu'il avait obtenues illégalement, les coupables demeuraient impunis, et risquaient fort de le rester pour toujours, idée qui lui était parfaitement insupportable.

Alors, trois jours après que la 2e compagnie fut rentrée du front pour rejoindre sa grange, le prévôt se résolut à tenter de pousser les coupables à la faute.

— Vous savez ce que c'est que de prêcher le faux pour savoir le vrai ? dit-il à Bellec. Eh bien moi, je vais prêcher le vrai pour savoir le faux. Je vais leur faire croire que nous avons reçu une lettre anonyme de l'un de leurs soldats, disant que Guyader a été assassiné par les mêmes qui ont tué Le Corre.

Pour rendre cette missive imaginaire vraisemblable, je vais leur dire qu'elle affirme que le lieutenant n'est pas mort dans un bombardement, mais qu'il a reçu une balle en plein cœur, et que cela est tout à fait vérifiable en faisant exhumer le corps de Le Corre... Tiens, c'est amusant, cela, *le corps de Le Corre*. Bref. Jamais ils n'imagineront que nous ayons pu vérifier par nous-mêmes. Donc, comme seuls ceux de la section savent ce qui s'est réellement passé, ils croiront forcément que cette lettre anonyme existe bien.

Bellec tenta de dissuader son chef de faire cela, en pure perte. C'était vraiment trop tentant. Cognard savait que moins de dix secondes après avoir lancé cet hameçon dans le bassin à requins qu'était la première section, il verrait à leurs têtes s'ils avaient du sang sur les mains. Il n'y avait que deux réactions possibles. Soit il s'était trompé de A à Z, et dans ce cas ils allaient lui rire au nez, et les – gros – ennuis suivraient, soit il avait raison et ils chercheraient à tout prix à en savoir plus sur cette lettre, et à découvrir son auteur.

Donc, malgré les adjurations de son greffier, Léon alla à la rencontre de l'adjudant-chef Fourquin, qui le reçut avec une froideur peu équivoque. Mais ce manque manifeste d'affabilité n'était rien à côté du regard qu'il lui lança à l'évocation de la « lettre anonyme ». Cognard en eut un souffle glacé sur l'échine, et se demanda même un bref instant si le sous-officier n'allait pas sortir son revolver et l'abattre sur place, en plein cantonnement.

Ce regard, à lui seul, était un aveu, et si le prévôt devait mourir en cet instant, il le ferait avec la certitude d'avoir vu juste.

— Ce que vous dites est très grave, lâcha Fourquin d'un ton cassant. Il faut que j'en réfère au capitaine. Il n'est pas là pour le moment. Quand il reviendra, il demandera sûrement à vous voir. Je ne dirai rien de plus.

Fort bien, à l'aveu de culpabilité s'en ajoutait un nouveau, bien plus inquiétant, et qui ne faisait pas l'affaire de Léon : l'échelon supérieur était au minimum complice, au pire commanditaire du crime. Dans tous les cas, il le couvrait.

— Très bien. J'attends de vos nouvelles, alors. Mais ne tardez pas trop. Et, autre chose : il va de soi qu'une troisième mort suspecte dans votre section serait vraiment de très mauvais aloi.

Deux jours plus tard, alors qu'une nouvelle montée au front était imminente pour la compagnie, Léon n'en pouvait plus de se ronger les sangs. C'est alors qu'un coureur se présenta à la prévôté, porteur d'un message par lequel le capitaine Cadoret l'invitait à le rencontrer le lendemain, car il ne pouvait le recevoir plus vite, mais comme il devait remonter au front dans la nuit, il lui proposait que l'entretien eût lieu dans sa guitoune en première ligne, à Ovillers.

Cognard n'hésita pas longtemps, et donna son accord au courrier, qui lui précisa qu'il viendrait le chercher lui-même pour le conduire à bon port.

À l'instant où le jeune homme eut quitté le greffe, Bellec conjura son chef de renoncer à cette folie.

— N'y allez pas ! C'est un traquenard !

— Allons, je viens juste de m'y engager.

— Vous trouverez un prétexte, n'importe quoi. Je vous le dis, ça tourne vinaigre cette histoire, vous perdez les pédales, là !

— Mais non, allons, j'ai déjà fait la démonstration que je suis un cycliste émérite ! tenta Cognard pour détendre l'atmosphère.

— Je plaisante pas, chef. N'allez pas là-bas. C'est des coups à revenir les pieds devant ! On peut rien faire contre ces types tant que Testard nous savonne la planche, vous le savez bien, au fond de vous. Y a rien d'autre à faire que l'accepter.

— N'exagérons rien, Bellec. C'est juste une visite de courtoisie.

Pour la première fois, le greffier se mit en colère.

— Courtoisie mon cul, chef ! Je sais bien comment vous êtes ! Vous avez envie d'en découdre avec ce type, comme sur un ring, sauf que vous gagnerez pas ! Il va vous casser ! Pourquoi vous refusez de lâcher le morceau, alors que vous avez fait tout ce que vous avez pu pour rendre justice à ce caporal ? Vous avez été brillant, vraiment, je le pense. Vous êtes un grand flic. Pas très orthodoxe, mais redoutablement efficace. Même les saletés que vous m'avez fait faire dans ce cimetière, je les regrette pas. Mais là vous voyez bien, vous l'avez d'ailleurs dit : la vérité ne les intéresse pas. Ils veulent juste que cette section continue à participer au Grand Œuvre de mort ! Si vous voulez que justice soit faite à tout prix, attendez votre heure. Après la boucherie, quand tout ce foutoir sera terminé, que les nerfs et les ardeurs guerrières retomberont, qu'on commencera vraiment à se préoccuper des pertes, vous aurez toujours la copie carbone, et là, si vous le voulez vraiment et si vous en avez marre d'être gendarme, vous écrirez un livre pour réhabiliter la mémoire de Guyader.

— Allons, Bellec, calmez-vous, s'il vous plaît. Ma décision est prise. J'irai rencontrer ce capitaine et vous verrez, tout se passera bien et je reviendrai en un seul morceau.

— Ouais, je vois ! En fait, c'est pas tant faire justice à Guyader et à Le Corre qui vous intéresse, c'est votre foutu orgueil ! Ça ne vous suffit pas d'avoir raison, vous voulez que tout le monde le sache, le dise et le reconnaisse. Au jeu des ego boursouflés, vous vous tirez la bourre avec Testard, et y a rien d'autre qui vous ferait plus jouir que de l'obliger à se coucher devant vous ! Eh bien allez-y, moi je vous laisse ! Je vais voir Jouannic, tiens. C'est pas le tout, mais pendant que vous jouez à qui a la plus grosse, nous on a une prévôté à tenir !

Il sortit et claqua violemment la porte derrière lui, laissant son chef pantois.

Et un peu honteux, en vérité. Refuser d'aller là-bas eût été perdre la face devant Cadoret, ce qu'il n'envisageait pas. L'autre chose, c'est qu'il en avait envie. Son goût de l'aventure et sa haine de la routine étaient galvanisés par cette occasion de voir, enfin, à quoi ressemblait ce fameux front dont il entendait tant parler. Pour les risques, Bellec n'avait pas tort. Il serait en effet très facile aux biffins de lui arranger un petit accident mortel. Mais il n'avait pas entièrement raison non plus : tant que Cadoret et Fourquin avaient de bonnes raisons de croire qu'il détenait des preuves de leurs forfaits, le supprimer était une très mauvaise idée.

En tout cas, il avait envie de courir le risque de parier là-dessus.

15

22 juillet 1915

Dans le sillage de l'agent de liaison, plus connu au front sous le nom de *coureur* – un gringalet de vingt ans aussi agile et nerveux qu'un lapin de garenne –, Léon avançait dans le boyau de Crozon, ainsi qu'il était indiqué à la peinture blanche sur une ardoise qu'un artiste avait tenté avec un certain talent de faire ressembler aux plaques de nom de rue en émail que l'on trouvait un peu partout en France. Creusé en zigzag, haut d'un peu plus de deux mètres, le sol en était tapissé de clayonnages fatigués qui avaient tendance à s'affaisser ou à se briser sous leurs semelles.

Sans encombre, ils débouchèrent dans la tranchée principale, dite de Quiberon. Large de plus de deux mètres et profonde de trois, elle avait été excavée jusque dans la craie dont la poudre jaunâtre recouvrait le parapet comme le parados. Des soldats étaient accroupis en train de remplacer les caillebotis pourris par un printemps des plus humides et par le piétinement incessant. Aux endroits où les lattes de bois reliées par du fil de fer avaient été retirées, le sol était tapissé d'une croûte argileuse à la fois craquelée et brillante, qui témoignait que la zone avait dû être un véritable marigot pendant des semaines, si ce n'était des mois.

— C'est la tranchée de deuxième ligne, dit le coureur. La guitoune du capitaine Cadoret est par là-bas. Jusqu'en avril, il fallait tellement patauger pour y arriver qu'on a fini par la surnommer le Mont-Saint-Michel.

Léon continua à suivre le jeune homme, passant à côté d'hommes assis sur la banquette de tir en mangeant leur singe[1], et d'autres en train de nettoyer leur fusil. Les uns comme les autres avaient l'uniforme recouvert d'une pellicule de poudre d'argile crayeuse, ce qui paraissait assez inévitable dans le coin. La plupart l'ignoraient purement et simplement, quelques-uns levaient quand même les yeux quand il passait devant eux ; alors, il les saluait, mais ne recevait pour toute réponse que des haussements d'épaules, des silences de mépris ou des grimaces sans équivoque. Il finit par regarder devant lui pour éviter de croiser les regards.

Ils passèrent devant l'entrée d'un boyau, encadrée de part et d'autre par des monticules de sacs de jute remplis de terre, puis s'engouffrèrent dans un passage creusé à flanc de parapet. Léon dut fortement baisser la tête pour ne pas se cogner dans le madrier qui constituait le linteau d'entrée. Une volée de trois marches assez hautes permettait d'accéder à la cagna du capitaine, une grotte austère et humide de dix mètres carrés habillée de deux paillasses superposées,

1. Boîte de corned-beef.

d'une table, de deux chaises et d'une lampe à huile. L'analogie avec le Mont-Saint-Michel ne sautait pas aux yeux.

Celui que Léon supposa être le capitaine Cadoret était assis dans la pénombre à étudier une carte sur laquelle on se demandait bien ce qu'il pouvait voir – mais peut-être faisait-il semblant ? – pendant que son tampon, un caporal à la mine brave, était en train de préparer son repas sur un réchaud de campagne comme ceux dont seuls bénéficiaient les officiers, les hommes du rang étant souvent condamnés à manger froid le temps que la soupe arrive.

— Mon capitaine, voici le lieutenant Cognard.

— Merci. Vous pouvez disposer.

— À vos ordres, mon capitaine !

Cadoret se leva.

— En fait, je déjeunerai plus tard, Moreau. Je vais faire une petite inspection en première ligne avec le lieutenant. Mais mangez, vous. Ne m'attendez pas.

— À vos ordres, mon capitaine.

Cadoret passa devant Cognard sans même le regarder, se dirigea vers la sortie de l'abri, monta la première marche, puis se retourna.

— Eh bien Cognard, vous venez ? Vous ne voudriez quand même pas retourner à l'arrière avant d'avoir vu notre tranchée d'Ouessant ? Vous verrez, avec un peu d'imagination, on pourrait presque y sentir les embruns.

Léon lui emboîta le pas sans mot dire. Parvenu de nouveau à la lueur du jour, il put enfin mieux voir à quoi ressemblait l'officier.

Entre deux âges, l'œil bleu et vif et le physique vigoureux, il avait plusieurs cicatrices, probablement récentes, à la tempe et à la pommette gauches ; il lui manquait également un petit morceau de lobe d'oreille. Dans ses cheveux châtains tondus à cinq millimètres du crâne, quelques alopécies disséminées marquaient aussi les emplacements de cicatrices violacées qui disparurent lorsqu'il enfonça son képi sur sa tête. Il était rasé de près et ne portait pas la moustache, ce qui était assez rare chez les hommes, mais plus encore chez les officiers.

Ils se suivirent en silence jusqu'à l'entrée du boyau devant lequel Léon était passé un peu plus tôt, avant de s'y enfoncer.

— Les sacs de terre sont là pour barricader le boyau dans le cas malheureux où nous viendrions à perdre la tranchée d'Ouessant, commenta Cadoret. Cette deuxième ligne deviendrait alors la première.

— Oui, je l'avais plus ou moins deviné, mais merci tout de même pour la visite touristique.

— Oh, je ne voulais pas insulter votre sagacité. Vous les gendarmes, vous êtes tellement éloignés de ces sujets.

Léon ne releva pas. L'habitude, sans doute.

— Quand une compagnie est au front, elle laisse trois sections en réserve en deuxième ligne, et une section en première ligne. En tout cas, ici, c'est comme ça. La rotation dure six jours, et je change de section de pointe toutes les nuits.

Ils s'approchèrent d'une zone un peu bouleversée.

— Faites attention ici, il y a un gros percutant qui est tombé il y a deux jours et qui a bousillé notre boyau. On ne peut faire de réparations que la nuit, c'est beaucoup trop exposé. Passez exactement où je passe, très vite et ventre à terre. Je ne voudrais pas avoir votre mort sur la conscience ! dit-il en lui lançant un regard sibyllin.

Léon s'exécuta, affectant de ne montrer aucune émotion malgré sa tachycardie croissante. Le chemin se poursuivit dans les méandres du boyau. Face à lui, à quelques centaines de mètres à peine, Ovillers. Autrefois paisible village sur un promontoire peuplé de paysans picards, aujourd'hui un de ces redoutables saillants, comme celui voisin de La Boisselle, où les Allemands étaient solidement installés en surplomb, protégés de barbelés, de murs en ruines et de mitrailleuses en casemates. Le 17 décembre précédent, pendant que d'autres régiments bretons faisaient des essais tout aussi infructueux sur la colline de La Boisselle, le 19e régiment d'infanterie de Brest avait eu le triste privilège d'être désigné pour une attaque visant à conquérir ce plateau, opération qui s'était soldée par un tel massacre que l'on n'avait pas osé faire de nouvelle tentative depuis.

Perdu dans ses pensées, Léon faillit presque percuter Cadoret qui l'attendait au détour d'un virage.

— Baissez la tête, Cognard, vous êtes trop grand ! C'est toujours dangereux d'avoir la tête haute… Tout comme de péter plus haut que son cul, d'ailleurs.

Courbant donc l'échine, il parvint enfin dans la tranchée d'Ouessant. Moins large, moins profonde que l'autre, mais aussi nettement plus précaire dans son aménagement, on y ressentait une tension bien supérieure. Ici, personne ne se reposait. Tous les vingt ou trente mètres, un créneau pratiqué dans le parapet était équipé soit d'un poste d'observation avec un périscope, soit d'un bouclier d'acier avec un guetteur qui avait passé son fusil à travers le trou prévu à cet effet, et qui observait le *no man's land* à travers un œilleton. Les autres travaillaient sans relâche à l'amélioration de la position, les uns remplissant des sacs de terre avec des pelles-bêches, les autres creusant des trous au pied du parados pour y enfoncer des fascines dont le rôle était sans doute de contenir la paroi aux endroits où elle risquait de s'écrouler.

— Comment ça va, sergent Magré ? demanda Cadoret au sous-officier qui se présenta au rapport dès qu'on l'eut prévenu que le trificellaire[1] était signalé en première ligne.

— C'est plutôt calme, mon capitaine. Deux ou trois tonneaux de choucroute ce matin à l'aube, mais pas de bobo et quasiment pas de dégâts.

— Bien. Et à la pointe du Raz ?

— Relève toutes les quatre heures, y compris la nuit, comme vous l'avez ordonné. Pas grand-chose à signaler, à part que les Boches continuent à terrasser dur.

— Pour ça, on peut compter sur eux. Les coupures dans leurs barbelés, vous continuez à les répertorier sur le plan ?

— Oui, c'est facile en ce moment, le temps est clair.

— Le bombardement d'hier a eu des résultats ?

Le sergent eut une moue dubitative.

— J'ai pas trop l'impression. Les mitrailleurs ont quand même fait quelques tirs de suppression à intervalles cette nuit sur les zones que j'avais notées comme potentiellement abîmées pour le cas où les Boches

1. Terme d'argot désignant un capitaine.

seraient sortis réparer, mais pas sûr qu'on ait touché quelque chose, pour être franc.

— C'est bien Magré, vous pouvez disposer.

Cadoret entraîna son visiteur vers un créneau libre.

— Tenez, jetez un coup d'œil au périscope, si vous voulez. C'est la seule façon de voir à quoi ressemble le front, au moins une fois dans votre vie. Dans ce coin, les Boches nous surplombent tellement que sortir la tête trois secondes peut être considéré comme un mode de suicide très fiable, et indiscutable, cette fois ! Vous avez la tête si bien faite, ce serait dommage que vous vous la fassiez éclater.

Léon prit le parti de continuer à ignorer les provocations de son interlocuteur, et mit l'œil sur l'appareil d'observation.

— Les tonneaux de choucroute, ils vous les servent avec des saucisses de Francfort ou des saucisses de Strasbourg ?

— C'est comme ça que nous surnommons les projectiles de leurs mortiers de tranchée. On trouve ça plus joli que lance-torpilles ou *Minenwerfer*.

— Et du coup, quand c'est vous qui les bombardez, c'est avec quoi ? Des barils de *kig-ha-farz*[1] ?

— Non, des « seaux à charbon ».

Léon contempla le *no man's land*. Il fallait l'avouer, le spectacle de désolation était poignant. Un terrain bouleversé, retourné, lunaire. Comme s'il avait été transformé en écumoire par une pluie de météores. Çà et là pointaient des piquets tire-bouchon au milieu d'enchevêtrements de fil de fer barbelé, et des souches d'arbre ratiboisées et noircies qui avaient cessé de

1. Pot-au-feu breton.

crier grâce. Des taches de couleurs délavées par la pluie et le soleil correspondaient à des capotes ou des vareuses de morts sans sépulture qui n'avaient pu être rapportés dans leurs lignes, victimes de patrouilles ou de coups de main nocturnes qui avaient mal tourné, et pour les plus anciens, vestiges macabres de l'attaque héroïque et vaine du 17 décembre. D'ailleurs, la plupart des uniformes reconnaissables sur ce qu'il restait de ces malheureux cadavres abandonnés à pourrir étaient français.

En face, les Allemands demeuraient invisibles, mais on ne pouvait que trop facilement les deviner, retranchés sur les pentes du village en ruines, cachés derrière les moignons de mur, dans les fondations, utilisant les anciennes caves des maisons pour s'aménager des abris, échangeant des bons mots dans la langue de Goethe derrière leurs mitrailleuses de flanquement qui avaient en ligne de mire chaque mètre carré de terrain entre les deux tranchées de première ligne. Pas besoin d'être grand stratège pour comprendre pourquoi cette attaque du 17 décembre avait échoué ; le courage et l'entrain des Brestois n'étaient sûrement pas à incriminer.

— Alors, c'est riant comme coin, pas vrai ? Chic et bucolique !

Quelque peu hypnotisé par ce spectacle dantesque, Léon se força quand même à lâcher le périscope, se rappelant à lui-même que ce n'était pas la motivation première de sa visite.

— Cette guerre est une tragédie.

C'est absolument tout ce qui lui était venu comme réponse.

— Oui. Mais ce n'est pas nous qui l'avons voulue ! Qu'est-ce que vous regardez comme ça ? Ma décoration de façade ? (Il venait de remarquer que le prévôt fixait avec intensité ses cicatrices.) Ne vous inquiétez pas, ce n'est pas la vérole. J'ai été blessé en novembre, « par éclats d'obus multiples », dit mon dossier médical, dont aucun n'était assez gros pour avoir ma peau. Le plus drôle, c'est celui-ci, regardez ! (Il lui montra deux cicatrices à peu près symétriques qu'il avait au milieu des joues. Bien entendu, Léon les avait déjà remarquées auparavant.) Il m'a traversé la bouche de part en part… sans rien toucher d'autre, même pas la langue. C'est fou comme le hasard fait bien les choses. Ou mal, parfois. J'en ai de nombreux autres qu'ils n'ont pas pu retirer car c'était trop dangereux, notamment dans les poumons, semble-t-il, et ils « migrent »… Amusant, non ? Je crains qu'à terme, tout ceci ne réduise assez fortement ma longévité sur cette Terre. Certains sont très douloureux, surtout le matin, mais curieusement ils m'aident. Ils m'aident à ne jamais dormir trop longtemps, et surtout à me souvenir tous les matins qui m'a fait ça et pourquoi je suis encore là.

— Pourquoi vous êtes là, alors ?

— Pour tuer des Boches. Pour les buter les uns après les autres jusqu'à satiété, c'est-à-dire jusqu'à ce qu'ils se décident à retourner dans leur pays de merde. Les Allemands sont bien les agresseurs, n'est-ce pas ? Ce sont eux qui nous ont déclaré la guerre et si vous vous souvenez, notre armée a été reculée à dix kilomètres de la frontière pour prévenir tout incident ou provocation. Toute l'armée, à la seule exception des brigades de gendarmerie, d'ailleurs… c'est la seule fois où vos collègues se sont retrouvés en première ligne !

Mais avec la foi en notre patrie et avec l'aide de Dieu, nous finirons par leur botter le cul et les renvoyer d'où ils viennent… à condition que des parasites ne nous savonnent pas la planche.

Léon fit semblant d'ignorer le couplet sur les parasites.

— Les gars d'en face pensent aussi que Dieu est avec eux, à ce qu'on dit. Ce Dieu vraiment, c'est une vraie girouette, et on lui fait dire ce qu'on a envie.

— Vous êtes un mécréant, comme Testard ?

— C'est peut-être le seul point que nous avons en commun.

— Vous vous définissez comment, exactement ? Comme un *libre-penseur* ?

Il avait craché ce dernier mot comme on expulse un mollard, avec une moue dégoûtée.

— La libre-pensée n'existe pas. J'essaie d'avoir une pensée cohérente, c'est déjà bien.

— Dans la même lignée dégénérée, je suppose que vous êtes socialiste, aussi ?

— Non, je suis abstentionniste. Comme vous, par la force des choses[1].

— Je suis royaliste, pour ma part. Me battre pour Dieu, le roi et la nation, j'aime cette idée.

Pris dans la conversation, Léon avait dérivé vers le parados et commencé à redresser la tête. Cadoret, qui était resté le long du parapet, l'attrapa par le bout de la manche et le tira doucement vers lui.

— Vu ce que vous me dites, c'est pas l'envie qui me manque de laisser les Fridolins faire un carton,

1. Les militaires de carrière n'avaient pas le droit de vote (jusqu'au 17 août 1945).

mais l'état-major pourrait en prendre ombrage. Revenez donc par ici. Vous remarquerez qu'à part pour se croiser, ici les gars longent toujours le parapet, parce que les Boches n'arrêtent pas de trouver des postes de tir très imaginatifs sur leur colline en face, et leurs tireurs d'élite nous ont déjà buté deux gars la semaine dernière qui étaient beaucoup plus petits que vous, mais beaucoup plus utiles dans la perspective de gagner cette guerre.

— Je vous remercie de votre sollicitude, capitaine. Vous êtes cohérent en faisant preuve avec moi de charité chrétienne, même si je suis inutile : *si vous sauvez une vie, c'est comme si vous sauviez toute l'humanité*, nous enseigne votre Ancien Testament. Vous disiez que vous étiez royaliste ? Cela existe encore, donc ?

— J'avais deux arrière-grands-pères chouans.

— Logique erronée. Moi, j'avais un père alcoolique et je n'en bois pas une goutte.

— C'est vous en vrai, cette manière de philosopher tout le temps en vous écoutant parler et de prendre les gens pour des cons, ou vous jouez un rôle ?

— Est-ce que ça a de l'importance ? Comme pour tout un chacun, ce que le monde retiendra de moi, c'est la manière dont je me suis comporté. Que ce soit ma nature intrinsèque ou un rôle de composition, c'est parfaitement secondaire.

— Vous causez drôlement bien. Même si des fois on comprend pas toujours tout ce que vous dites, mais c'est pas grave, ça en jette.

— La parole est un outil important, mais ce n'est pas l'essentiel. Une fois encore, ce qui vous définit, ce sont vos actes. Les paroles s'envolent, les actes restent.

Un seul acte peut discréditer toute une vie de beau parleur.

— Et vous allez encore longtemps me parler comme Socrate à son disciple ?

— Vous me posez des questions, je vous réponds. Si la manière vous déplaît, c'est dommage, mais c'est la mienne. Ne cherchez pas à me pousser à bout, vous n'y parviendrez pas. J'ai l'habitude irritante de ne jamais suivre mes interlocuteurs là où ils aimeraient m'emmener, à leur grand désarroi. Vous voudriez que je perde patience et contenance, que je vous dise certaines choses, mais je ne vous ferai pas ce plaisir, je me contenterai de les penser. Si c'est ça être *libre-penseur*, alors j'en suis un.

— Rassurez-vous, si c'est ça être libre-penseur, j'en suis un aussi !

Si le contenu des propos s'était considérablement durci, en revanche sur la forme, les deux hommes restaient parfaitement calmes.

— J'aime beaucoup cette conversation, capitaine, mais il faudrait peut-être commencer à aborder les vrais sujets qui fâchent, qu'en pensez-vous ?

— Bien sûr. Je vous écoute…

— Il y a maldonne, là. C'est vous qui avez demandé à me voir.

— Ah bon ? Pourtant, Fourquin m'a juste dit que vous vouliez me voir, à propos d'une lettre ou je ne sais quoi. De quelle lettre s'agit-il ?

Nous avons affaire à un redoutable bretteur.

— Une lettre qui laisse planer le doute sur le suicide du caporal Guyader, et qui prétend que le lieutenant Le Corre n'est pas mort dans un bombardement.

— Ah bon ? Et il serait mort de quoi, alors ? De la rougeole, de la scarlatine ?

— D'une balle dans le cœur.

— Ah ! Et vous vous déplacez pour me dire qu'un lieutenant mort il y a six mois aurait pris une balle plutôt qu'un éclat d'obus ? Vous voulez aller voir ces messieurs qui pourrissent dans le *no man's land* pour savoir de quoi ils sont morts exactement ? Ça mérite peut-être une enquête !

— Ce que dit la lettre, c'est que cette balle était française.

— Même ça, au risque de vous décevoir, ça arrive. En pleine bagarre, il peut y avoir des accidents. Ces joujoux-là, c'est pas pour les enfants ; ça peut tuer, vous savez ? Quand ça arrive, on évite de s'épancher sur le sujet auprès de la famille, elle aurait de la peine à comprendre, comme tous ceux qui ne savent pas ce que c'est qu'une bataille. Comme vous, quoi.

— La lettre dit que la balle était absolument volontaire, et préméditée.

— Bon, écoutez. Je vais être clair. Je ne sais pas exactement de quoi Le Corre est mort, je n'étais pas présent à ce moment-là. Il était dans la tranchée avec le guetteur et son sergent pendant que les obus grêlaient et que le gros de sa section était dans les cagnas en attendant la fin de la dégelée. Il était là au cas où les Boches montreraient leur groin plus vite que prévu. Il faisait son boulot et il est mort en faisant son boulot, comme tant d'autres. C'était un excellent officier et je vous interdis de salir sa mémoire avec vos conneries. Est-ce qu'il a pris un éclat, un shrapnel, une balle perdue ou un pruneau de *sniper*, j'en sais foutrement rien et ça n'a pas grande importance. Il est mort au combat ! Vous croyez qu'on a le temps d'entrer dans les détails quand on vient de repousser une attaque ? On a juste le temps de trier les cadavres, les blessés qu'on ne sauvera pas, les blessés qu'on peut sauver en les évacuant, et les blessés qui peuvent rester encore un peu défendre la ligne en étant pansés sur place, au cas où les Boches reviendraient.

— Bon, je vois que vous ne répondez pas à ce que je vous dis, mais je vais poursuivre. Vous dites que c'était un excellent officier, or ce n'est pas non plus ce que dit la lettre. Elle dit qu'il était autoritaire…

— Et ce serait un défaut de l'être ?

— Au-delà d'un certain point, oui. Qu'il était également injuste, et que ses hommes le détestaient au point de vouloir sa mort.

Léon savait qu'il se basait en grande partie sur des extrapolations pour avancer ce genre de choses, et qu'il marchait sur des œufs, si ce n'est sur le fil du rasoir.

— Pour être parfaitement honnête, continua-t-il, je vais peut-être vous surprendre, mais en fait, après en avoir discuté avec sa femme, je ne crois pas que le lieutenant était un modèle de vertu… Mais s'il nous faut fermer les yeux sur tous les meurtres de crapules, alors il faudrait redéfinir le Code pénal et le remplacer par… Je ne sais pas… La loi du talion, par exemple. Mais c'est peut-être ça que vous voulez ? C'est dans l'Ancien Testament, aussi, je crois…

— Vous avez parlé à sa femme ?

— Quand elle est venue voir sa tombe, oui.

— Et alors pour le caporal Guyader, donc ?

— Je constate encore une fois que vous avez éludé la question des relations difficiles entre le lieutenant

Le Corre et ses hommes, mais soit. La lettre dit que le caporal Guyader a été assassiné, et son meurtre maquillé en suicide – assez grossièrement, d'ailleurs, je m'en étais moi-même rendu compte bien avant de recevoir cette missive. Et elle conclut, je cite, « qu'on a voulu le faire taire, parce qu'il allait balancer le meurtre du lieutenant ».

Léon était en train de prendre un risque incommensurable en affirmant de la sorte quelque chose qui était de l'ordre de la conjecture, et il le savait. Il ne croyait pas en Dieu, mais il pria avec ardeur pour ne pas s'être trompé. Il guetta le moindre trouble sur le visage de son interlocuteur, mais malheureusement il ne vit rien. Par contre, celui-ci resta un certain moment silencieux, et l'absence de réplique immédiate prouvait au moins qu'il ne faisait pas complètement fausse route.

— Tout cela est totalement ridicule et probablement issu d'un esprit malade. Vous, les gendarmes, qui vivez loin du danger et des privations, est-ce que vous pouvez avoir la moindre idée de ce qu'est l'esprit de corps chez des gars qui affrontent la mort chaque jour au coude à coude ? Évidemment, on ne peut pas toujours s'entendre sur tout, mais jamais un fantassin ne ferait une chose pareille à un camarade de son unité, et encore moins à un officier. Bon sang, en tant que gendarme, vous devez bien savoir combien ça coûte, de tuer son officier !

— J'ai pourtant l'impression que votre si bel esprit de corps, capitaine, il n'est pas vécu de la même façon par tout le monde. Pour les uns, c'est de la camaraderie à la vie à la mort, mais pour d'autres, ça ressemble furieusement à de l'intimidation, voire à du terrorisme.

Croyez-moi : une relation fondée sur la peur finit toujours par se fissurer. Vous êtes breton comme moi, vous devriez le savoir : quand un bateau a une voie d'eau, il commence à donner de la bande et plus il gîte, plus la voie d'eau s'agrandit. Et vous devriez faire très attention, car avant de sombrer avec lui, les rats abandonnent le navire.

Pour la toute première fois, Cadoret sembla un peu moins à l'aise. Peut-être l'allégorie de son navire coulant à pic l'avait-il touché ?

— Et je peux la voir, cette fameuse lettre anonyme ?

— Mais non enfin, c'est une pièce à conviction.

— Certes, mais vous pouvez en faire des copies. Si vous m'accusez de quelque chose sur la base de cette lettre, il faudra bien la produire à un moment ou un autre, non ? En France, les accusés ont le droit de se défendre, me semble-t-il.

— Je ne vous accuse de rien personnellement, capitaine. Je fais juste une enquête. Je ne suis pas du tout sûr que vous soyez incriminé, répondit Cognard, tout en devant convenir que le bougre avait raison.

Cadoret l'observa un moment sans rien dire, comme s'il le sondait, et son regard bleu le transperça et lui fit froid dans le dos.

— La vérité, c'est que vous êtes un bluffeur. Il n'y a pas plus de lettre anonyme que de beurre dans le rata. Les gars qui sont dans la merde ensemble à longueur de journée, ils ne dénoncent pas les copains… surtout quand il ne s'est rien passé.

— Eh bien, c'est ce que nous verrons !

Bon sang, ça ne prend pas bonne tournure, surtout si je ne trouve pas autre chose à proférer que des menaces de cour de récréation.

— Vous n'avez plus de questions, Cognard ?

— Si. J'en ai encore une. Je voulais savoir si Guyader avait déposé une demande de permission exceptionnelle pour aller voir sa mère malade ou sa femme enceinte. Ou les deux.

Cadoret hésita un tout petit instant, à peine perceptible, avant de répondre :

— Oui. J'ai hélas dû lui refuser. C'était un moment où l'on était vraiment sur les dents, car on redoutait une attaque boche qui n'a finalement pas eu lieu. Mais j'ai quand même refusé toutes les demandes, y compris celles avec des motivations encore plus légitimes que les siennes.

Pourquoi avait-il hésité ? Léon ne voyait qu'une explication : parce qu'il s'était rendu compte que s'il disait non et qu'on arrivait à prouver le contraire, il serait bien embarrassé et devrait s'expliquer. Il avait pris une fraction d'instant pour réfléchir aux implications de la vérité ou du mensonge. Son cerveau avait travaillé vite, mais pas suffisamment pour que ce minuscule temps mort échappât au prévôt ; Cadoret avait conclu qu'il pouvait dire la vérité, que Guyader avait bien fait une demande qu'il avait refusée, et que ça ne le mettait pas en danger d'être découvert. Mais quelqu'un qui hésite, même un instant, à dire la vérité, a forcément quelque chose à cacher. Il y avait décidément un loup autour de ces permissions… D'ailleurs, Guyader avait été assassiné juste quand la directive Joffre venait de paraître !

— Dernière chose, capitaine… Pourquoi m'avoir fait venir ici ? Vous vouliez me mettre à l'épreuve ?

— Non, je voulais que vous voyiez ce qu'est notre quotidien, et là vous avez vu une belle accalmie, sans quoi bien sûr j'aurais reporté cette entrevue. Je voulais que vous compreniez qu'ici, toute défaillance est interdite, sinon c'est toute la compagnie qui paie comptant. Et après elle, c'est une autre compagnie qui déguste. On ne peut pas permettre qu'un seul d'entre nous lâche les copains. Vous comprenez ce que je veux dire ? Un soldat qui s'absente pour pisser alors qu'il devrait être au créneau, c'est une ligne pas surveillée sur cinquante mètres et ça risque d'avoir des conséquences désastreuses. À trente mètres en avant de la ligne, devant nos barbelés, nous avons réussi à construire un poste d'écoute. On l'appelle la pointe du Raz. Il ne peut contenir que deux gars de moins d'un mètre soixante, et le boyau qui y mène est en partie souterrain et ne se parcourt qu'en rampant. Pour les gars qui sont là-bas, pas le droit de parler, de pioncer, de bouger un orteil ou de tirer, même s'ils voient un Boche à dix mètres, pour ne pas révéler la position. Juste écouter. Leur seul moyen de communication, c'est une ficelle sur laquelle ils doivent tirer en cas d'alerte, reliée à un gars dans la tranchée d'Ouessant, qui lui-même n'a pas intérêt à ronquer ! Des types qui s'empaffent la nuit au poste d'écoute, c'est peut-être des nettoyeurs de tranchées qui vont les égorger et ce sera bien fait pour eux, mais le problème, c'est qu'ils ne s'arrêteront pas là. Les Boches risquent d'arriver ici sans être repérés et de grenader les cagnas remplies de gars qui essaient de se reposer en faisant confiance aux copains de la pointe du Raz. Vous comprenez ?

— Fort et clair, capitaine. Comme le phare de la Jument qui veille sur Ouessant.

Et comme un aveu de culpabilité, surtout.

— Concernant votre lettre anonyme, vous aurez ma réponse dans quelques jours, et je vous avertis : elle n'arrivera pas par moi.

— C'est une menace ?

— Non, c'est un fait.

*

Quand Bellec vit revenir son chef après son aventure en première ligne, il éprouvait toujours de la colère contre lui ; il s'efforça de rester impassible et de ne pas montrer son soulagement de le voir de retour en un seul morceau. Ainsi, pour s'enquérir des résultats de la conversation avec le capitaine, il interrogea Léon sur le même ton qu'il aurait employé pour lui parler du nettoyage des écuries.

— Alors, cet entretien avec Cadoret ?

— C'est lui qui a ordonné de tuer Guyader, et peut-être Le Corre aussi.

— Il vous l'a dit ?

— Non, il est bien trop malin pour ça, mais c'est tout comme.

16

30 juillet 1915

Une semaine après la visite du front à Ovillers et la joute verbale avec Cadoret, Léon n'avait aucune nouvelle. Il avait multiplié les contacts, prétexté une nouvelle entrevue avec Morvan à Amiens pour aller rencontrer un juriste, puis un commissaire de la Sûreté générale, en profitant de ses anciens contacts dans la police. Tous l'avaient écouté attentivement, mais à son grand désarroi, lui avaient conseillé de faire profil bas et d'abandonner cette histoire. L'armée restait seule maîtresse à bord, hors les affaires d'espionnage, et si elle voulait étouffer celle-ci ou ne pas la voir, il ne pouvait s'y opposer. Il avait énormément de mal à se faire à cette idée, et se perdait sans cesse en conjectures sur le sens mystérieux des dernières paroles de Cadoret, au point d'en faire des insomnies. « Ma réponse n'arrivera pas par moi. » Mais par qui arriverait-elle ? Et quelle réponse ? À certains moments, il allait jusqu'à imaginer que cette réponse pourrait ne pas être une parole. Sait-on jamais, peut-être le capitaine allait-il lui envoyer un de ses nervis pour lui mettre une balle dans la tête au coin d'une ruelle sombre ou au détour d'un chemin, et voilà que le prévôt se surprenait à raser les murs, à se retourner de plus en plus souvent et à envisager les lieux isolés avec une certaine appréhension. Cadoret avait réussi à le rendre paranoïaque, et cela l'indignait.

Ce matin-là, quand il arriva au greffe, il n'était pas le premier. Bellec était déjà là, mais pas seul. Jouannic était présent également. Ils étaient tous deux assis, les mains croisées sur la table, et il n'était guère besoin d'avoir fait Saint-Cyr pour comprendre qu'ils l'attendaient de pied ferme.

— Oh, que vois-je ? Mes deux sous-officiers réunis au greffe au même moment… Vous n'auriez pas l'intention de me faire la morale, par hasard ?

La plaisanterie, si c'en était une – mais ce n'était jamais facile de le déterminer avec certitude chez Cognard –, les laissa de marbre.

— Bon, d'accord, dit Léon en s'asseyant à son tour. Allez-y. Qui a été désigné pour commencer ? Vous l'avez joué aux dés ? À la courte paille ?

— Est-ce que vous savez qui on a sur le registre d'écrou en ce moment ? demanda Jouannic, d'une voix posée.

— Euh… non.

— Qui est planton au QG aujourd'hui ? Qui est à la circulation ? Sur la ligne de démarcation ?

— Je suis obligé de connaître l'emploi du temps par cœur ?

— Dans l'absolu, non. C'est à nous de le gérer, c'est vrai. Mais avant, vous le connaissiez toujours par cœur. C'est juste une remarque.

— C'est vrai, je suis un peu moins les corvées. Si c'est tout ce que vous avez à me reprocher, je pense qu'il n'y a pas mort d'homme !

— Fini aussi les discours flamboyants avant la popote. Je suis le premier à reconnaître qu'au début j'ai eu un peu de peine à m'y faire, mais le résultat était là ; les hommes appréciaient ça. Ils aiment qu'on leur parle, qu'on plaisante, et même qu'on les engueule. Un homme préfère qu'on l'engueule plutôt qu'on l'ignore ! Maintenant, tout ce qui vous sort du clapet, c'est : « Messieurs, aujourd'hui aucune consigne particulière. Bon appétit ! », et encore, quand vous êtes là ! Y en a qui se demandent si vous n'êtes pas malade, et d'une certaine manière, moi aussi je me pose la question.

— J'ai l'air malade ?

— Pourtant, vous aviez fait le plus dur. Vous aviez gagné leur respect, vous aviez même dépassé Morvan dans leur estime. Après le bombardement du convoi, ils seraient venus vous manger dans la main ! Maintenant, tout est à refaire.

Léon jeta un œil vers Bellec, qui regardait la table en silence. Il avait les poings serrés, la mâchoire crispée, et semblait très affecté. Bon sang, était-il possible que ce fût lui qui l'ait mis dans cet état ? Au point qu'il déléguât la parole à Jouannic et préférât se taire pour ne pas craquer, lui son insubmersible petit greffier ? Était-il vraiment allé trop loin ?

— Faites attention, chef, poursuivit Jouannic, cette affaire vous monte à la tête. J'en ai causé avec Bellec, ça nous inquiète autant tous les deux. Je sais que c'est important pour vous et que vous avez sans doute raison sur le fond, mais le commandement a choisi son camp, et c'est pas le vôtre. Croyez-en la vieille carne que je suis, qui en est à trente ans d'armée de métier, y a pas plus têtu qu'un foutu officier supérieur et quand c'est comme ça, y a rien d'autre à faire que de se la mettre au chaud et de s'asseoir dessus. Vous négligez tout le reste et ça part dans tous les sens. Le Goff a laissé filer un prisonnier qu'il avait sorti pour une corvée. Il est parti pisser « en pensant pas qu'il oserait s'évader », ce couillon. Guillevic en est venu aux mains avec un bidasse qui l'injuriait. Bourhis et Tellier étaient tellement soûls avant-hier soir qu'ils ont dégueulé dans l'escalier et sont allés se coucher sans nettoyer leurs saloperies. Flohic a dû trouver un filon de fromage et de sauciflard à bouffer en douce dans sa chambrée, car il n'a jamais été aussi gros, et j'en passe et des meilleures. Ils n'auraient jamais fait ça y a un mois…

Léon restait sidéré par ce que le briscard venait de lui dire. Il devait donner l'impression de débarquer d'une autre planète, et se sentit submergé par la honte.

Jouannic secoua lentement la tête, l'air affligé.

— Eh ouais, et le pire, c'est que tout ça, je vous l'apprends. Vous n'êtes plus là. Nom de Dieu, j'avais réussi à faire de vous un chef de première bourre, alors ce serait bien de ne pas redevenir un tocard !

Le maréchal des logis avait terminé cette dernière phrase, qui se voulait une gentille plaisanterie pour détendre l'atmosphère, dans un demi-sourire, mais Cognard ne réagit pas. Il était séché. Pour la première fois depuis bien longtemps, il ne savait pas quoi dire.

— Un jour, vous m'avez dit que vous étiez capable de reconnaître vos torts… Vous vous souvenez ? On dirait que c'est le moment ou jamais de le prouver.

— Vous vouliez que je sois votre Sancho Pança, hein ? Alors laissez-moi vous dire : vous aviez raison, chef, vous êtes comme Don Quichotte, vous vous battez contre des moulins à vent. Mais n'oubliez pas que dans le livre, ce sont les moulins qui gagnent ! conclut un Bellec amer.

Après un long et lourd silence, Léon se leva.

— Merci messieurs, je crois que vous m'avez remis les idées en place. Parfois, on croit avoir du panache, mais en fait, celui-ci nous aveugle et nous flétrit. Je parlerai aux hommes à la popote. À ce propos, ce n'était pas terrible, la tambouille d'hier. La mère Dacheux nous avait habitués à mieux que ça, non ?

Les deux sous-officiers se regardèrent d'un air étrange.

— Qu'est-ce qui se passe, j'ai encore dit une bêtise ?

— C'est que, répondit Bellec, hier on avait mis Bertho de corvée de popote parce que madame Dacheux avait demandé son congé. Son fils…

Les épaules de Cognard s'affaissèrent.

— Oh, non. C'est terrible. J'irai la voir.

Les circonstances m'obligeront à faire abstraction de ce… de cette chose qu'elle a au menton.

— Je suppose que nous n'avons plus de cuisinière, du coup ?

— Euh, si, elle reprend dès aujourd'hui. J'ai proposé de la laisser filer avec un mois de gages, elle n'a jamais voulu. *Ch'est point d'arter éd'travailler qu'i vo él'foaire révnir*, m'a-t-elle dit.

*

Léon avait craint de se sentir très mal au moment de faire acte de contrition. Lorsqu'il vit tous ces hommes debout derrière leur chaise, ce fut l'inverse ; il se sentit soulagé. C'était comme la fin d'une parenthèse, le retour au bon vieux temps. *À l'impossible, nul n'est tenu*, n'est-ce pas là ce que l'on dit ? Que racontait Geffroy à propos de sa femme, déjà ? Cette phrase qui l'avait tellement amusé… Ah oui : *on ne peut pas donner à boire à un singe qui n'a pas soif*. Or, personne n'avait soif à part lui, dans cette histoire. Mais c'en était fait, sa soif était en train de s'étancher. Cet aveu d'impuissance lui permettait de commencer à faire le deuil de cette affaire.

— Messieurs, je vous dois des excuses. Je ne vous apprendrai rien en disant que j'ai été quelque peu absorbé par une certaine affaire ces dernières semaines. J'ai été trop peu présent, et je sais gré aux maréchaux des logis Bellec et Jouannic de m'avoir suppléé avec énergie et compétence. Alors que cette parenthèse se referme, je me suis entretenu avec eux ce matin et j'ai pris connaissance de… certaines choses qui se sont passées ces derniers temps, de la prison prévôtale à la rue en passant par l'escalier et les chambrées, si vous voyez ce que je veux dire. La routine est terrible, je le sais mieux que quiconque. Elle pousse au laisser-aller et au découragement, d'autant plus quand on doit affronter le mépris du plus grand nombre. Je n'ai pas de recette à vous donner contre cela, à part de reprendre votre bâton de pèlerin tous les matins et de continuer, envers et contre tout, à être exemplaires, comme vous avez longtemps su l'être. Peut-être parce que mon père fut particulièrement dur avec moi, pour un résultat somme toute assez discutable (quelques rires discrets indiquèrent que l'assistance ne perdait rien de ce qu'il disait), je ne crois guère dans les vertus de la punition. Je n'ai pas d'enfant, ce n'est peut-être pas plus mal, j'aurais eu peur d'être trop permissif. Mon prédécesseur a eu la main beaucoup plus lourde que moi, ce qui ne l'empêchait pas d'être apprécié. Si je vous ai aussi peu punis, ce n'est pas pour vous acheter la paix sociale ou l'amour filial, c'est juste parce que cela me barbait. J'ai passé ma vie à punir des justiciables et il faudrait que je flique des gendarmes ? (Il s'arrêta net. Silence de mort dans la salle, qu'il laissa durer.) Je veux bien être gentil, les gars, mais renvoyez-moi la balle ! Comportez-vous à nouveau comme des gendarmes faisant honneur à leur arme, et cessez de jeter le discrédit sur cette prévôté ! À partir d'aujourd'hui, je ne laisserai plus rien passer et toutes les punitions seront transmises et inscrites au dossier.

Le regard de Léon croisa ceux de Bellec et Jouannic. Ils arboraient un air satisfait, et le briscard hocha la tête de contentement. Avant de laisser les hommes s'asseoir, le prévôt n'oublia pas de demander une minute de silence à la mémoire du jeune Émile Dacheux, fils de leur bien-aimée cantinière, mais cet instant de recueillement ne put aller à son terme, car il fut perturbé par l'irruption de l'estafette de Testard, qui se dirigea directement vers lui.

— Bonjour mon lieutenant, le colonel veut vous voir.

— D'accord. À quelle heure ?

— Il a dit « toutes affaires cessantes », répondit l'estafette, tout en jetant un œil désolé en direction de son assiette pleine. Autrement dit, j'y retourne maintenant et vous venez avec moi.

Le jeune homme lui adressa un regard de commisération, un peu à la manière dont on contemple un condamné à mort.

Léon leva un œil vers son greffier, auquel il avait rapporté tous les détails de sa conversation avec Cadoret.

— Je crois que la voilà, sa réponse, chef!

— Eh bien allons-y. Quand le vin est tiré, il faut le boire.

*

L'estafette abandonna Léon devant la porte du bureau avec quelques encouragements, tels ceux du bourreau au pied de l'échafaud, car le colonel était *très remonté,* l'avait-il prévenu. Cognard le remercia et resta quelques instants à réfléchir avant de frapper à la porte. Ainsi, Cadoret avait choisi la solution la plus pitoyable et la plus sans panache qui soit, celle d'aller se plaindre à son colonel, qui avait dû lui-même aller se plaindre au général. Se plaindre de quoi? D'être persécuté, probablement. C'est dire s'il avait la certitude tranquille de ne pas être embêté par un maniaque du code de justice militaire. Non, ces gens-là n'étaient sourcilleux que sur le zèle à aller se faire tuer, et les seules circonstances où ledit code les intéressait, c'était pour pouvoir juger un bon vieux déserteur ou fusiller un cas d'école d'abandon de poste devant l'ennemi. Là, pour ça, on se bousculait au prétoire!

Cognard respira un grand coup et pria pour que la teneur de cet entretien ne lui donne pas une furieuse envie de se jeter de nouveau à corps perdu dans cette affaire, juste au moment où il avait décidé de l'abandonner.

Sans surprise, cette fois, Testard ne lui proposa pas de s'asseoir.

— J'apprends que vous êtes allé emmerder une section d'infanterie en première ligne avec vos lubies, Cognard, au risque de vous faire tuer stupidement ! J'aurais eu l'air de quoi, moi, quand on m'aurait demandé d'expliquer ce que vous foutiez là, si vous étiez revenu en pièces détachées ?

— Je suis allé rencontrer le capitaine Cadoret à sa demande.

— Et vous avez un écrit prouvant vos dires ? Parce que lui prétend ne jamais vous avoir invité, et que cette initiative était la vôtre. Il a même précisé que vous étiez totalement inconscient !

Eh bien voilà ce qui s'appelle se faire posséder comme une bleusaille, mon Léon !

— Et quand bien même cela serait venu de lui, qui est censé vous autoriser ce genre de promenade, Cognard ?

— Vous, mon colonel.

— Donc, vous le saviez !

— Sauf pour les enquêtes en cours, précise le code, pour lesquelles je peux me rendre au front de ma propre initiative.

— Mais de quelle enquête parlez-vous ?

— Vous le savez bien, de l'enquête sur la mort du caporal Guyader.

— Ne vous ai-je pas demandé de laisser tomber cette histoire ?

— Non, mon colonel. Vous m'avez interdit d'exhumer le corps du lieutenant Le Corre, mais sauf erreur de ma part, vous ne m'avez pas interdit de poursuivre mes investigations sur la mort suspecte de Guyader !

— En effet, je ne l'ai pas fait parce que ça me paraissait évident, mais visiblement, ce qui est évident pour le sens commun ne l'est pas pour vous. Et cette mort n'est pas suspecte ! C'est un suicide !

— Ne m'amenez pas sur le terrain du sens commun, on ne tombera pas d'accord sur la définition de celui-ci.

— Ça suffit ! Taisez-vous ! C'est quoi cette histoire de lettre anonyme, Cognard ?

— Oh, eh bien, c'est une, euh... petite invention de ma part, pour pousser les coupables à sortir du bois. La lettre, c'est un peu le fromage, tandis que l'assassin est la souris, et moi je suis la tapette... enfin, façon de parler, évidemment.

— Donc vous avouez avoir inventé une soi-disant lettre anonyme de toutes pièces, alors qu'il n'y a pas deux minutes vous étiez en train de dire que c'était Cadoret qui vous avait invité en première ligne, et que c'était lui le menteur ? Dites-moi, est-ce que par hasard vous vous foutriez ouvertement de ma gueule, Cognard ?

— Non, mon colonel, je ne dirais pas les choses comme cela...

— Et vous les diriez comment ?

— Que je m'obstine à vous présenter les choses comme je les vois, et non comme vous voudriez que je les voie. Il y a ce qui *est*, et cela, personne ne peut jamais en être complètement sûr. Il y a ce qu'on *croit*, et pour cela, chacun d'entre nous doit défendre ses propres conceptions ; c'est la part de subjectivité de notre métier, hélas. Et puis, il y a ce qu'on *veut*, et cela ne devrait jamais rentrer en ligne de compte.

— Qu'est-ce que vous racontez encore comme salades ?

— Je reconnais que cette méthode n'est pas très orthodoxe, mais vous ne m'avez pas laissé le choix. Toutes les preuves irréfutables de ce meurtre se trouvaient dans le rapport que je vous ai donné, mais vous n'en avez tenu aucun compte parce que vous ne *vouliez pas* en tenir compte. Et vous continuez à vous y refuser, malgré l'évidence.

— Vous êtes un prétentieux.

— Non, mon colonel, je ne le crois pas, sincèrement. Ma seule prétention, c'est d'avoir un certain panache, ce qui fait que je me heurte régulièrement à des gens comme vous. La vie est courte, et malgré cela, il n'est pas facile d'y trouver satisfaction. Certains choisissent l'amour, la paternité, certains inventent des machines ou écrivent des livres, certains préfèrent se noyer dans l'alcool… Moi, j'ai choisi une autre voie.

— Ah oui, vous, vous avez choisi le panache ! Ce n'est pourtant pas Cyrano que tout le monde vous appelle, ici.

— Ah ? Comment m'appelle-t-on donc ?

— Don Quichotte !

Léon sourit.

— Ça vous fait rire ?

— En toute honnêteté, oui. J'en ai un peu l'allure, vous ne trouvez pas ? Ne manqueraient que la barbe, la lance et l'armure.

— Vous êtes arrogant et imbu de vous-même.

— Parce que je me prendrais pour Don Quichotte, je serais arrogant ? Vous devriez relire vos classiques. Don Quichotte est une satire où le personnage est constamment ridiculisé, prenant un petit gros sur un âne pour son écuyer, et une vieille carne pour un destrier.

— Il est vrai que ça vous convient mieux que Cyrano, qui lui était un vrai soldat, pendant que Don Quichotte se battait contre des moulins à vent !

— Je salue votre culture littéraire. Je revendique en effet de me battre contre des gens qui brassent plus d'air qu'ils n'agissent.

Testard se mit brusquement à hurler. Son affreux grain de beauté, que Léon avait presque réussi à ignorer jusqu'alors, s'étirait au rythme de son faciès qui se déformait sous la fureur.

— C'est pas le Quai des Orfèvres ici, c'est la guerre ! Vous êtes censé m'aider à maintenir une armée disciplinée en ordre de bataille !

— D'où la surveillance des latrines, mon colonel ?

— Arrêtez de vous foutre de ma gueule, Sherlock Holmes ! Ce serait vraiment trop vous demander, dans la position que vous occupez, un peu de respect pour les unités combattantes ? Je vous ordonne de foutre la paix à la 2e compagnie et de les laisser se battre, vous m'entendez ?

— À vos ordres, mon colonel. Je les laisse *se battre en paix*. Mais se battre entre eux, ou contre les Allemands ?

Testard prit une immense inspiration, ferma brièvement les yeux et se calma d'un seul coup, avant de poursuivre à nouveau sur un ton maîtrisé, mais plus cassant que jamais.

— Bon sang, Cognard, vous êtes là pour obéir aux ordres, et si je vous dis de ramasser la merde, vous ramassez la merde. D'ailleurs, c'est ce que vous allez faire. Dès cet après-midi. Je vous ordonne de vérifier toutes les latrines de la division, par mesure d'hygiène ! Il ne faudrait pas que les vrais soldats attrapent la typhoïde à cause d'emmerdeurs dans votre genre !

— Je signale à votre sagacité qu'ils sont vaccinés, mon colonel.

Hélas, pas contre la bêtise, et les officiers supérieurs non plus !

— On n'est jamais trop prudent ! Exécution !

— À vos ordres, mon colonel. Je vous informe que ceci sera consigné dans le JMO, au même titre que toutes les autres tâches passionnantes que vous avez l'habitude d'attribuer à la prévôté.

— Débarrassez-moi le plancher et allez curer les chiottes, Don Quichotte.

— À vos ordres, mon colonel ! Et bravo pour la rime !

*

Répertorier le nombre et l'emplacement de toutes les feuillées, vérifier qu'il y a bien à côté de chacune d'elles un récipient avec couvercle contenant de la chaux pour enduire quotidiennement les parois de la feuillée. Veiller à ce que des pancartes indiquent « eau potable » ou « non potable ». Dans les zones fréquentées par les chevaux et le bétail, s'assurer du dégagement du fumier et du purin.

Que l'armée ait pris la peine de mettre cette tâche évocatrice dans la liste de celles qui incombaient à la gendarmerie prévôtale prouvait si besoin pour quoi elle la prenait au juste. Léon disposait encore de quelques malheureux territoriaux afin d'appuyer ses hommes dans ce labeur ingrat, mais au rythme où on les renvoyait au front, bientôt il devrait sans doute se retrousser les manches.

Cognard en était à son quatrième curage de latrine de l'après-midi, surveillant d'un œil distrait, les mains enfoncées dans les poches, les allées et venues des malheureux forçats transportant des seaux de déjections, certains avec un foulard de fortune entouré à la va-vite autour du visage. Il avait le plus grand mal à retrouver son flegme, se repassant avec aigreur sa conversation avec Testard, regrettant ici et là quelques reparties qui ne lui étaient pas venues sur le moment. *Prétentieux, moi ? Dire de ce type qu'il est tellement idiot qu'à côté de lui je suis Léonard de Vinci, ce n'est pas de la prétention, c'est juste un lieu commun, au sens rhétorique du terme !*

Un bruit de moteur le tira de ses songes amers. Il reconnut aussitôt l'automobile du lieutenant-colonel Tanguy qui venait de s'arrêter sur le bas-côté. Comme il faisait beau, il avait plié la capote, et sortit de son véhicule en sautant par-dessus la portière.

Tiens, si moi je suis Sherlock Holmes, voici notre cow-boy ! Il ne manquait plus que lui pour que la fête soit complète.

Tanguy s'approcha de lui, un léger sourire en coin. Il fouilla dans ses poches et sortit un étui d'argent dont il tira une cigarette, qu'il introduisit dans un de ces fume-cigarette en Bakélite très à la mode dans les salons parisiens. À voir sa tête, le bellâtre venait sans aucun doute narguer Léon sur les lieux de sa corvée, et quelque chose lui disait que c'était tout sauf un hasard. Il s'imaginait déjà Testard se fendre la poire au mess des officiers devant tous ses colonels hilares : « Ah ah les gendarmes, je les emmerde, c'est le cas de le dire ! », ce qui en révélait encore une fois bien long sur le niveau de discrédit de leur arme.

— Tiens, mais qui c'est que je trouve à laver les chiottes ? Mais c'est Don Quichiotte ! À force de chier dans les bottes des gens, un jour ou l'autre il fallait que ça arrive !

Léon se passa la main sur le visage, affligé.

— Bon sang, j'ai la triste sensation de régresser trente-cinq ans en arrière, dans la cour de récréation.

— Pourquoi ? Vous ramassiez déjà la merde, à l'époque ?

— Écoutez, Tanguy...

— *Colonel* Tanguy !

— Écoutez, *Tanguy* ! Si faire son travail en contrôlant les accès de la zone des armées pendant le couvre-feu pour un officier accompagné d'une femme sans laissez-passer est ce que vous appelez *chier dans vos bottes*, alors j'assume mon statut d'*emmerdeur*. Si empêcher votre crétin de lieutenant d'ordonnance de provoquer un carnage en cédant à ses caprices et en le laissant passer au lieu de l'obliger à attendre le passage d'un convoi prioritaire est encore ce que vous appelez *chier dans vos bottes*, alors je continuerai à vous *emmerder* tant que je serai là, autant vous y faire. Comment va-t-il, d'ailleurs ? Ça lui arrive de marcher sur ses deux pieds, ou il passe toujours ses journées couché dans un fossé ?

— Il y a juste un « i » de trop, dans votre nom, en fait.

— Dans Don Quichiotte ? Effectivement !

— Non, dans Conniard.

— Je vous suis reconnaissant de me rappeler les excellentes plaisanteries de mes camarades d'école élémentaire, mais je vous dois cette confession : cela s'écrit c-o-g-n-a-r-d.

— Oui, j'avais compris, mais l'idée de vous envisager comme un connard avec un « i » en trop me plaisait bien. Cela dit, ça me va bien comme ça aussi. Si on contracte « cogne » et « connard », on se dit que vous aviez un nom prédestiné !

— Quel esprit brillant, vraiment ! Je pense qu'avec un tel niveau en anthroponymie, vous devriez bientôt pouvoir prétendre à un fauteuil de l'Académie française.

— Vous ne cherchez pas à me verbaliser pour outrage, cogne-connard ?

— Non, ça ne sert à rien, nous savons vous et moi que vous serez couvert par votre hiérarchie, et que vous vous en rengorgerez de plus belle, poitrinant comme un paon à chaque fois que nous nous croiserons. Je vais donc m'épargner cette peine inutile. Il semble qu'être en première ligne vous donne des droits. On peut s'en féliciter, on peut le déplorer, dans tous les cas c'est un fait. Et comme tout ce qui est un fait, plutôt que de m'égosiller, je préfère en prendre acte et « faire avec ». Cela dit, ce qui est vrai dans un sens l'est aussi dans l'autre. Je peux donc vous outrager joyeusement de même en présumant que vous n'aurez pas le toupet d'aller pleurnicher auprès de vos supérieurs. Je suis peut-être un embusqué, mais vous êtes un grossier personnage, et croyez bien que si j'évite soigneusement des termes plus triviaux, c'est uniquement parce que ma mère me l'a interdit !

— « Grossier personnage », hu hu hu, je me sens très outragé, en effet, espèce de planqué ! Jean-foutre ! Bon à rien ! Traîne-savates ! Parasite ! Pompe à merde !

Toute la rue profitait des éclats de voix depuis un moment, y compris les hommes de corvée qui faisaient des allers-retours avec des seaux entre la feuillée et un conteneur hippomobile attelé à une mule rachitique. Dans le dos de Tanguy, le gendarme Peyron s'arrêta pour déverser discrètement le contenu diarrhéique de son récipient dans le bas de caisse de la voiture du fanfaron, au pied de la banquette arrière pour qu'il ne s'en rende pas compte immédiatement. Cognard le vit, mais fit comme si de rien n'était.

— Chacun a l'éducation qu'il peut, Tanguy, poursuivit-il après les noms d'oiseaux. Vous êtes un sot, nonobstant votre grade. Et par pitié, ne m'opposez pas votre bachot, ni Saint-Cyr, ni la sévère sélection à laquelle vous avez été soumis… Il est à peu près de notoriété publique que la moitié des généraux français ont été limogés en octobre 1914 parce qu'ils ne savaient pas lire une carte.

Là, il venait de toucher au crime de lèse-majesté. Tanguy devint furieux.

— Je pourrais vous opposer mon poing dans la gueule, vous savez ?

— Pourquoi, *colonel* ? Vous vous sentez outragé ? Bienvenue au club, je vis ça tous les jours sans rien dire. Merci encore pour votre franchise, elle m'a permis de crever l'abcès !

Tanguy avança, brandit son poing, mais hésita un instant quand il vit que Cognard ne bronchait pas, ne se mettait pas en garde, ne semblait même pas le moins du monde en alerte face à la menace physique.

Raide comme un piquet, il gardait ses mains derrière son dos et défiait le lieutenant-colonel du regard. Les hommes, derrière, ne purent résister à l'attraction de ce spectacle insolite et s'arrêtèrent pour regarder, seaux en main.

— Eh bien, qu'est-ce que vous attendez, *colonel* ? Vous hésitez ? Votre commandant vous passe peut-être toutes vos injures, mais si vous me cassez la figure, ce sera plus difficile de vous couvrir.

Tanguy fulminait toujours autant, mais ne se décidait pas à frapper.

— Dans ce cas, si vous voulez bien m'excuser, j'ai de la *merde* à ramasser.

Et Léon pivota pour rentrer dans la feuillée afin d'aller en superviser le chaulage, laissant le pédant personnage à son automobile et à la divine surprise qui l'attendait quelques centaines de mètres plus loin, quand le doux fumet de chiasse lui caresserait les narines. Il ne put s'empêcher d'en sourire.

Le soir, en marge de la popote, Léon surprit quelques-uns de ses gendarmes qui rapportaient la scène à ceux qui n'étaient pas présents en se gaussant de Tanguy. Pas de doute pour eux, leur lieutenant avait ridiculisé ce petit merdeux, c'était le cas de le dire.

— Il n'y a pas de quoi être fier de ça, leur dit simplement Léon.

Et il le pensait. Cette dispute sans panache ne valait pas plus cher qu'une empoignade de poivrots ou de taulards. Il avait presque failli tomber dans le jeu de son adversaire pathétique et n'avait pas su s'élever au-dessus de sa médiocrité.

*

Quelques jours plus tard, on apprit que tout le 11e corps d'armée allait être relevé par les Britanniques, et qu'il allait falloir déménager vers la Champagne. On ne savait pas encore où, bien sûr. Secret militaire. On le découvrirait en descendant du train.

Les jours suivants, les hommes de la prévôté furent occupés à encadrer le brûlage des détritus, l'enfouissement des déchets périssables, notamment les carcasses d'animaux. C'est que ça en faisait, des saletés, une division de dix mille hommes !

Le plus gros fut accompli avant le départ des troupes, mais tout ce qui échappa à leur vigilance dut être fait après, dont ce qui avait été dissimulé par des bidasses jamais en peine de vouloir échapper à des corvées ou jouer un tour de cochon aux pandores.

Pour la deuxième fois en dix jours, il fallut curer les fossés et les latrines, dans une ville étrangement déserte, et en effectif réduit, car la moitié des vingt gendarmes avait alors déjà rejoint la division dans sa nouvelle affectation champenoise.

Peu auparavant, pour la dernière popote avec l'équipe au complet, dans une prévôté déjà bien vide, alors que les chevaux et les caisses de paperasse avaient déjà été expédiés par train, la pauvre madame Dacheux avait mis les petits plats dans les grands et les gendarmes s'étaient âprement cotisés pour lui offrir six mois de gages en guise de cadeau d'adieu. Cognard venait juste de signaler à Flohic, d'un geste du bout de l'index, qu'il avait une grosse miette de pain fort gênante accrochée dans la moustache, quand un objet fut lancé à travers la fenêtre ouverte du réfectoire et roula au sol dans un bruit métallique.

— Grenaaaaade ! avait hurlé un gendarme, on ne sut jamais vraiment qui.

Toujours est-il que fissa, tout le monde s'était jeté à plat ventre en pagaille sur le plancher. On avait attendu dix bonnes secondes avant de se relever, autant dire que le terroriste présumé devait déjà être à quatre pâtés de maisons.

Finalement, ce qu'on avait cru être une bombe s'était avéré être une simple boîte de singe vidée de son contenu, dans laquelle une feuille de papier avait été glissée. La missive fut portée au prévôt, le temps de se remettre de ses émotions et de se rendre compte qu'on avait quand même cru des biffins capables de grenader une salle remplie de gendarmes. C'est dire si on se sentait aimés !

« Le soldat Guyader a bien été assassiné ! », disait le message en majuscules d'imprimerie, qui ne portait aucune signature.

— Eh bien voilà, plus besoin de l'inventer ! Vous la tenez, votre lettre anonyme ! s'amusa Bellec.

— Oui, conclut Léon. Il semblerait que le secret soit un peu lourd à porter pour certains. Malheureusement, c'est trop tard.

Et sous le regard médusé de son greffier, il chiffonna le papier jusqu'à en faire une boulette qu'il écrasa sur le bord de son assiette, au milieu des os de poulet sauce basquaise.

Et se remit à manger.

17

Suippes, Marne, 23 août 1915

À Albert, quelques maisons avaient été touchées par les bombardements. À Suippes, quelques maisons n'avaient *pas* été touchées par les bombardements. C'était la première différence qui sautait aux yeux quand on passait de l'une à l'autre, outre la taille de la commune, Suippes étant à peu près trois fois plus petite. Tout cela mis bout à bout, c'était la crise du logement dans cette ville de la Marne aux trois quarts ruinée. Le logement de la prévôté – l'hôtel-pension restaurant écurie du Point du Jour, sans doute un ancien relais de poste – avait donc fait l'objet d'âpres discussions avec l'état-major et avec les autres unités qui voulaient elles aussi trouver à *se caser*, comme on disait, en particulier les officiers qui exigeaient un certain confort; on s'embarrassait moins de précautions avec les soldats que l'on plaçait dans les remises, granges, étables et écuries, ou sous des tentes. L'enjeu de cette foire d'empoigne était important; on ne savait pas combien de temps la division serait cantonnée à Suippes, mais on ne perdait pas de vue qu'on était restés presque neuf mois à Albert. C'est finalement la présence d'écuries au Point du Jour qui avait permis aux gendarmes d'emporter la mise. L'état-major de la division, lui, était monté en gamme : il avait jeté son dévolu sur un château situé à une demi-douzaine de kilomètres de là, qu'il avait cette fois pour lui tout seul, l'occupant l'ayant gracieusement cédé pour le bien de la patrie, ce qui avait dû être un grand sacrifice puisqu'on disait qu'il en avait trois autres dans la région. Depuis lors, Cognard ne faisait plus référence à Testard – nom qu'il était interdit de prononcer devant lui – que sous le sobriquet de *châtelain*. Il appréciait, cela dit, de le savoir deux fois plus loin de lui qu'à Albert, l'air lui semblait ainsi moins vicié.

Le bourg de Suippes, autrefois cossu comme en témoignaient quelques vestiges bourgeois, n'était plus que l'ombre de lui-même. Si bien des murs étaient encore debout, la majorité des toitures avait en revanche beaucoup souffert. Parfois, elles étaient juste crevées, mais souvent, elles s'étaient entièrement effondrées. Quand un autre obus n'avait pas détruit les planchers des étages, les maisons étaient généralement encore occupées au rez-de-chaussée. Le paradoxe, c'est que depuis son arrivée, Léon avait déploré beaucoup moins de bombardements qu'à Albert. À vrai dire, pour le moment, il n'y en avait quasiment pas. La majeure partie des destructions de la ville datait de la première semaine de septembre 1914 où la petite ville s'était retrouvée au beau milieu de la bataille de la Marne. On disait même que c'était précisément à Suippes que les Allemands avaient décidé de battre en retraite.

Contrairement à Albert où s'animait encore une certaine vie, bien que réduite et tendant à se raréfier, il n'y avait plus de civils à Suippes, hormis les commerçants qui étaient restés – ou venus ! – pour faire vivre l'économie de guerre, et parfois pour en profiter.

Le Point du Jour était loin d'être un lieu de villégiature aussi plaisant que l'école d'Albert. C'était un large bâtiment de deux étages et deux ailes avec un escalier central, qui commençait sans doute déjà à être vétuste avant guerre, et que tout cela n'avait pas arrangé. S'il n'avait pas été lourdement endommagé, il avait quand même pris un obus de petit calibre sur un côté de la toiture qui rendait l'aile droite du deuxième étage difficilement habitable et les gendarmes y avaient juste stocké du matériel, car les dépendances extérieures étaient trop difficiles à sécuriser. Une lézarde assez inquiétante zébrait également le pignon, mais on essayait de ne pas y penser. Si la popote, placée dans l'ancienne salle de restaurant, et le greffe, installé dans l'aile droite du rez-de-chaussée, auraient pu être très corrects, bien que manquant un peu de luminosité, ils ne l'étaient pas, car ils béaient par de larges fenêtres sur une rue très passante, et personne n'avait envie de chanter une chanson à boire ou de porter un toast quand une palanquée de bidasses risquait de passer par là et d'assister aux libations. C'était la raison pour laquelle la règle prescrivait, autant que faire se peut, d'établir la prévôté à distance respectable des cantonnements des troupes. *Pour ménager l'autorité des gendarmes*, doux euphémisme signifiant en réalité que c'était pour leur éviter des insultes et autres nuisances plus graves. Hélas, la configuration des lieux occupés ne rendait pas toujours cela possible, et c'était le cas à Suippes.

Pour la prison des hommes, les gendarmes avaient privatisé toute une aile du premier étage en faisant installer une porte renforcée sur le palier. Dans l'ancien couloir d'hôtel, les chambres étaient laissées ouvertes et permettaient aux préventionnaires de circuler de l'une à l'autre, même si plusieurs pièces pouvaient au besoin être isolées pour servir de cellules de discipline. Il n'y avait pas la place de faire une salle de garde et la première chambre en entrant avait été vidée de sa literie pour être transformée en réfectoire. Les gardiens de service avaient donc le mauvais rôle et faisaient grise mine, car non seulement ils devaient rester plantés sur le palier en plein milieu du passage, sans aucune intimité, mais ils étaient en plus forcés de manger avec les prisonniers.

Le reste des prévôtaux faisait plutôt contre mauvaise fortune bon cœur, ayant conscience qu'ils demeuraient malgré tout bien lotis vis-à-vis de la plupart des autres troupes. Seul bémol toutefois : le nombre d'injures criées dans la rue et de cailloux lancés dans les fenêtres augmentait dangereusement depuis que toute la division avait compris où se trouvait la prévôté.

Bien entendu, il avait été impossible de trouver, sans parler d'un cordon-bleu comme madame Dacheux, ne serait-ce qu'un civil en capacité de cuisiner pour tout le groupe, et les gendarmes avaient dû renouer avec la dure nécessité de se nourrir par eux-mêmes. Pourtant, l'ancien restaurant disposait d'une cuisine collective où la vieille Picarde aurait fait des merveilles, mais au lieu de ça, Cognard avait dû se résoudre à nommer le gendarme Guillevic responsable permanent de la tambouille. Non qu'il fût plus doué que les autres, mais le prévôt avait pris cette décision pour soustraire l'intéressé au service extérieur, car depuis quelque temps, il était dans un état nerveux préoccupant, qui l'avait d'ailleurs conduit à perdre totalement le contrôle de lui-même et à se battre comme un chiffonnier avec un biffin, spectacle désastreux s'il en était. Léon avait demandé que ce brave gars, qu'il n'avait pas voulu accabler, soit permuté au plus vite avec un gendarme de l'arrière, il espérait que sa requête aboutît rapidement. Hélas, le cuisinier improvisé s'était révélé si désastreux qu'il avait produit plusieurs fois un gruau impropre à la consommation. On lui avait donc adjoint l'aide de Guirrec, un prisonnier récurrent, ancien ouvrier de conserverie de sardines à Douarnenez, qui s'arrangeait pour aller en prison toutes les semaines, particulièrement quand son unité montait en ligne, et qui bénéficiait apparemment d'une étrange et inhabituelle mansuétude de la part de ses supérieurs. Léon ne cherchait pas à savoir pourquoi et s'en moquait éperdument. Tout ce qu'il savait, c'est que le garçon en question était très heureux de rendre ce service plutôt que de rester avec les autres prisonniers qui ne le portaient guère dans leur cœur, qu'il n'aurait pas fait de mal à une mouche, qu'il n'avait aucune espèce d'envie de s'évader et que depuis qu'il aidait Guillevic en cuisine, la popote était à nouveau comestible.

Ce matin-là, au greffe, dont Bellec et Cognard avaient pris le parti de laisser les volets fermés même en plein jour afin d'éviter les nuisances extérieures, le prévôt avait convoqué deux hommes, Bertho et le brigadier à cheval Binet. Pour avoir lu le télégramme de la prévôté de corps à propos de Bertho, le greffier connaissait le sujet de celui-ci et le savait délicat. À propos de Binet, son chef ne lui avait rien dit.

— Vous allez lui dire quoi, à Bertho ? Que c'est l'été, qu'il fait chaud, qu'elle a juste un peu le feu au cul mais qu'elle se calmera cet automne ?

— Vous pensez vraiment que ces paroles lui seraient d'un quelconque réconfort ?

— Bien sûr que non, je plaisantais. C'était une manière de laisser entendre que j'aimerais pas être à votre place en ce moment.

— Rassurez-vous : je n'aime pas non plus être à ma place en ce moment.

Bertho frappa à la porte, parfaitement ponctuel comme à son habitude. Ce type était un véritable métronome. Pas spécialement brillant, mais loyal et besogneux. Il serait sans aucun doute amené à devenir sous-officier dans les années à venir. Et il était tellement gentil ! C'était un crève-cœur.

— Bonjour chef, bonjour Trois P… euh, maréchal des logis Bellec. Vous vouliez me voir ?

— Ne vous privez pas de l'appeler Trois Poils devant moi, Bertho. Il s'en fiche comme de son premier uniforme, c'est tout ce qui m'importe.

— Ah ah, d'accord. J'en prends bonne note !

Il était gai et enjoué, comme souvent. Il ne se doutait en rien du cataclysme qui allait lui tomber sur le coin de la figure dans la minute qui allait suivre. C'était, d'une certaine façon, la preuve de sa rigueur professionnelle : contrairement à certains qui seraient arrivés avec un air penaud ou soupçonneux, Bertho savait qu'il était impossible de le prendre en défaut.

— Bertho… J'ai reçu un télégramme de la prévôté de corps, transmis par la brigade d'Étel. C'est à propos de votre femme…

Le pauvre gars changea instantanément de couleur et devint livide.

— Oh mon Dieu ! Qu'est-ce qui lui est arrivé ? Elle a eu un accident ? Elle est malade ?

Bigre, voilà qui ne va pas me faciliter la tâche.

— Non, non, pas du tout !…

Il voulut ajouter « Rassurez-vous ! », mais se retint *in extremis*.

— Asseyez-vous, Bertho, je vous en prie.

L'intéressé se laissa tomber sur une chaise comme un automate.

— Voilà, je ne sais pas trop comment vous annoncer ça avec tout le tact que je voudrais, je doute que ce soit humainement possible. Votre femme s'est rendue coupable d'adultère.

— Quoi ! Je… vous… On en est sûrs ?

— Pour que la hiérarchie décide de vous en informer par télégramme, je crois même malheureusement qu'on en est certains !

— Ah, la salope ! La traînée ! Avec qui ? Avec qui ! ?

— Avec… un autre gendarme de la brigade, ce qui est d'autant plus embarrassant.

— Qui ? Trévidic ? C'est lui, hein, c'est ce salopard ?

— Non… Ménard.

Les bras lui en tombèrent.

— Quoi ! ? Ménard ! Ah, l'ordure ! Le salaud ! Les pourritures !

Léon comprenait l'émoi de Bertho. Il avait eu les deux hommes sous ses ordres à Étel, ils étaient très liés.

— Eh ben c'est bien, tiens, c'est bien ! Quand le chat n'est pas là, les souris dansent ! Parfait ! Puisque la honte les étouffe pas, qu'ils continuent à baiser, tiens, ces raclures ! Moi je vais demander le divorce fissa, et aussi lui faire supprimer ma délégation de solde ! Voilà, coupés, les vivres, hop ! Qu'elle aille se faire nourrir par son embusqué de soupirant, cette putain, en échange de ses bons et loyaux services ! Trois Poils, tu m'aideras à faire les papiers, hein, dis, tu m'aideras ? Dès aujourd'hui !

— Bien sûr Bertho, je t'aiderai si c'est vraiment ça que tu veux, mais…

Il n'eut pas le temps de finir. Bertho, qui venait de passer par toutes les couleurs et toutes les émotions, s'effondra brutalement en larmes sur la table. Aussitôt, alors que le prévôt restait paralysé, le cœur serré, devant ce spectacle pathétique, le greffier se leva et fit le tour de la table pour tenter d'aller réconforter le pauvre gars. Il amena une chaise à côté de la sienne et vint entourer ses épaules d'un bras secourable, puis attendit que Bertho se calme, car pour le moment il était agité de soubresauts rythmés de sanglots nerveux et incoercibles.

Léon admira cette tendresse fraternelle et comprit l'attachement des hommes pour leur petit greffier. Lui était viscéralement incapable de ce genre de démonstration d'affection et il savait que ce n'était pas une question de grade. Cela ne l'empêchait pas de ressentir ces choses, mais elles restaient enfermées en vase clos à l'intérieur de lui et ne pouvaient se traduire en gestes.

Quand Bertho fut un tout petit peu calmé, Bellec lui conseilla gentiment de ne prendre aucune décision sur le coup de la colère, même si elle était parfaitement légitime. Complètement abattu, il hocha la tête avant de se diriger vers sa chambrée comme un mort-vivant. Léon le plaça en congé d'office pour deux jours.

Binet entra dans la foulée, se demandant bien ce qui venait de se passer. Cela faisait un moment qu'il attendait, car l'entretien précédent avait duré. On ne lui expliqua rien, il l'apprendrait sans doute bien assez tôt, les nouvelles allant vite dans une prévôté.

— Bonjour Binet. Est-ce que vous voulez me rendre un service ?

— Euh, oui, bien sûr, chef…

— Cela va sûrement vous sembler incongru, mais je n'y tiens plus ! Est-ce que vous pourriez purger l'énorme point noir que vous avez sur l'arête du nez ?

— Pardon, chef ?

— Cela fait des semaines que je le vois grossir en espérant que vous vous rendiez compte par vous-même de l'urgence de la situation, mais visiblement vous êtes myope, ou alors vous vous lavez sans miroir, ou alors vous ne vous lavez pas. Débrouillez-vous comme vous voulez, enlevez-le ou je ne sais pas, moi… laissez-moi l'enlever ! Je peux vous expliquer comment faire, si vous voulez ! À ce stade-là, il n'y a aucun espoir de rémission spontanée, il faut opérer !

— Euh, non, chef.

— Comment ça, *non chef* ?

— Je veux dire, non, c'est pas la peine de m'expliquer, je pense que je vais réussir à me débrouiller, chef.

— Merci du fond du cœur, ça me rend dingue ! Et en plus, cela peut saper votre autorité auprès de vos hommes, ce genre de chose !

— Euh, d'accord, chef.

Cognard restait silencieux.

— Du coup c'est bon, je peux disposer, chef ?

— Oui oui, bien sûr.

Visiblement un peu ébaubi, le brigadier prit congé, laissant Bellec et Cognard à nouveau seuls.

— Sauf le respect que je vous dois, c'est pas étonnant que vous ne soyez pas marié, chef, aucune femme vous supporterait, dit Bellec.

— Ce serait de bonne guerre, car je n'en supporterais aucune non plus. Dulcinée reste un rêve, et c'est très bien comme ça. En plus, je serais en âge d'avoir des enfants dans ce merdier, si vous me passez l'expression, et je pense que je ne pourrais pas dormir. Aucun regret, donc.

— C'est la première fois que je vous entends dire une grossièreté.

— C'est tout à fait exceptionnel, en effet. Mais ce merdier mérite amplement que je fasse entorse à mes principes.

Le greffier sortit une lettre de sa poche, l'air ennuyé.

— Allons mon ami, ne faites pas cette tête ! Je n'ai quasiment pas de famille et je suis célibataire, quelle mauvaise nouvelle espérez-vous m'apprendre ?

Bellec poussa l'enveloppe sur la table en direction de son chef.

— C'est la réponse de Catherine Guyader.

Léon observa son greffier et vit qu'il était à l'affût de sa réaction, en proie à une étrange appréhension.

— Vous ne l'avez pas lue ? répondit-il calmement.

— Non. Il y a votre nom sur l'enveloppe.

— Je vous remercie du fond du cœur de vous préoccuper de ma santé mentale, mais tout va très bien, et cette lettre, quoi qu'elle dise, ne changera rien.

Il décacheta l'enveloppe et lut. Il y avait une seule feuille, mais l'écriture, fine et régulière, couvrait généreusement le recto et le verso.

Bellec retenait son souffle.

Quand Cognard eut fini, il tendit la lettre à son greffier.

— Pas vraiment de surprise là-dedans. Comme prévu, rien n'incline à croire que Guyader était désespéré, loin de là. Sa femme avait accouché en avril, il n'avait jamais vu sa fille et sa mère était, en effet, très malade. D'ailleurs, bien évidemment, la nouvelle de la mort de son fils l'a achevée. Catherine précise, comme je le pensais bien, que son mari avait fait plusieurs demandes de permission exceptionnelle, et ceci dès qu'il avait appris la maladie de sa mère. Une en décembre, une en février, une en avril à la naissance de sa fille, et de nouveau une en juin, soit quatre demandes en tout avant même que le régime de permission ne soit instauré par Joffre. Elles avaient toutes été refusées. Il s'était plaint de ce que certains en avaient obtenu une, à l'automne, pour aller travailler aux champs, alors que lui, dans sa situation, n'y avait pas été autorisé.

— Normal, ce sont les territoriaux de plus de trente-cinq ans qui ont eu droit à cette mesure.

— Certes. Et il n'est pas surprenant non plus qu'on lui ait refusé celle de décembre, en plein dans les projets d'attaques pour tenter de reconquérir Ovillers et La Boisselle. Peut-être que ces refus étaient justes, mais il semble en tout cas qu'ils étaient vécus par Guyader comme des injustices. Sa femme mentionne également qu'il se plaignait qu'on ne prenne pas en compte, en sus de sa situation familiale, le fait qu'il était depuis bientôt deux ans sous les drapeaux, par le jeu du service militaire. Et elle dit que plusieurs des lettres qu'il lui avait envoyées ne sont jamais arrivées après avoir été saisies par la censure militaire. Enfin, elle précise que son meilleur ami au sein de son unité était le soldat Meyer, un garçon qui habite la même commune que lui et qui a le même âge. Ils sont allés à l'école ensemble.

— Oui, je me souviens de lui. C'est ce gars qui nous est apparu si timoré pendant sa déposition, et sur lequel on se posait des questions.

— C'est cela.

Léon haussa les épaules.

— Eh bien voilà. Affaire déterrée… pour être réenterrée aussitôt. Et vous savez que je m'y connais en exhumations-inhumations, pas vrai, Bellec ?

Le greffier se mit à rire.

— Cette lettre ne nous apprend pas grand-chose de plus que ce que nous savions déjà. C'est bon pour mon ego, cela me permet de voir que je ne m'étais pas trompé, mais en dehors de cela, aucune nouvelle piste à exploiter, et il n'y en aura plus maintenant.

Bellec hocha la tête, satisfait.

— Nous en avons fini pour les affaires courantes ?

— Oui, chef.

— C'est bon, Bellec, maintenant, vous pouvez me le dire en toute franchise…

— Quoi donc ?

— Eh bien, ce point noir sur le nez de Binet ! On ne voit que ça, non ? Ne faites pas votre bégueule ! Avouez-le, vous aussi, que vous louchiez dessus et que vous mouriez d'envie de le lui dire !

Ils rirent si fort que Greffier en fut incommodé. Le matou sauta de la chaise où il avait pris place et s'enfuit par la porte entrouverte.

18

13 septembre 1915

Un quart de litre de vin[1] et six centilitres vingt-cinq d'eau-de-vie par jour, telle était la ration réglementaire distribuée à tous les hommes. Mais, disons-le bien, le bidon M1877 avait une contenance d'un litre, et les premiers flacons de deux litres commençaient à faire leur apparition depuis le printemps. Les anciens – et au bout d'un an de guerre, il n'y en avait déjà plus tant que ça – s'étaient, eux, passé la combine, trouvée par un petit malin anonyme, pour agrandir la capacité de leur bidon : ils avaient tiré dedans une cartouche de fusil à blanc. Autant dire qu'avec tous les mercantis qui traînaient à l'arrière, la dose journalière réglementaire se retrouvait le plus souvent généreusement allongée.

En première ligne, cela posait peu de problèmes. On savait que même en pleine possession de ses moyens, on était déjà à la merci de la malchance, le plus souvent personnifiée par un obus dans le mille,

1. Portée à un demi-litre en 1916, puis un litre en 1918 !

alors pas question d'être rond comme une queue de pelle. De toute façon, les sous-officiers étaient là qui veillaient au grain.

C'était bien à l'arrière, pendant les relâches, qu'arrivaient les excès, parce qu'on se retrouvait en situation de sécurité relative et qu'on devait faire descendre la tension, mais aussi parce que les mêmes sous-officiers qui étaient intraitables et omniprésents en première ligne leur lâchaient la bride dès qu'ils étaient au repos. Ajoutons à cela l'ouverture des débits de boissons, la brusque facilité à se procurer le sacro-saint pichtogorne au-delà des doses prescrites, éventuellement quelques horreurs récentes à oublier, comme la vue d'un copain réduit en charpie à quelques mètres de soi ; sans compter différentes sources de frustration, comme le manque de nouvelles d'une femme, d'une marraine de guerre, un chagrin d'amour ou autres désagréments communs dans une guerre qui durait depuis plus d'un an, et toutes les conditions étaient réunies pour que cela dégénère. Or, puisque les officiers et sous-officiers étaient, eux aussi, en repos, c'était bien évidemment aux gendarmes prévôtaux qu'il incombait de réprimer ces excès.

Les problèmes insolubles que produisait cette consommation d'alcool effrénée à l'arrière n'avaient pas échappé au haut commandement. Dès mars 1915, l'absinthe, vedette des bistrots, avait été interdite de production et de vente dans toute la France. Il courait le bruit qu'elle rendait fou, mais elle avait surtout la faculté certaine de rendre complètement soûl dès la deuxième lichette. Les mesures s'étaient poursuivies au début de l'été avec des restrictions spécifiques aux zones des armées : interdiction de servir ou de consommer des boissons au taux d'alcoolisation supérieur à vingt-trois degrés, obligation de vendre l'alcool au verre et non plus au litre, horaires et prix des débits de boissons fixés par l'autorité militaire et contrôlés par la prévôté, réglementation du nombre maximum de clients acceptables par un établissement, ce dernier point étant de loin le plus difficile à faire respecter.

Lorsque les gendarmes avaient reçu ces nouvelles mesures, elles étaient accompagnées de consignes de grande fermeté pour les faire appliquer, mais bizarrement pas de personnel supplémentaire : ils étaient toujours désespérément vingt-deux (le nombre les faisait souvent rire) pour surveiller dix mille boit-sans-soif et pour verbaliser les bistrotiers qui acceptaient trop de monde – ce qui dans la pratique était quasiment impossible à vérifier – ou qui continuaient à servir les soldats se trouvant déjà dans un état d'ébriété manifeste.

En cas de récidive, de triche sur les horaires ou de débit de tord-boyaux illégal, l'établissement devait être consigné aux troupes, c'est-à-dire que l'on mettait un gendarme comme planton devant, avec interdiction de laisser entrer les soldats, ce qui, dans une ville comme Suippes, se fût aussitôt traduit par la mort commerciale de l'endroit.

En cas de nouvelle récidive, il devait être procédé à la fermeture administrative temporaire du débit de boissons.

Les bistrotiers resquilleurs les plus irréductibles – il y en avait parfois – et les tenanciers de débits totalement clandestins – il y en avait aussi – étaient expulsés de la zone des armées sur proposition du prévôt et décision de l'état-major. Si le contrevenant avait la mauvaise grâce d'y ajouter l'outrage à gendarme, il terminait même au tribunal correctionnel.

Lorsqu'il avait pris la suite de la prévôté de cette zone – qui d'ailleurs n'était pas basée à Suippes, auparavant, mais dans un village voisin –, Léon avait été saisi, à la lecture des doubles des procédures de ses prédécesseurs, par l'hérédité chargée dont témoignaient plusieurs bistrots de la ville.

Et les premières semaines d'exercice ne l'avaient pas détrompé, propulsant l'alcool loin en tête de ses soucis. En moins d'un mois, il avait déjà fait procéder à un nombre incalculable de verbalisations pour service abusif, non-respect des horaires, vente à la bouteille ou infraction sur les prix (trop bas, bien sûr), avait consigné deux débits de boissons aux troupes – ce qui avait le défaut d'affaiblir ses effectifs – et en avait placé un en fermeture administrative pour quinze jours, avant de le prendre en flagrant délit d'ouverture illégale dès le lendemain ! L'énergumène avait donc été jeté *manu militari* hors de la zone des armées avec interdiction d'y revenir. Cognard avait également coincé un civil qui avait ouvert une dégustation – payante, naturellement – de gnôle au fond de sa cave. Comme le type était à moitié simplet et qu'il n'avait pas d'autre lieu où habiter, le prévôt s'était contenté de saisir et de détruire son alambic, en sus d'une amende salée.

Si les infractions des débitants de boissons restaient un exercice risqué – bien que très lucratif, ce qui expliquait pourquoi ils continuaient à s'y aventurer –, l'ivrognerie des soldats, en revanche, demeurait largement impunie. Les bidasses ivres étaient signalés à leur hiérarchie pour le principe, ce qui n'avait pas la moindre conséquence. Ceux qui étaient plus sévèrement avinés étaient mis au dégrisement à la prison prévôtale et presque toujours renvoyés dans leur corps le lendemain, avec le plus souvent une corvée pour toute sanction. Seuls ceux qui avaient l'alcool mauvais, doublé éventuellement d'une rancune tenace à l'égard des gendarmes, et qui se rendaient coupables d'outrage ou de voies de fait à leur encontre, risquaient vraiment des ennuis plus conséquents.

Globalement, les excès d'alcool récurrents, la frustration supplémentaire provoquée sur les soldats par les récentes restrictions, et les difficiles tentatives des gendarmes pour faire respecter ces dernières, avaient encore tendu l'ambiance entre eux et les hommes de troupe, et il n'y avait pas besoin de ça. Bellec et Jouannic se le disaient en privé : heureusement que le prévôt avait retrouvé tout son allant et le sens des réalités, tant la situation était explosive. La guerre durait depuis plus d'un an maintenant, alors qu'on la leur avait promise courte. Beaucoup de fantassins attendaient encore leur tour de partir pour leur première permission, et la tendance au relâchement était une pente dangereuse, mais bien naturelle. Les gendarmes ne l'avaient-ils pas vécue eux-mêmes ?

Ce soir-là, alors que toute la prévôté, moins les gardiens de prison et les services extérieurs, était à la popote, s'attendant à quelques caillassages de volets comme tous les soirs, c'est finalement le gendarme Peyron qui surgit dans le réfectoire, tout poussiéreux, hors d'haleine, et tenant son mousqueton Berthier à bout de bras. Sachant pertinemment que ledit Peyron, pas du genre à abandonner son poste sans une solide raison, était censé être planton devant le Corps de

Garde, établissement tenu par Albert Tesson, dit Bébert, que Léon avait consigné aux troupes depuis la veille au soir à la suite d'un énième débordement, les hommes comprirent immédiatement qu'il avait eu un sérieux problème.

— Chef! Des gars du 19e! Ils… Ils sont rentrés quand même… Rien pu faire.

On planta là le rata, qui n'était d'ailleurs pas très bon, et on mobilisa tous ceux qui pouvaient l'être pour aller voir de quoi il retournait, en espérant que les Brestois n'avaient pas transformé le débit de boissons en corps de garde au sens médiéval du terme. Malheureusement, Jouannic était en service extérieur.

À trois rues de la destination, on entendait déjà un refrain entonné à tue-tête et on se doutait bien d'où et de qui cela venait.

Le pinaaaard, c'est de la vinaaaaa-sseuh
Ça réchauffe, par où c'que ça paaaa-sseuh
Vas-y bidaaaasse, remplis mon quaaaart!
Vive le pinard, vive le pinaaaard! [1]

— Bon Dieu, c'est pas pour rien qu'on est dans une région de vignoble! fit remarquer Bourhis.

— Ouaip, sauf que c'est pas du champagne qu'on y sert, dans ces rades! répondit Geffroy.

Arrivant d'un pas décidé mais sans courir, avec une bonne moitié de la prévôté sur les talons, Léon vit le tenancier debout en plein milieu de la rue, fumant la pipe avec les poings enfoncés dans les poches. Dès qu'il vit arriver les gendarmes, il leva les mains très

1. Cette chanson n'est attestée qu'en 1916, mais je n'ai pas pu m'empêcher de la rapporter. Je prie les puristes de bien vouloir me pardonner cet anachronisme probable.

haut en l'air comme un cambrioleur qui voulait se rendre.

— C'est pas ma faute, messieurs les agents, c'est pas ma faute ! J'vous jure que j'respectais la consignation, mais y sont rentrés là-d'dans comme une émeute…

— Moi j'dirais plutôt un raz-de-marée. C'est des Brestois, après tout ! plaisanta Geffroy.

— C'est sûr, ces gars-là ils ont une descente que j'aimerais pas remonter à vélo ! rétorqua Flohic.

— Oh toi, t'façon, dès qu'ça monte un peu, hein !

En fond sonore, les biffins beuglaient un énième couplet…

Sur le taluuus, renverse ta bergè-reuh !
De l'ennemiiii, renverse le rempaaart !
Dans les boyaux, fiche-toi la gueule par ter-reuh !
Mais ne va pas renverser le pinard ! Oh ! Non !
Le pinaaaard, c'est de la vinaaaaa-sseuh…

— *Renverse ta bergère ?* C'est charmant cette chanson, dites-moi ! fit Léon.

— Oh, bah soyez pas bégueule, chef ! Z'attendiez quand même pas qu'y chantent *Au clair de la lune*, hein ? répondit Martin.

— Z'allez pas m'mettre en fermeture, dites, mon lieutenant ? R'gardez-moi ! Comme vous m'voyez, j'contrôle pu rien ! J'avais juste deux clients habitués, ils les ont foutus dehors et se sont approprié mon zingue !

— C'est bon, monsieur Tesson, c'est bon. Dites-moi juste combien ils sont… à peu près.

— Ouh là, j'ai pas compté mais c'est presque plein, alors… au moins trente. Ptêt ben quarante ! Y s'tiennent chaud, c'est moi qui vous l'dis! À tous les sens du terme!

Si vous avez compris ma chansonneeeeet-teuh
Je vous en prie, ne soyez pas flemmaaard
Prouvez-moi-le en chantant'z à tue-têêêê-teuh
Le doux refrain de « Vive le pinard ! » En chœur !
Le pinaaaard, c'est de la vinaaaaa-sseuh...

Toute stratégie de rentre-dedans étant à bannir à un contre quatre, Cognard était en train de se faire à l'idée qu'à la fin de la chanson, il allait devoir entrer tout seul dans la gueule béante de l'enfer et tenter de les raisonner, quand un des biffins sortit de lui-même sur le seuil du bar, une bouteille de rouge aux trois quarts vide en main, pour s'adresser au tenancier.

— T'inquiète pas, mon Bébert! Je tiens les comptes! On t'paiera tout c'qu'on t'doit rubis sur l'ongle! On est ptêt des soiffards, mais on n'est pas des voleurs!

Ralenti par la boisson, il mit un petit moment à tourner la tête et à voir les gendarmes, mais dès que ce fut fait, il fit demi-tour et gueula, pile à l'instant où ses camarades finissaient le dernier refrain.

— Hey les gars, v'là les cognes!

— Meeeeerde! cria une voix.

— Manquait plus qu'eux! dit une autre.

— On leur paie un coup? demanda une troisième voix.

Une explosion de rires gras valida la plaisanterie.

— Chiche! Une tournée pour les cognes! relança une voix.

— Ouaiiiiiis! Les cognes avec nous! Les cognes avec nous! se mirent-ils tous à gueuler de concert.

Sidérés, les gendarmes regardaient leur chef, qui finit par soupirer et s'avancer prudemment dans le chambranle de la porte.

— Ouaiiiiiis !

— Le voilà !

— Hourrah !

— Avec nous le cogne !

— Chhhht, chhhht, il va faire un discours !

— Messieurs, désolé, nous ne pouvons pas accepter votre… aimable proposition.

— Houuuuuuuu !

— S'il vous plaît, messieurs. Il est de mon devoir de vous signaler, mais je pense que vous le savez très bien, que cet établissement est sous consignation, donc interdit aux militaires.

Une nouvelle huée lui répondit, qu'il eut beaucoup de mal à arrêter. Les gendarmes se postèrent juste derrière lui, s'attendant au pire.

— Écoutez, j'ai trouvé votre chanson… amusante. Donc voilà ce que je propose : vous sortez d'ici et retournez à vos cantonnements, et je passe l'éponge.

— Houuuuuu !

— Rien à faire ! Tu t'mettras pas entre un Brestois et son litron !

Les injures se mirent à pleuvoir, bientôt suivies de jets de verres et de bouteilles, pas toujours vides. Les gendarmes furent forcés de refluer sous la dangereuse averse, et se replièrent jusqu'au coin de la rue pour appliquer la seule doctrine qui vaille étant donné leur sous-nombre : attendre qu'ils soient encore plus soûls, qu'ils se séparent – car autant ces groupes arrivaient souvent ensemble, autant ils se fatiguaient rarement tous au même rythme, et repartaient la plupart du temps en ordre dispersé –, et appréhender les meneurs, ou du moins les individus les plus violents et vindicatifs.

En un peu plus de deux heures, ils réussirent à en arrêter une douzaine de cette façon, mais deux petits groupes de trois hommes se rebiffèrent avec tant de véhémence, malgré leur état d'ivresse avancée, que Flohic se fit casser deux dents – quel dommage que ce ne fût pas Peyron et ses chicots, pensa Léon – et que Geffroy eut l'arcade sourcilière ouverte. Rares furent les gendarmes, ce soir-là, à ne pas s'en sortir au moins avec quelques bleus et bosses.

19

14 septembre 1915

Alors que trois gendarmes avaient passé une partie de la nuit à l'infirmerie, le pugilat de la veille au soir avec les bidasses du 19ᵉ était sur toutes les lèvres. Au greffe, vers onze heures, Léon était en train de dicter son témoignage à Bellec pour qu'il entame la rédaction de la procédure pour *violation d'une consignation aux troupes, ébriété, outrage et voies de fait sur gendarme*, quand quelqu'un fit irruption dans la pièce sans frapper, avec une telle vigueur que le greffier sursauta.

C'était Tanguy. Il s'approcha d'un pas vif et claqua sèchement une feuille de papier sur la table avec la paume de la main.

— J'ai un ordre de levée d'écrou à vous faire contresigner, dit-il, le visage fermé. Je monte en ligne ce soir et j'ai besoin de ces gars.

Cognard le fixa un moment, mais ne parvint pas à croiser son regard. Il jeta un coup d'œil vers Bellec qui avait cessé d'écrire, effaré. Il baissa les yeux, vit sans surprise le tampon et la signature de Testard sur le document, soupira et haussa les épaules d'un air entendu.

— Vous avez tenu à venir les chercher en personne plutôt que d'envoyer un subalterne, je suppose que ce n'est pas pour montrer que vous assumez vos responsabilités, mais encore une fois pour faire une démonstration de toute-puissance. Alors oui oui, je suis très très impressionné, ouh là là, et maintenant, allez chercher vos clampins et laissez-moi, j'ai du travail ! dit Léon en saisissant son stylo et en signant la feuille avant de la repousser.

— Vous faites erreur. J'ai voulu aller les récupérer directement à la prison sans passer par vous, mais votre brigadier m'a dit qu'il voulait votre signature, que c'était le règlement. Alors je suis venu.

Habituellement, ce point de règlement n'était pas appliqué car difficile à mettre en œuvre, le prévôt n'étant pas toujours dans le coin pour signer. Léon comprit que Le Goff avait voulu le faire avertir de cette façon du billet de sortie des cogneurs de gendarmes. Il se rendit compte qu'en effet, le lieutenant-colonel semblait certes de mauvaise humeur, mais n'avait pas les airs ni le ton narquois qu'il lui avait connus.

— Vous aimez le café, colonel ?

— Euh… oui.

— Si votre emploi du temps peut souffrir cinq minutes de retard, je vous en offre un. Nous en avons du bon, nous les planqués.

— Va pour cinq minutes, répondit Tanguy après un léger temps d'hésitation.

Bellec se leva en silence et prit quelques dossiers pour aller travailler à la popote. Que c'était bon, de collaborer avec un garçon si intelligent qu'il comprenait ce qu'on attendait de lui avant même qu'on eût le temps de le lui dire.

— Est-ce qu'on peut, cette fois, avoir une discussion entre adultes, et éviter les allusions fécales et les blagues douteuses sur mon patronyme ? demanda Léon en servant le café fumant. Je suis persuadé que vous en êtes capable. La dernière fois, je me suis moi-même… emporté, et je m'en excuse. C'était indigne d'un *gentleman*.

— D'accord, répondit Tanguy, tout en refusant le sucre que Léon lui proposait d'un geste de la main. Est-ce que je peux savoir pourquoi vous vous acharnez sur moi depuis la première fois qu'on s'est croisés sur la ligne de démarcation ?

— Moi, je m'acharne sur vous ? Vous pensez sérieusement que j'ai sermonné votre aide de camp et que j'ai mis douze de vos gars en prison parce que nous avons eu quelques mots, vous et moi ? Vous avez décidément une bien piètre opinion de moi. Apprenez que les provocations et les basses vengeances ne font pas partie de mes méthodes.

— Pourquoi je vous trouve tout le temps sur mon chemin, alors ?

— Vous n'êtes pas le nombril du monde, vous savez. Pourquoi croire que si je sanctionne vos hommes, c'est parce que je vous en veux ? Pourquoi ne pas voir que c'est juste parce qu'ils ne respectent pas les consignes, et que je fais mon travail ? Croyez-moi ou non, je m'en moque qu'ils soient du 19e, du 118e, du génie ou de l'artillerie !

— Bon, je vous crois, dit Tanguy après avoir avalé une longue gorgée.

— À la bonne heure !

— Hier soir, ces gars se sont sans doute comportés comme des idiots et des ivrognes. S'ils ont blessé des gendarmes, c'est regrettable…

— En effet, dents cassées, arcade ouverte, côte fêlée… Si vos brutes m'avaient mis un gendarme dans le coma ou l'avaient laissé estropié, vous seriez venu la bouche en fleur avec votre ordre de levée d'écrou, aussi ?

— Sauf pour le responsable du coup de trop, pour lui c'était le tourniquet.

— Oh, je vois. Finalement, c'est presque une question de chance ou de malchance.

— Tout est une question de chance ou de malchance. Tous les jours.

— C'est vrai, je ne vois pas pourquoi je vous le reproche… Si Testard ne vous avait pas signé cette levée d'écrou, vous n'auriez pas pu venir me la mettre sous le nez. Je devrais même vous remercier de m'avoir épargné votre air triomphateur. Sauf que moi, il va falloir que j'explique à mes hommes pourquoi leurs dents, leurs côtes et leur arcade sourcilière ne valent même pas une procédure pour voie de fait, et je ne parle même pas des injures, à ce stade c'est presque secondaire. Est-ce que vous avez conscience du message que vous envoyez, Testard et vous, aux gendarmes, quand vous venez libérer vos ivrognes à leur nez et à leur barbe ? Pire encore, est-ce que vous avez conscience du message que vous envoyez à *vos* hommes, qui vont penser qu'à l'avenir ils pourront rosser les cognes comme ils voudront, puisque leur colonel viendra les libérer de bon matin après une nuit au chaud ?

— Vous inquiétez pas de ça. Ils vont me la payer très, très cher, leur petite escapade. Je vais leur en faire baver des ronds de chapeau, c'est moi qui vous le dis, et quand j'en aurai fini avec eux, ils n'auront aucune envie de recommencer. J'ai d'ailleurs déjà débuté avec les quelque vingt autres que vous n'avez pas arrêtés, mais qui ont quand même participé aux festivités.

— C'est mieux que rien, mais mes hommes, eux, ne verront pas cela. Tout ce qu'ils retiendront, c'est l'image de ces types qui sortent libres après les avoir tabassés…

— Écoutez, je vous l'ai dit, je suis désolé pour vos gendarmes, d'accord ? Désolé pour leurs petits bobos. Mais laissez-moi juste vous parler de Maissin. 22 août 1914, c'est gravé là. Deux cent soixante-deux morts, cinq cent quarante-trois blessés, prisonniers ou disparus. Un quart de mon régiment au tas en une journée. Puis la retraite. Sedan, des morts. Chaumont-Saint-Quentin, des morts. Lenharrée, des morts. Thiepval, des morts. Et tout à coup, enfin un peu de repos, les lignes se fixent, on s'enterre, on se regarde avec les Boches, aussi épuisés que nous. Mais le général dit : « On ne peut pas se permettre de laisser refroidir. Ils creusent, ils s'installent, plus on attendra, plus ce sera dur. Il faut les culbuter tant qu'on le peut encore. Pour vous le 19e, ce sera à Ovillers, le 17 décembre. » On y est allés, et tout ce qu'on a vu là-bas, c'est qu'en fait c'était *déjà* trop tard. C'est resté gravé là. Trois cent deux morts, huit cents blessés, prisonniers ou disparus en une journée. De nouveau un tiers de mon régiment, qui venait juste d'être reconstitué. On a été cités à l'ordre de l'armée le 3 janvier. « Chargé le 17 décembre de l'attaque sur Ovillers, le 19e s'est porté en avant sur un terrain absolument découvert avec un entrain remarquable[1]. » Voilà ce qu'il faut faire pour avoir des citations, dans ce pays… se porter avec entrain sur un terrain découvert balayé par des mitrailleuses, et surtout… crever.

Le fanfaron avait disparu. Il avait laissé place à un homme qui en avait vu mourir trop. Mais soudain, Tanguy se torcha les yeux d'un revers de manche et siffla le reste de son café d'un seul trait.

— Si je veux pouvoir les tenir au feu où ils n'ont clairement pas le droit à l'erreur, il faut qu'ils puissent se détendre à l'arrière et que je leur lâche la bride, donc vos petites consignes de gendarmes à quatre sous, tant qu'y a pas mort d'homme, je m'en balance. J'ai un pacte tacite avec eux, et il est incompatible avec vos foutaises. Si ce pacte devient caduc, alors là-bas sur la ligne de front – vous savez, là où vous n'allez jamais – je ne réponds plus de rien. Je ne peux pas vous empêcher de faire vos pitreries, mais ne comptez pas sur moi pour les relayer. Non seulement je ne vous soutiendrai pas, mais je ferai tout pour vous savonner la planche dès que vous aurez le dos tourné. C'est le prix de ma popularité, et quand je dis popularité, il ne s'agit pas de cabotinage, hein. La popularité de l'officier, au feu – vous savez, là où vous n'êtes jamais –, c'est ce qui fait la différence entre des hommes qui tiennent la ligne et des hommes qui se carapatent après avoir tiré dans le dos de leur chef.

Considérant en avoir fini, il posa son quart et se leva.

— Je vous remercie de dire tout haut ce que beaucoup de vos collègues pensent tout bas, répondit Léon, cela m'aide beaucoup. Permettez-moi quand

1. Citation authentique du 19e RI.

même de vous préciser que vous avez une vision bien paternaliste du soldat. En somme, sans vous, ils seraient perdus comme des petits enfants sans leur papa, et ils n'auraient plus aucun sens patriotique ? Mais pour le reste, je comprends complètement. Le commandement, par contre, il ne comprend pas, lui. Il y tient, à ses consignes, et insiste pour que nous les fassions respecter.

— Tout en vous désavouant à la première occasion, je l'ai bien remarqué. Ça, c'est votre problème, mon vieux, répondit Tanguy en lui tapant sur l'épaule de façon un peu condescendante. Vous n'avez qu'à quitter la gendarmerie et venir dans la biffe, votre problème sera réglé. Ils feront comme avec nous, ils vous passeront presque tous vos caprices !

Léon aurait encore voulu lui dire bien des choses. Qu'il comprenait que c'était dur pour lui, tous ces morts, mais que lui aussi avait ses problèmes, comme de faire respecter l'ordre en étant constamment contredit par sa hiérarchie. Il chercha une image, un comparatif qui lui parlerait. *C'est comme si on vous demandait d'attaquer une tranchée, mais sans fusils.* Il n'avait trouvé que cela, mais l'exemple était mauvais : à Ovillers, on ne lui avait pas donné l'ordre d'attaquer sans fusils, mais c'était sans doute tout comme.

Tous les deux étaient devant une situation impossible. Alors, Tanguy ne pouvait-il pas juste respecter son travail, comme lui respectait le sien ?

Visiblement, non. Mais ses morts plaidaient pour lui. Les morts excusent tout.

— Merci pour le café, il était excellent.

Tanguy referma la porte et laissa Cognard seul avec ses méditations.

Tiens, c'est curieux, il n'a pas mentionné le seau d'excréments dans sa voiture.

*

Le retour de bâton ne se fit pas attendre. Dès l'après-midi, pour la première fois depuis l'arrivée de Léon au corps, un groupe de trois gendarmes demanda à être reçu en délégation par le prévôt, qui les accueillit dans le greffe, en présence de Jouannic comme le voulait l'usage, afin de ne pas briser la chaîne hiérarchique. Celui-ci contrôlerait la bonne tenue de l'audience, et Léon savait qu'il pouvait compter sur le doyen de la prévôté pour remplir ce rôle à merveille.

Bourhis, Martin et Tellier entrèrent, parfaitement côte à côte, une posture qui en disait long. Ils avaient la mine pour le moins contrariée.

— Messieurs, je vous écoute.

— Merci de nous recevoir, chef. On parle au nom de tous les gars, dit Bourhis.

— Je l'ai bien compris. Allez-y.

— On voulait vous dire qu'on trouve pas ça normal que ces arsouilles, là, ils repartent comme si de rien n'était. Ils nous ont amoché plusieurs gars hier soir, et hop, on passe l'éponge ?

— Le lieutenant-colonel Tanguy m'a donné sa parole d'officier qu'ils seraient sévèrement punis dans leur unité.

Il exagérait un tantinet, mais c'était pour la bonne cause.

— Donc ça vous suffit ? se révolta Martin. En plus, franchement j'y crois pas une seconde. N'oubliez pas que je connais vos relations avec Tanguy. J'étais là, le soir où vous avez échangé des politesses sur la ligne de démarcation !

— Vous mettez la parole de votre officier en doute, gendarme Martin ? intervint Jouannic, sur un ton à faire cailler le lait.

— Les insultes, on n'en peut plus ! relança Tellier. À Albert c'était déjà pas beau à voir, mais ici c'est la Bérézina. C'est à longueur de journée, chef ! On est encore en été, mais on est déjà habillés pour l'hiver !

— Voilà, c'est ça, compléta Bourhis, tremblant et visiblement au bord de la crise de nerfs. On en a ras le bol de se faire emmerder !

— Gendarme Bourhis, vous vous adressez à votre officier ! Surveillez votre langage et rectifiez votre ton ! rugit Jouannic.

Léon fut tenté de faire un geste en direction du briscard pour lui demander d'y aller plus doucement, mais il se souvint *in extremis* qu'il ne fallait surtout pas faire cela. Le désaveu, c'était ce que Testard lui faisait subir sans arrêt et c'était tellement cinglant ! Il comprenait mieux à présent pourquoi Jouannic lui en avait voulu au début.

— Bref, la scène de ce matin, c'est la goutte qui fait déborder le vase, conclut Martin.

— Ah oui ? Et ça va faire quoi quand le vase va déborder, gendarme Martin ? Ce sont des menaces ? tonna Jouannic.

— Merci, messieurs ! interrompit Léon avant que ça ne dégénère. J'ai entendu le message. Puisqu'il vient de tout le monde, il est normal que j'y réponde devant tout le monde. Ce sera à la popote de ce soir. Vous pouvez disposer.

Quand ils furent sortis, Cognard se tourna vers l'ancien.

— Alors, vous en pensez quoi, Jouannic ?

— C'est la guigne.

— Certes. Quoi d'autre ?

— Ben, vous savez ce que je pense des poivrots et du laxisme, hein. Je comprends pas pourquoi l'état-major nous casse les genoux tout le temps comme ça.

— Hélas, je crains que ce soit ma faute, Jouannic. Ma fameuse, éternelle, sempiternelle *personnalité problématique*.

— Ben ptêt qu'il vous a pris en grippe, mais les gars n'y sont pour rien. Et là j'ai qu'une peur, c'est que ça finisse en drame. Qu'est-ce que vous allez faire ?

— Quand on n'a aucune bonne solution, il faut choisir la moins mauvaise, et à mon avis, c'est faire profil bas. Vous en pensez quoi ?

— Franchement, je sais pas, chef, j'en perds mon latin. J'aimerais vraiment pas être à votre place en ce moment.

— Merci, Jouannic, ça m'aide beaucoup !

Quand le maréchal des logis fut sorti, Léon s'amusa à énumérer tous les sobriquets péjoratifs qu'il avait entendu appliquer aux gendarmes depuis six mois. Cognes, bourres, vaches, pandores, marchands de fil blanc, fauvettes à tête bleue, hirondelles de potence, enfants de chœur de Deibler…

Quelle imagination, vraiment.

*

Lorsque Léon arriva à la popote, il se sentit attendu comme le loup blanc. Plus que jamais, tous étaient raides comme des piquets, y compris ceux qui portaient encore les ecchymoses de la veille au soir. Il régnait un silence pesant et le prévôt n'était pas rassuré, d'autant qu'il avait – une fois encore – décidé de traiter la question de façon complètement iconoclaste.

— Messieurs, bonsoir. J'ai entendu le message que vous m'avez fait transmettre. Je dois d'abord vous prévenir que ma réponse ne va sans doute pas vous plaire, pourtant je n'en ai pas d'autre. Vous n'êtes pas satisfaits de la manière dont l'état-major gère les insultes et les voies de fait dont la gendarmerie est victime. Moi non plus. Je le lui ai dit, et cela n'a rien changé. C'est même peut-être pire depuis, alors maintenant je préfère me taire. L'armée est ainsi faite que je ne peux rien entreprendre de plus. Vous auriez de sérieuses raisons de souhaiter me voir remplacer par un autre – c'est peut-être déjà le cas – que vous n'auriez pas le pouvoir d'en décider. Il en est de même pour moi. Les officiers ne sont pas élus au suffrage universel, ils n'ont pas besoin de demander l'autorisation au Parlement avant de prendre des décisions. Concernant les attaques dont vous êtes victimes, elles continueront donc, et je vous incite à les considérer au mieux avec philosophie, au pire avec stoïcisme. Je vais vous livrer quelques éléments, qui je l'espère, vous aideront à relativiser. Depuis un an, les régiments d'infanterie ont perdu en moyenne la moitié de leurs hommes, parfois les trois quarts. Certaines compagnies, dont plusieurs du 19e, ont dû être dissoutes car il n'y avait plus que deux ou trois gars qui tenaient encore debout. Dans la gendarmerie prévôtale, elle-même nettement plus exposée que la gendarmerie territoriale, il y a trois pour cent de pertes. Cela, ce sont les faits. Donc quand vous serez tentés de jeter de l'huile sur le feu de ces petites plaisanteries, pensez-y. Les artilleurs, qui ont bien plus de pertes que nous, sont eux-mêmes traités de *planqués*. Et qu'on ne vienne pas me dire que l'un d'entre vous s'est vengé en aucune manière de ces petites vexations, sans quoi je me ferai un plaisir de lui signer un billet pour la biffe afin qu'il ne se fasse plus jamais insulter. Je ne doute pas qu'il gagnera même le respect de ses pairs. Par ailleurs, il est toujours possible de se porter volontaire. Toutes les demandes sont acceptées[1]. Des volontaires ?

Léon compta cinq bonnes secondes, le temps de bien profiter du silence de mort unanime qui lui répondait.

— C'est bien ce qui me semblait. Si même toutes les insultes que vous subissez au quotidien ne vous décident pas à vous porter volontaires, c'est que vous avez conscience d'être des privilégiés.

— Permission de parler, chef?

C'était Tellier.

— Je vous en prie.

— Nous aussi on a eu un mort!

— Je sais que vous étiez amis. Je n'ai pas oublié Jégou et je ne l'oublierai pas, mais songez que même cela est déjà un privilège! Si j'étais lieutenant dans l'infanterie, il y a longtemps que je ne me rappellerais plus les noms de tous mes hommes tués.

---

1. Pas pour très longtemps. Fin 1915, la gendarmerie manqua elle-même tellement de personnel qualifié que de tels transferts devinrent impossibles.

20

Secteur de Tahure, Marne, 25 septembre 1915

La canonnade était formidable, et elle durait depuis trois jours. Pièces de campagne de 75, obusiers de 220, artillerie de tranchée, plus de mille canons s'acharnaient jour et nuit sur vingt-cinq kilomètres de lignes allemandes, depuis bientôt soixante-douze heures.

Un de ces innombrables parcs d'artillerie était installé non loin de l'écurie où les prévôtaux avaient placé leur base arrière, et les bruits de départ incessants les obligeaient à forcer la voix pour s'entendre, ou à répéter fréquemment ce qu'ils venaient de dire. Pour l'occasion, ils avaient touché des uniformes bleu horizon flambant neufs, et pour le coup c'était la première fois depuis que Léon était arrivé au corps que l'on pouvait vraiment parler d'uniforme. Surtout, ils avaient reçu des bourguignottes Adrian, tout comme les biffins. C'était aussi la première fois que le casque allait être utilisé à grande échelle. Dix-neuf divisions à l'assaut, douze en réserve, trois corps de cavalerie. Il allait y avoir du vilain.

Le règlement concernant la nouvelle tenue commandait que l'insigne de grenade agrafé sous le cimier de la bourguignotte fût de couleur blanche pour les gendarmes, afin de les repérer facilement et de les différencier des fantassins. Seulement voilà, quand les casques étaient arrivés la veille, ils étaient identiques à ceux de l'infanterie, alors en catastrophe, il avait fallu se procurer de la peinture blanche, ce qui n'avait pas été une mince affaire, peindre la grenade à la main et la laisser sécher dans la nuit.

En attendant l'arrivée de Cognard pour la revue, les gendarmes étaient en train de s'ajuster les uns les autres dans une ambiance plutôt bon enfant, sous la surveillance détendue et complice de Jouannic.

— Tu devrais voir *ta hure*[1] ! dit Bourhis à Martin.

— Et la tienne, donc, on dirait un *hurlu*[2]... berlu !

— Vous pensez qu'on va avoir des *Perthes*[3], les gars ? demanda Bourhis, goguenard.

— J'en ai peur, mon garçon ! répondit Jouannic.

— Dites donc, vous êtes bien mis, aujourd'hui, maréchal des logis, lui dit Bourhis. Habillé avec un *Souain*[4] particulier, je dirais.

Quelques-uns sifflèrent d'admiration.

— Ben moi, en tout cas, j'ai hâte d'être à ce soir pour la *Suippes*[5] ! dit Geffroy.

— Ah non, celle-là, elle vaut pas ! fit Bourhis.

---

1. Jeu de mots avec Tahure, village martyr du front de Champagne dans le secteur de Suippes, de même que Mesnil-lès-Hurlus, Perthes-lès-Hurlus ou Souain.
2. *Idem.*
3. *Idem.*
4. *Idem.*
5. *Idem.*

— Eh bien, il y a de l'ambiance, ici ! dit Léon qui venait de surgir à l'improviste.

— Garde à vous ! décréta Jouannic.

En un clin d'œil, ils furent tous en ligne. Léon les passa en revue très rapidement, prit quelques mètres de recul et les mit au repos.

— Vous avez raison, les gars. Il faut rire tant qu'on en a le loisir.

Cognard laissa passer quelques secondes et prit une profonde inspiration.

— Alors nous y voilà. Je sais que beaucoup d'entre vous ont déjà vécu ça il y a un an, combien c'était dur et quel mauvais souvenir ils en gardent. Je sais ce que mon prédécesseur a dû refuser de faire. Je n'y étais pas, mais je connais par cœur l'ordre du jour qu'on vous a lu à l'époque : *Durant la bataille, les gendarmes suppléeront à la pénurie des cadres officiers et sous-officiers. Le général fait appel à leur dévouement pour maintenir les hommes sur la ligne de feu et forcer, au besoin, leur obéissance*[1]. Forcer l'obéissance… Quel en est le prix ? On peut forcer l'obéissance des actes, mais on ne peut pas forcer l'obéissance du cœur, il faut en faire notre deuil. Soyons honnêtes un instant : quand notre paternel nous administrait une correction mémorable, fût-elle bien méritée, même si nous courbions l'échine sous les coups de badine, que nous disait notre cœur en cet instant ? De la contrition ? Du regret ? De la reconnaissance ?… Ou de la haine ? De la défiance ? De l'envie de recommencer à la première occasion, mais sans se faire attraper cette fois,

1. Ordre du jour du général Eydoux, commandant du 11e corps d'armée, 5 septembre 1914 (début de la bataille de la Marne).

bien sûr, parce qu'entre-temps on serait devenu plus malin, par pur esprit revanchard ? La vérité, c'est que les coups de trique ne nous amendent pas. Tout au plus, ils nous laissent un souvenir cuisant, et la trouille d'en ramasser de nouveaux. Et encore cette trouille ne fonctionne-t-elle pas pour tout le monde. (Il jeta un regard vers Jouannic.) Un jour, quelqu'un m'a dit : *le respect ne se force pas, il se gagne*. Ou quelque chose d'approchant. Je pense qu'il n'y a pas plus vrai.

Il attendit un long instant, laissant passer quelques salves de canon. La ligne ne bronchait pas, attendant la suite, buvant ses paroles. L'anticonformisme de leur chef avait quelque chose de grisant, qui finissait par les mettre eux-mêmes en valeur.

— Messieurs, on ne va pas se mentir. Cette guerre est une boucherie épouvantable, telle qu'il n'y en a jamais eu par le passé, et on compte sur nous pour empêcher de se débiner les gars qui flanchent face à l'indicible horreur. À partir de là, nous n'avons qu'une seule alternative : faire le sale boulot ou la révolution. Est-ce que l'un d'entre vous aimerait faire la révolution ?

Silence total dans les rangs.

— Je vois. Peut-être que certains d'entre vous en rêvent secrètement, mais ils ne diront rien, c'est bien logique. D'ailleurs, on ne fait pas la révolution à trois ou quatre, pas vrai ? Il faudra donc se contenter du sale boulot. Il faut toujours quelqu'un pour le faire, mais aussi paradoxal que cela puisse paraître, on peut le faire proprement ! Vous vous êtes souvent plaints, à juste titre, d'être mal aimés. Aujourd'hui, curieusement, c'est en accomplissant ce sale boulot avec conscience et humanité que l'on peut gagner ce respect qui nous fait tant défaut. Messieurs, vous savez tous ce que vous avez à faire. Bonne chance !

Pour le savoir, ils le savaient. Cognard avait préparé le terrain et les consignes depuis des jours. Il en avait eu largement le temps, puisque l'offensive avait été repoussée à deux reprises et qu'elle n'était finalement lancée que dix-sept jours après la date initialement retenue. Les gendarmes devaient se répartir en cinq postes de quatre hommes positionnés sur les principaux axes de reflux de la zone occupée par la 22e division. Ces postes avaient été placés à proximité d'abris en dur qui avaient été réquisitionnés, et il avait pris le temps de se concerter avec les brancardiers et les conducteurs des ambulances hippomobiles.

Tout au long de la journée, tel un infatigable marathonien, Léon courut de poste en poste, sur le gros kilomètre et demi qui constituait sa zone de surveillance.

Au poste un, il aida Peyron à trier les blessés, appliqua des bandages de fortune, posa un garrot au-dessus du coude d'un caporal hébété qui regardait le sang couler à gros bouillons par l'orifice de la fracture ouverte de son avant-bras broyé, rassura quelques hommes gravement touchés, soutint les brancardiers pour charger les blessés dans les ambulances pour qu'ils fussent évacués plus vite vers l'hôpital de campagne.

Au poste deux, il aida Tellier et Jouannic à rassembler une cohorte de prisonniers allemands choqués, terreux et hâves, qui ne pensaient qu'à s'éloigner au plus vite de l'enfer qu'ils venaient de vivre. Il accompagna Tellier pour les emmener au pas de gymnastique jusqu'à l'enclos barbelé qu'ils avaient fait construire par les territoriaux quelques jours avant, près de l'écurie qui leur servait de base. Aussitôt arrivé, il laissa les prisonniers à Guillevic qu'il avait délégué à la garde de l'enclos, et retourna au pas de course vers le poste trois où un sergent touché à la jambe lui apprit que les débuts étaient très encourageants : la première ligne boche, sonnée, démolie et retournée par l'artillerie française, était tombée presque sans combattre.

Au poste quatre, les nouvelles étaient déjà beaucoup moins bonnes. Il dut prêter main-forte à Binet, Bertho et Martin pour juguler un reflux d'une trentaine d'hommes qui menaçaient d'autant plus de tourner à la débandade que le secteur était battu par l'artillerie allemande. *Ne vous exposez pas inutilement; mais ne vous cachez pas dans des trous, ce serait catastrophique*, avait dit Léon. C'est donc debout au milieu du bombardement qu'ils captèrent les fuyards et les emmenèrent vers l'abri en dur en leur tapant dans le dos et en leur criant des encouragements, tandis que les revolvers restaient résolument rangés dans leurs pochettes, bouton-pression fermé.

Dans l'abri, les directives de Léon furent appliquées à la lettre. Chaque homme fut évalué individuellement en un regard et quelques paroles. Les blessés furent mis d'un côté; les choqués, ceux dont les nerfs avaient totalement flanché, livides et l'œil vitreux, qui ne comprenaient même plus ce qu'on leur disait et étaient inaptes à remonter au front, furent isolés dans un coin de l'abri pour ne pas contaminer les autres; les indemnes, venus pour accompagner un blessé léger qui aurait pu quitter le front par ses propres moyens, furent mis dans un autre coin, sans recevoir le moindre reproche ni même un regard soupçonneux;

les fuyards présumés, enfin, furent considérés avec les mêmes égards et traités comme des hommes qui avaient perdu leur unité de vue et qui étaient à sa recherche. Léon et Bertho rassemblèrent ces deux derniers groupes et après quelques paroles de galvanisation, les accompagnèrent dans le boyau jusqu'à trouver un sergent venu lui-même rassembler des traînards.

— Comment ça va là-bas ? cria Léon pour se faire entendre par-dessus le fracas des armes.

— Pas facile ! C'est des malins, ils exploitent les contre-pentes, là où nos canons ont du mal à les atteindre. On est tombés sur des lignes de barbelés intactes et des fortifications en profondeur, on n'arrive pas à prendre leur deuxième ligne !

— Bonne chance !

— Merci.

Au point cinq, le poste de secours était déjà plein à craquer de blessés intransportables. Pour beaucoup de ces pauvres bougres réduits en charpie, le seul réconfort possible était une dose de morphine et les paroles du courageux aumônier qui volait de l'un à l'autre. Avec Flohic et Bourhis, Léon rassembla les effets personnels, armements et munitions abandonnés dans cette pagaille. À chaque fois qu'ils passaient devant l'alignement des hommes morts qui avaient été déposés à la sortie du poste de secours, ils s'assuraient que personne n'était en train de piller ces malheureux.

Au poste quatre, de nouveau, Léon croisa le premier resquilleur présumé, qui refusait d'y retourner sans bonne raison apparente. Conformément aux directives qu'il avait données, Bertho avait évité tout esclandre, laissé son revolver dans sa pochette, noté son nom et son matricule et le gardait avec lui pour l'aider, ce que le type acceptait sans rechigner, et l'ouvrage ne manquait pas. Le manquement serait communiqué avec les formes à son chef de corps, mais pas à l'état-major, ce qui aurait certainement des conséquences moins fâcheuses pour le soldat, et serait très apprécié de l'officier responsable, qui considérait toujours cette habitude de rapporter les incidents de ce type à l'état-major comme une manière de lui passer par-dessus la tête et de piétiner son autorité en se moquant de la chaîne hiérarchique.

Quand il avait donné cette consigne aux hommes, Bourhis lui avait rappelé que lécher le cul de l'état-major, c'était pourtant bien ce que plusieurs officiers avaient fait à ses dépens.

— Justement ! Ce qu'eux font, nous on ne le fera pas. C'est ce qui s'appelle élever le débat… et avoir du panache ! lui avait répondu Léon.

Au point trois, Léon glana des trophées pris sur les Allemands, puis abandonnés le long du boyau pour d'obscures raisons, vu que les civils en étaient friands et que les soldats arrondissaient leur solde en les revendant à bon prix. Il les mit en lieu sûr. Il redoutait toujours qu'une arme arrivât de cette manière entre les mains d'un enfant, et n'hésitait pas à faire fouiller les sacs des permissionnaires, ce qui évidemment n'était pas pour leur plaire.

Six fois dans la journée, il parcourut les cinq postes de la ligne de front. Les nouvelles encourageantes du début de la journée se tarirent peu à peu, alors que les prisonniers allemands se raréfiaient et que le nombre de poilus blessés et mourants que l'on rapportait ne cessait d'augmenter. Les visages découragés des officiers blessés disaient tous la même chose : la butte de Tahure ne tombait pas.

Léon essayait de ne pas y penser et orientait toute son énergie vers un seul but : respecter son plan et ses consignes, et faire tout ce qu'il pouvait. Si tout le monde faisait son possible et que cela échouait, c'est que l'objectif était impossible à atteindre, se disait-il. Et à l'impossible, nul n'est tenu. Au bout de sa quatrième traversée, il commença vraiment à devenir un auxiliaire d'infirmerie, tout comme les autres gendarmes. C'était objectivement de cela qu'il y avait le plus besoin, et il termina sa journée recouvert du sang des braves.

À minuit, de retour à l'écurie, il s'effondra dans un tas de paille au milieu de ses hommes épuisés. Sept heures après, la reprise du canon annonça la suite des festivités. Le deuxième jour fut bien pire que le premier, et la butte de Tahure ne tomba pas non plus. Il n'y avait plus de gendarmes, plus de biffins, plus de brancardiers, plus de sapeurs, plus de tirailleurs coloniaux, plus rien. Les frontières entre les hommes étaient abolies. Il n'y avait plus que des êtres blafards, des bêtes traquées, recouvertes de sang et d'horreur, qui communiaient dans le massacre des leurs.

Au soir du deuxième jour, la bataille était loin d'être finie, et pourtant elle l'était déjà, d'une certaine façon. Si on n'était pas passés à ce prix, en déployant tout cela, des troupes fraîches ne passeraient pas davantage les jours suivants.

À bout de forces et décimée une fois de plus, la 22e laissa sa place devant la butte de Tahure à une division de réserve.

Ce soir-là, les nerfs purent enfin se relâcher. Léon, qui avait une santé de fer et n'était jamais malade, fut pris de nausées une fois revenu à Suippes, et se mit à vomir tripes et boyaux. Quand Bellec vint s'enquérir de son état, il lui tomba dans les bras et pleura comme un enfant.

21

Suippes, Marne, 5 octobre 1915

Après cinq jours d'arrêt, l'offensive devait reprendre le lendemain, *sur des objectifs limités, pour consolider la ligne sur des positions avantageuses.* La rhétorique en disait long : on avait, déjà, renoncé à percer. Et pour cause, les bruits faisaient état de deux fois plus de pertes côté français que côté allemand, malgré l'invraisemblable matraquage d'artillerie préparatoire, et le courage indéniable de l'infanterie. Parmi les régiments qui devaient y retourner sans avoir eu le temps de reconstituer leurs effectifs, sévèrement amputés par l'attaque des 25 et 26 septembre, deux appartenaient à la 22e division. Leur objectif : encore et toujours cette maudite butte de Tahure[1], qui résistait à tous les coups de boutoir. Pourquoi avait-on attendu ces cinq jours pour y retourner, laissant probablement aux Boches le temps d'acheminer des renforts ? C'était un

1. Elle fut finalement conquise dans les jours suivants, mais on décida de ne pas aller plus loin.

secret de polichinelle : à cause des pertes insensées[1], mais surtout de l'épuisement des munitions[2].

Cognard lisait des rapports au greffe, se préparant encore à quelques jours difficiles, quand Bellec vint le rejoindre.

— Chef, les gars ont pris un soldat du 62e sur la ligne de démarcation. Il n'a pas fait d'histoires.

— Ça ne m'étonne pas, répondit Léon, sans lever le nez de sa lecture, le plus étonnant serait qu'il n'y en ait qu'un seul. Quand vous dites à un agneau qui a réussi à s'échapper une première fois de la tanière des loups qu'il va devoir y retourner, il ne faut pas s'attendre à autre chose. Nous allons essayer de le raisonner et de le renvoyer dans son corps sans en référer à l'état-major. Avec un peu de chance, son sous-officier n'aura même pas le temps de s'apercevoir qu'il a essayé de se faire la belle.

— Chef… C'est Meyer, dit Bellec, comme à regret.

Léon leva enfin les yeux vers son greffier. Il n'avait pas osé l'espérer, mais il le savait pour l'avoir vu bien souvent dans la mobile : parfois, sans que l'on fasse rien, les affaires se relancent d'elles-mêmes.

*

À la prison, où Cognard s'isola dans une ancienne chambre d'hôtel avec Bellec et Meyer, ce dernier leur parut placide. Pas spécialement abattu, mais pas non plus d'un calme qui pût sembler naturel.

1. 28 000 tués, 98 000 blessés et 54 000 prisonniers ou disparus.
2. Toute la réserve (1 200 000 obus) avait été tirée en 6 jours.

Après avoir bien réfléchi, et face aux craintes manifestes de Bellec de voir ressortir les vieux démons de l'affaire Le Corre-Guyader, le prévôt lui avait promis que si Meyer acceptait de rejoindre son unité sans discussion, il ferait comme si c'était n'importe qui d'autre.

Pourtant, le soldat se montra rétif.

— Non, mon lieutenant. Je n'retourne pas dans cette unité. Qu'on s'méprenne pas, hein, c'est pas la trouille des Boches. Enfin, pas plus qu'un autre. Je veux bien me battre, je veux juste être transféré dans un autre régiment. Vous pouvez demander à vos hommes, je me suis pas planqué, je voulais juste me faire arrêter. Je veux passer au falot pour pouvoir m'expliquer. Ces gars-là me détestent, je n'veux plus m'battre à côté d'eux. Vous m'comprenez, vous, vous pourrez me défendre.

Cognard regarda Bellec, qui serrait les dents. Meyer l'amenait sur un terrain glissant.

— Je vous comprends, oui. Enfin, je comprends surtout ce que vous ne voulez pas me dire. Au conseil de guerre, eux, ils ne comprendront pas entre les lignes, il ne faudra rien leur cacher.

— J'ai rien d'autre à dire, ça non ! Rien d'autre ! fit Meyer en secouant la tête.

— Et vous pensez que le conseil de guerre prendra ça pour quoi, exactement ? Pour un problème réel d'incompatibilité d'humeur, ou pour un prétexte visant à refuser de monter à l'attaque de l'ennemi ? Et même s'ils vous croyaient, vous pensez vraiment qu'ils en ont quelque chose à faire, des incompatibilités d'humeur du soldat Meyer ? Vous feriez mieux de tout balancer !

Meyer secoua de nouveau la tête, mais il était déstabilisé. Le rouge lui monta aux yeux.

— Si je parle, ils me tueront, vous le savez bien, lâcha-t-il d'une voix étranglée. (Il se tourna vers Bellec.) Vous, ne notez rien, hein ! Rien du tout ! Toute façon je signerai rien !

— Calmez-vous, Meyer, reprit Léon. On ne veut rien vous extorquer du tout, on est là pour vous aider. Parlez, et je pourrai les arrêter. Si vous ne dites rien, ils vous tueront.

— Pas si je peux changer de régiment.

— Croyez-moi, Meyer, le falot ne vous changera pas de régiment. Soit il vous réintégrera avec une peine suspendue de cinq ans de travaux forcés, soit il vous enverra au poteau pour refus de vous battre. Et quand bien même ils accepteraient votre requête, vous croyez vraiment que vous seriez intouchable dans un autre régiment ? Parlez, je vous en conjure.

— Ma parole, elle vaudra quoi pour les galonnés ? Je sais bien que vous avez essayé, vous aussi, ils vous ont écouté ? Non. Et vous êtes lieutenant de gendarmerie... Ils écouteraient un p'tit soldat ? Laissez-moi rire.

Cognard partit à réfléchir, les yeux dans le vague. Il devait reconnaître que malheureusement, il y avait beaucoup de vrai dans ce que disait ce gamin. Si Testard avait déchiré devant ses yeux le rapport circonstancié d'un greffier de gendarmerie, que ferait-il de la parole d'un obscur petit soldat d'infanterie, surtout si cette parole devait l'obliger à se dédire ?

— Alors, retournez-y. Supportez les vexations en priant pour vous en sortir, ou pour avoir la bonne blessure et être renvoyé chez vous. Je ne dirai rien, je vous en donne ma parole d'officier. Mais faites vite, car ils ne vont pas tarder à s'apercevoir de votre absence, et s'ils apprennent que vous êtes venu ici, je subodore que vous ne reviendrez pas de l'attaque de demain. Le Goff a eu l'intelligence de ne pas vous inscrire sur le registre d'écrou, rien n'est joué…

— Je peux pas… Je peux plus… Je préfère tenter ma chance au falot, même si elle est maigre. Mais merci, mon lieutenant. J'apprécie c'que vous faites.

Bellec admirait, lui aussi, l'incroyable beauté du geste de son chef. Il était mieux placé que quiconque pour savoir à quel point cette affaire avait revêtu une importance obsessionnelle à ses yeux. Et alors qu'une dernière occasion inespérée de la résoudre se présentait et qu'il lui aurait été si simple de tordre et de manipuler le client pour réussir à confondre Fourquin, Cadoret et toute la clique, voilà au contraire qu'il était prêt à s'asseoir sur cette ultime chance de triompher de ces salopards, juste pour sauver un gamin, le soldat Meyer, qui n'était ni de sa famille ni de ses amis. Oui, Léon Cognard avait du panache, et il savait aussi en faire preuve sans gloire ni témoin.

— Je vais être obligé de prévenir votre unité que vous êtes là, puisque vous ne voulez pas y retourner. Vous en avez conscience ?

— Allez-y, mon lieutenant. Qui vivra verra.

— La lettre anonyme, c'était vous, Meyer ?

— La première, non !

— Quelle première ?

— Eh bien, celle dont vous êtes venu parler à Fourquin, puis à Cadoret. J'en ai bavé à cause de cette lettre ! Parce que j'étais le meilleur ami de Guyader, ils étaient sûrs que c'était moi, c'est là qu'ils ont vraiment commencé à me menacer. J'ai tellement juré qu'ils ont fini par me croire, enfin c'est ce que j'ai pensé... Mais depuis, le capitaine n'arrête pas de m'envoyer en patrouille ou de me désigner pour le poste d'écoute. Il veut ma peau. Quand j'ai appris que vous laissiez tomber l'enquête, ils me persécutaient tellement que j'étais à bout, alors oui, j'ai balancé cette boîte de singe. Mais oubliez ça. Le Corre a été tué dans un bombardement, Guyader s'est suicidé, et moi je veux juste changer de régiment parce que je ne m'entends pas avec les autres. C'est ma ligne et je n'en bougerai pas.

Léon sentit quelque chose se briser au fond de lui. Il était responsable de la situation dans laquelle se trouvait ce malheureux garçon. Devait-il vraiment lui dire que cette lettre n'avait jamais existé, que c'était juste un bluff de sa part pour confondre les assassins ? Il avait voulu jouer les apprentis sorciers, voilà qu'il allait devoir payer la facture, et celle-ci s'annonçait beaucoup plus salée que les admonestations de Testard : il allait avoir la mort d'un homme sur la conscience.

Cognard et Bellec sortirent de la prison prévôtale. L'officier avait le front soucieux.

— Vous avez été très bien, chef. Y a pas de raison qu'il s'en sorte pas.

— Eh bien, vous lisez dans mes pensées... Dites-moi, Bellec, est-ce que vous croyez au destin ?

— Je sais pas trop.

— On dirait que le sort veut à tout prix cette confrontation entre les tueurs de la première section et moi. Plus j'essaie de l'éviter, plus elle me revient en pleine figure. Si j'étais catholique, je dirais « Dieu m'en soit témoin » …

*

Ce soir-là, après la popote, Cognard s'était installé tout seul au greffe. Il lisait un classique parmi ceux qui se trouvaient dans la petite bibliothèque autrefois mise à disposition des clients du Point du Jour. Greffier s'était vautré sur ses genoux et ronronnait pendant qu'il lui gratouillait le cou distraitement. Il avait laissé les volets ouverts, et même la fenêtre entrebâillée pour profiter un peu des dernières douceurs de l'été qui s'étiolait inexorablement. Depuis l'attaque sur Tahure, il était devenu de nouveau possible de s'ouvrir un peu sur la ville. Les cailloux avaient cessé de voler, les insultes s'étaient quasiment taries. La conduite à la fois humaine et exemplaire de tous les hommes de la prévôté n'avait échappé à personne, à part peut-être à l'état-major, et c'était bien égal. En tout cas, de nombreux officiers avaient adressé des messages de remerciement à Léon, ou étaient même passés le voir en personne, ce qui tenait de l'exploit, tant la prévôté était considérée comme une léproserie. Évidemment, ni Tanguy ni Cadoret n'étaient à mettre au nombre de ces officiers reconnaissants – il ne fallait pas trop en demander non plus.

Les effets de cette détente s'étaient aussitôt fait ressentir sur le moral des gendarmes, qui était au beau fixe. Il n'y avait finalement que le retour de cette triste affaire, remise au goût du jour par la pseudo-désertion de Meyer, qui pût encore donner à Léon des motifs de souci, ça et les images d'horreur de Tahure qui lui revenaient en boucle. Mais Jouannic l'avait rassuré : il fallait être patient, cela s'estomperait avec le temps.

Concernant Meyer, il avait choisi sa stratégie en accord avec Bellec : ne rien faire. Le laisser passer en conseil de guerre, puisque c'était ce qu'il voulait. Léon estimait tout de même très probable qu'il ne soit pas condamné à mort, et renvoyé dans son unité comme il le lui avait prédit, et ensuite… ma foi, on verrait bien.

Quelqu'un toqua à la fenêtre. Cognard posa son livre et alla voir qui était ce visiteur tardif. C'était un jeune soldat du 62e, dont le visage lui disait quelque chose. Probablement un des membres de l'escouade de Guyader.

— Excusez-moi de vous déranger si tard, mon lieutenant, mais le capitaine Cadoret voudrait vous voir, en privé si possible.

— Quand ça ?

— Maintenant.

Léon réfléchit à toute allure. Il était partagé entre l'envie d'opposer une fin de non-recevoir à celui qui l'avait bien piégé, et la curiosité de savoir ce qu'il pouvait bien avoir de si urgent à lui dire à une heure pareille.

— Où veut-il me voir ?

— Dans son cantonnement. Je peux vous y emmener.

— D'accord, mais je veux un écrit.

— Tenez, le voilà.

Le messager lui tendit un pli qui contenait une invitation à le rencontrer en bonne et due forme.

Il avait donc prévu le coup. Décidément, ce type était tout sauf idiot.

Il prévint le soldat qu'il faisait le tour, ferma la fenêtre et le volet, vint le rejoindre en glissant ostensiblement l'enveloppe dans la poche intérieure de sa vareuse.

— En fait, il fait frisquet. Je vais retourner prendre mon manteau.

Il retourna au greffe, ressortit l'enveloppe de sa poche, la posa bien en évidence sur la table à la place où Bellec s'installait d'habitude, prit son manteau et ressortit.

Voilà qui pourra servir de preuve ou de garantie si jamais Cadoret décidait de me jouer un tour de cochon.

Les deux hommes traversèrent le village jusqu'aux faubourgs ouest de Suippes, à un endroit où les maisons se raréfiaient. Ils longèrent le cimetière provisoire.

— Il habite tout seul, le capitaine Cadoret ? demanda Léon.

— En principe, il partageait la maison d'un évacué avec deux autres capitaines du 62e, mais l'un a été tué le 25 à Tahure, et l'autre blessé le lendemain. Il est à l'hôpital.

— Oh. Désolé de l'apprendre. Il va s'en sortir ?

— J'en sais rien.

Pas très loquace, le garçon. Le reste du chemin se fit en silence.

La maison aux allures bourgeoises, épargnée par les bombardements, était encadrée d'un large jardin envahi par les hautes herbes. Le capitaine invita Léon à s'asseoir dans un salon assez cossu.

Après avoir échangé excuses et remerciements bien peu sincères et quelques banalités sur la bonne aubaine que Cadoret avait trouvée pour se loger, les deux hommes en vinrent rapidement au fait.

— J'ai appris qu'un de mes soldats était dans votre prison ? Que s'est-il passé ?

— Il s'est fait prendre sur la ligne de démarcation, sans son fusil, ce qui jouera en sa faveur. Il n'a pas du tout cherché à échapper à l'arrestation, ce qui est positif également.

— Combien risque ce garçon ?

— *A priori*, vu qu'il n'a aucun antécédent, quelques années de travaux forcés, peine qui sera aussitôt suspendue. Vous pourrez alors le récupérer.

— Ah, je suis content qu'il ne risque pas le peloton d'exécution. C'est un bon gars. Je suis persuadé qu'il a juste eu… une défaillance passagère.

— Enfin attention quand même, vous savez aussi bien que moi que les officiers supérieurs sont sujets à des sautes d'humeur, souvent en période d'offensive, d'ailleurs. Si le conseil fait valoir que cette tentative de désertion intervient la veille d'une attaque dont il avait connaissance, et que son avocat n'est pas bon, ça pourrait aussi être le poteau. Ce n'est pas complètement exclu.

— Vous allez sûrement être invité à témoigner. Je compte sur vous pour faire tout votre possible pour le sauver.

Cette manière de jouer les candides qu'il a d'un seul coup, et son numéro d'officier exemplaire qui aime tous ses hommes comme la prunelle de ses yeux ! Insupportable !

— Enfin quand même, parlons sérieusement une minute. Ça va changer quoi pour Meyer, qu'il revienne dans son unité ou qu'il soit fusillé ? Pour lui, c'est du pareil au même, non ?

— Encore ces insinuations ? Vous êtes malade, décidément, Cognard, il faut vous faire soigner. Mais pour vous prouver que vous faites totalement fausse route, j'ai un marché à vous proposer. Renoncez définitivement à poursuivre mes hommes de vos assiduités, et dès que Meyer est de retour ici, j'appuie sa demande de transfert dans un autre régiment.

— J'ai déjà renoncé. Il y a une éternité, il me semble.

— Allons, un type comme vous, ça ne renonce jamais vraiment. Avouez-le, il n'a pas pris la décision de déserter tout seul, vous lui avez susurré à l'oreille, pas vrai ?

— Vous me connaissez tellement bien, c'est confondant. Vous connaissez bien vos hommes, aussi, ça fait peur ! Vous croyez Meyer incapable de prendre tout seul une décision pour vous tenir tête. Cela vous est à ce point inconcevable, que l'on puisse vous résister ? Croyez-moi, vous feriez pas mal de ravaler vos certitudes, car vous vous trompez sur beaucoup de choses.

Cognard avait nettement haussé le ton.

— Bon, est-ce qu'on peut continuer plus calmement, il y a mon tampon qui dort en haut et...

— Je m'en tamponne, de votre tampon, capitaine. Il fallait venir me voir, plutôt que de m'inviter chez vous, si je risquais de déranger quelqu'un. Mais je ne regrette pas d'être venu, parce que qu'est-ce que je vois ? Vous avez la trouille ! Vous balisez que Meyer ait pu lâcher le morceau, et rien que cela valait le déplacement !

— Meyer n'a pas déposé... Sinon, vous ne seriez pas venu.

— Bravo pour cette perspicacité retrouvée ! Je vous félicite ! Et si vous voulez vraiment tout savoir, j'avais vraiment laissé tomber et j'étais décidé à laisser ce gamin aller vers son destin, quel qu'il soit. Mais merci pour cette invitation. Vraiment, merci. Vous m'avez tellement énervé que j'ai changé d'avis. Meyer déposera, croyez-moi, j'en fais mon affaire. Moi aussi, je sais être persuasif, même si mes méthodes sont à l'opposé des vôtres. Je ne passe pas de marché avec les gangsters, et c'est ce que vous êtes, vous et vos sbires : une bande de gangsters, et je vous enverrai tous au falot pour meurtre ! Bonne nuit, capitaine !

Léon planta Cadoret là et sortit sans se retourner en claquant la porte derrière lui. Il respira un grand coup. L'air s'était rafraîchi et cela lui fit du bien.

À peine eut-il marché une centaine de mètres qu'il se demanda ce qui lui avait pris de se mettre dans une colère pareille. Il avait affirmé que Meyer parlerait, mais rien n'était moins sûr, vu la détermination que le jeune homme semblait avoir à se taire. Et d'ailleurs, le gamin avait raison : ce n'était pas parce qu'il parlerait que cela déciderait forcément l'état-major à faire tomber cette bande de meurtriers. Un capitaine qui ordonnait l'exécution d'un caporal à l'arrière, c'était une véritable bombe, le genre à faire les choux gras des journaux à scandale, et ils seraient prêts à tout pour étouffer cette affaire ! Bon sang, dans quelle situation s'était-il encore mis ? Il le savait, pourtant, que la colère était mauvaise conseillère.

Un lointain bruit de pas tira Léon de ses songes. Il scruta la route et distingua la silhouette d'un homme qui courait dans sa direction. Il s'arrêta, méfiant, pour lui laisser le temps de s'approcher et évaluer ce qu'il convenait de faire. Il ne devait pas être loin de deux heures du matin et en vertu du couvre-feu, personne n'était censé traîner dans les rues à cette heure-là.

Lorsque le mystérieux coureur fut à une petite trentaine de mètres, Léon reconnut finalement la démarche de Bellec. Il en fut soulagé, tout en se demandant quand même quelle calamité l'avait poussé à venir le chercher jusqu'ici à cette heure.

— C'est moi, chef, c'est Bellec ! dit le greffier avec difficulté, tant il était hors d'haleine.

Il avait dû couvrir toute la distance au pas de course, et mine de rien il y avait une petite trotte.

— Je le vois bien, que c'est vous. Qu'est-ce qui vous arrive ?

— Oh, rien… (Il avait du mal à parler et devait s'interrompre fréquemment pour retrouver son souffle.) J'ai eu une grosse insomnie, alors je suis descendu au greffe pour travailler comme je fais dans ces cas-là, plutôt que de gamberger dans mon plumard. Et là, j'ai vu la lettre de Cadoret que vous aviez laissée sur mon bureau. Je me suis dit qu'y avait peut-être un message, et puis j'ai eu un mauvais pressentiment.

— Allons Bellec, vous le voyez, je vais bien. Et les pressentiments, ça ne marche que dans les livres ! Quand il arrive quelque chose de terrible, dans la vraie vie, on ne le voit jamais venir. Reprenons la route, vous devez être en nage, vous allez attraper la mort et j'ai besoin de vous.

Ils se remirent en marche sur la chaussée bordée de grands arbres. Le vent s'était levé et soufflait dans les branches qui commençaient à peine à se dégarnir.

— Vous entendez ce bruit, Bellec ? On dirait la rumeur lointaine de l'océan.

— C'est vrai… Manquent plus que les embruns, et on se croirait à Quiberon… Dites, vous êtes cinglé d'être venu ici en pleine nuit. Mais bon, je le savais déjà que vous étiez cinglé… Tenez, regardez, un cimetière ! La dernière fois que je vous ai dit que vous étiez cinglé, on était déjà dans un cimet…

Un sifflement interrompit le greffier, suivi d'une lumière rougeoyante qui éclaira le ciel derrière eux. Ils se retournèrent, mais avaient déjà reconnu l'effet caractéristique d'une fusée éclairante. C'était une rouge, utilisée par les biffins pour demander à l'artillerie de cesser le tir, alors que la verte demandait l'allongement. Ce genre de fusées de signalement n'avait pas vocation à illuminer les champs de bataille, contrairement aux véritables éclairantes qui produisaient une lueur blanche et intense, et redescendaient très lentement grâce à un parachute.

— Tiens, qui s'amuse à tirer une fusée ici à cette heure ? dit Bellec.

Ce n'est pas un amusement, c'est un signal.

Si Cognard l'avait compris ne serait-ce qu'une seconde plus tard, il était mort. Instinctivement, il scruta l'obscurité vers le bas-côté, et vit jaillir deux silhouettes de derrière deux gros arbres, qui sautèrent par-dessus le fossé et se jetèrent vers lui, brandissant ce qui ressemblait à deux longs bâtons.

— Bellec, attention !

Pas le temps d'atteindre son revolver, les agresseurs étaient déjà sur lui. D'un coup de pied chassé, il repoussa le premier, puis bloqua le coup du second de son avant-bras gauche, avant d'enchaîner un fouetté du pied droit qui l'atteignit à la tempe, d'avancer d'un pas et d'enchaîner sur un swing dévastateur qui l'envoya valdinguer dans le décor.

Des bruits de lutte derrière lui indiquaient que Bellec était également aux prises avec au moins un autre assaillant, mais pour l'heure il n'avait d'autre choix que de s'occuper des siens, car le premier, qui n'avait été que ralenti, revenait déjà à l'attaque. Lorsqu'il brandit son gourdin, Léon avança dans sa garde et lui saisit le poignet avant d'ajouter un coup de coude au visage, de lui arracher son arme et de lui en administrer un bon revers dans la figure qui le sécha net. Il s'agissait d'une lourde massue en bois massif strié par un ébéniste, probablement un pied de table de salle à manger. De quoi fracturer le crâne de quelqu'un sans trop d'effort.

— Au secours ! hurla Bellec.

D'un coup d'œil par-dessus son épaule, il vit que le greffier était empêtré avec deux autres brutes, cherchant à éviter la pluie de coups de battoir en s'accrochant de toutes ses forces à l'un des deux.

— Plan B ! dit sèchement l'assaillant qui avait goûté au pied et au poing du prévôt.

Et ce dernier le vit tirer de sa ceinture un objet qui avait toutes les chances d'être un couteau.

Ils ne sont pas là pour nous rosser, mais pour nous tuer.

À cette découverte, Léon sentit son cœur se glacer, mais ce n'était pas le moment de mollir, le temps était compté. Il se précipita sur le teigneux et ne s'embarrassa pas d'esquives compliquées. Il écarta le bras droit du malandrin d'un ample geste du bras gauche et sentit sa lame lui fouailler le triceps. Qu'importe, le chemin était dégagé vers son visage, et Cognard lui abattit le pied de table en revers et sur le nez, avant de l'empoigner à deux mains et d'enchaîner d'un coup de haut en bas sur le sommet de son crâne qui l'envoya au tapis.

Alors que les cris de Bellec redoublaient, il balança son gourdin, déboutonna – enfin – l'étui de son revolver. L'un des deux salopards venait de lâcher le greffier pour se jeter sur lui, mais trop tard, la balle de Cognard le cueillit en pleine course. Le quatrième se leva à son tour, laissant Bellec inerte à ses pieds. Il avait, lui aussi, un couteau à la main et semblait hésiter, à seulement trois mètres du prévôt qui le tenait maintenant solidement en joue. En bruit de fond, on entendait les sinistres gargouillis de son compère en train de s'étouffer dans son sang en se tortillant sur la route ; il avait dû prendre la balle dans la gorge.

— Lâche ton couteau immédiatement.

— Va te faire foutre !

Le forcené se précipita sur Léon avec tant de vigueur et de vélocité qu'il fallut deux balles pour l'arrêter.

Léon contrôla d'un œil l'état des deux autres. L'un des deux commençait à bouger, l'autre semblait sans connaissance.

— Si jamais tu te relèves, espèce de fumier, je te mets une balle dans chaque genou !

Il se précipita au chevet de Bellec, qui restait allongé sur le dos en plein milieu de la route. Il était conscient.

— Vous êtes blessé ?

Bellec hocha le menton.

— Coup de couteau… Le ventre.

Léon ouvrit fébrilement les boutons de sa vareuse. En dessous, il constata avec horreur, rien qu'au toucher

– car il ne voyait pas grand-chose – que sa chemise était imbibée de sang.

— C'est comment, chef? Moche, non?

— Peut-être pas, Bellec. Je n'y vois rien. Taisez-vous, économisez vos forces.

Il se releva et hurla au secours, à tue-tête. Et comme ça ne remuait pas assez vite à son goût, il dégaina de nouveau son revolver et tira un coup en l'air, gardant éventuellement ses deux dernières balles pour les deux pourritures qui cherchaient leurs dents dans le sable de carrière. À moins que, perdu pour perdu, il ne décide d'en mettre une dans la tête de Cadoret et une autre dans celle de Fourquin. Il hésitait encore.

Il décocha un nouveau coup de gourdin dans la tempe d'un sbire qui bougeait un peu trop, lui ouvrant la pommette et lui éclatant le lobe de l'oreille, puis retourna auprès de Bellec, épongea le sang sur son abdomen avec sa propre vareuse et chercha la plaie pénétrante du bout des doigts. Il finit par la trouver, et sentit son sang se cailler dans ses propres veines quand il réalisa qu'elle se trouvait juste sous les côtes basses, au niveau du foie.

Il enleva sa chemise, la plia pour en faire un pansement compressif qu'il appliqua sur la blessure.

— Je crois que j'ai mon compte, chef.

— Taisez-vous, Bellec. Vous allez vivre! À la fin, c'est Don Quichotte qui meurt, pas Sancho Pança. Sancho devient gouverneur de l'île de Barataria, vous le savez bien!

— Mais c'est une île imaginaire… Et on le nomme gouverneur pour se foutre de lui, chef. Et Don Quichotte meurt dans la sagesse, guéri de ses lubies, entouré de l'affection et de l'admiration des siens. Alors restez pas seul, chef. Ce sera mon dernier conseil.

— C'est ça, Bellec, je me marierai, mais je vous veux comme témoin. Tenez, appuyez là-dessus juste une minute, le temps pour moi d'aller passer les poucettes à ces messieurs les rosseurs de cognes.

— En l'occurrence, c'est plutôt vous qui les avez rossés, chef. Vous avez bien caché votre jeu, hein… Dommage que j'étais un peu trop occupé pour admirer le spectacle.

Alors que Léon mettait sans ménagement les deux survivants du guet-apens sur le ventre pour leur attacher les mains dans le dos, non sans en amocher une fois de plus un des deux, qui avait encore le front de chercher à se débattre, de l'aide arriva enfin, en la personne de plusieurs sous-officiers et officiers subalternes qui avaient trouvé eux aussi à crécher dans le coin. Dix minutes après, les brancardiers étaient là avec un camion-ambulance, de même qu'une demi-douzaine de gendarmes et un sacré paquet de curieux rameutés par le raffut.

Alors que Bertho, Bourhis, Binet et Tellier s'apprêtaient à partir escorter les deux criminels à la prison prévôtale, où Léon avait ordonné de doubler et d'armer la garde, et que ce dernier était sur le point d'aller rejoindre Bellec à l'hôpital militaire, Jouannic, qui avait fouillé méticuleusement les alentours avec une lanterne à la recherche d'indices ou de preuves, appela son chef.

Cognard le rejoignit. Il était dans le cimetière, juste de l'autre côté du fossé.

Il éclaira une des tombes qui avait été fraîchement ouverte. Un corps enveloppé dans une toile de tente reposait au fond du trou. Quatre pelles étaient couchées dans l'herbe.

— Ça, je crois que ça devait être votre dernière demeure, chef. Ils avaient sacrément bien préparé leur coup, les salopards. Ils voulaient pas seulement vous tuer, ils voulaient que vous disparaissiez corps et biens. Quoi de mieux que la tombe d'un autre ? Personne serait venu vous chercher là.

— D'où les pieds de table. Pas de bruit, pas de sang, pas de traces. Auraient-ils seulement eu la décence de s'assurer que j'étais bien mort avant de m'enterrer ?

— Même pas sûr.

*

Dans la lueur falote d'une lampe à pétrole suspendue, Cognard tenait la main de Bellec pendant qu'un infirmier examinait la plaie par lame qu'il avait derrière le bras gauche.

— Rien de très grave, mon lieutenant, mais il faut que je vous recouse.

— Tout à l'heure, infirmier, tout à l'heure.

— D'accord, je vous mets un bandage provisoire.

Léon sourit à Bellec qui était méconnaissable ; il avait les lèvres bleues et le teint de son visage était en train de passer de livide à terreux. Cognard n'avait qu'une envie, s'effondrer en larmes, mais il n'en avait pas le droit, alors il lui sourit.

— Vous m'avez sauvé la vie, Bellec. À quatre, ils m'auraient eu.

Et c'était moi, la cible. Toi, tu ne devais pas être là. Je devrais être mort et enterré, et toi dans ton lit. Pourquoi ? Pourquoi ! ?

— Vous disiez quoi à propos des pressentiments qui ne marchent que dans les livres, et d'attraper la mort ? sourit le greffier, les yeux creusés.

— En l'occurrence, vous auriez mieux fait de dormir au lieu d'avoir votre *pressentiment*.

— Hier, vous me demandiez si je croyais au destin. Hé hé. Il vient de nous jouer un sacré tour de cochon, le destin !

Le médecin arriva, examina rapidement le moribond, souleva le pansement pour regarder la plaie, puis il se retourna face à Léon et, juste avec les yeux, il lui dit ce qu'il savait déjà malgré lui.

— Là, il vient de vous faire signe que j'étais foutu, observa Bellec. Vous fatiguez pas avec des cachotteries, j'avais déjà compris. Vous verrez, chef, le jour où ce sera votre tour, on le sent venir, et bizarrement… on l'accepte.

Léon serra la main de son greffier, et dut faire un effort surhumain pour ravaler ses sanglots.

— Vous pourrez dire à ma femme… Vous voyez, quoi, le genre de banalités qu'on bave dans ces cas-là. Je préfère ne pas m'étendre sur le sujet, sinon je vais me mettre à chialer, et ça nuirait à mon panache. Je vous fais confiance, vous saurez trouver les mots qu'il faut.

Léon hocha la tête. Il ne trouvait rien d'intelligent à répondre, et quand bien même, il ne savait pas s'il en aurait eu la force.

— *Mais je m'en vais ! Pardon, je ne peux faire attendre…*

« *Vous voyez, le rayon de lune vient me prendre !* murmura Bellec, ses lèvres remuant à peine.

— Votre panache ne sera pas oublié, et vous non plus.

Peu après, le greffier perdit l'usage de la parole, puis sombra dans l'inconscience et s'éteignit, exsangue.

22

6 octobre 1915

Les deux hommes que Cognard avait abattus étaient le soldat Burban et le caporal-chef Derrien, et ceux qui étaient en prison pour tentative de meurtre et meurtre avec préméditation étaient les soldats Richard et Séveno. Tous les quatre appartenaient à la première section de la 2e compagnie du 62e d'infanterie, et avaient très probablement trempé dans les meurtres de Le Corre et Guyader.

On chercha aussitôt à savoir où était l'adjudant-chef Fourquin : il était en permission… cette sacro-sainte permission qui avait sans doute tout déclenché.

Comme Léon n'était pas en état d'interroger les deux survivants de l'embuscade mortelle, c'est Jouannic qui s'en chargea, mais ils restèrent muets comme des tombes.

La fusée rouge, c'était le signal, n'est-ce pas ? Silence.

Qui l'a tirée ? N'est-ce pas le capitaine Cadoret qui avait envoyé une invitation au lieutenant Cognard ? Silence.

Pourquoi y avait-il un signal ? Attendiez-vous une confirmation pour le tuer ? Silence obstiné.

Vous aviez préalablement rouvert une tombe du cimetière provisoire pour faire disparaître le corps du lieutenant, mais l'arrivée du maréchal des logis Bellec n'était pas prévue, elle vous a pris au dépourvu, n'est-ce pas ? Silence assourdissant.

Avez-vous conscience que si vous refusez de parler, le conseil de guerre vous fera exécuter ? Tuer un gendarme, ça ne pardonne pas, surtout en temps de guerre, et surtout de cette façon. Votre seule chance de voir votre peine commuée, c'est de balancer votre commanditaire... Silence, silence, silence de mort.

Ils semblaient décidés au sacrifice suprême pour couvrir les méfaits de leur caste de guerriers jusqu'au-boutistes. C'était invraisemblable, mais c'était comme ça.

Léon, lui, était hanté. Hanté par la fusée rouge. Rouge comme le sang de Bellec. La fusée était un signal, c'était sûr. Son ordre d'exécution. Il y avait donc eu un moyen d'éviter le guet-apens. Dans ce cas, la fusée eût été verte, peut-être, ou plus probablement, il n'y aurait pas eu de fusée du tout. Derrien, Burban, Séveno et Richard seraient restés dissimulés dans les fossés et derrière les arbres, ils les auraient laissés passer, ni vu ni connu, et auraient ensuite rebouché la tombe du pauvre gars. Comme si de rien n'était.

Il eût suffi que Léon acceptât le marché. Qu'il promît de ne plus inquiéter la section des assassins. Mais, sans aucune certitude de vraiment pouvoir les inquiéter, il avait fallu qu'il se mette en rogne, qu'il se donne en spectacle, qu'il promette ses grands dieux de poursuivre ces criminels jusqu'en enfer, comme si tout le monde n'y était pas déjà.

Bellec était mort de sa colère, de son orgueil et de ses petits principes puritains. Il ne se le pardonnerait jamais.

Dès onze heures du matin, quand il sut que Séveno et Richard comparaîtraient devant le conseil de guerre spécial le soir même et qu'il comprit qu'ils ne diraient rien et iraient jusqu'au martyre, Cognard se rendit d'un pas décidé à la *case* du capitaine Cadoret.

Il y avait de bonnes chances qu'il se fasse descendre, mais en cet instant, c'était bien le cadet de ses soucis.

Ce fut lui qui ouvrit la porte. Il ne semblait pas armé.

— Qu'est-ce que vous voulez encore, Cognard ? Vous êtes venu pour me tuer ?

— Au risque de me répéter, capitaine Cadoret, vous me connaissez bien mal. Je suis venu pour vous arrêter.

— Ah oui ? Et m'arrêter pour quoi, je vous prie ?

— Je sais tout. Vos hommes ont parlé.

Un trouble passa furtivement dans ses yeux bleus. Ils se scrutèrent un moment, raides, martiaux.

Vas-y, sors ton pétard et tue-moi, fumier ! Fais-moi ce plaisir ! Là au moins, Testard ne pourra plus te couvrir !

— Entrez, dit finalement Cadoret.

Léon entra sur ses talons et ferma la porte derrière lui.

— Vous les cognes, vous êtes vraiment une plaie ! L'autre jour, en perm, j'ai croisé l'un d'entre vous à cheval avec la croix de guerre accrochée au poitrail. La croix de guerre, sans charre ! Je lui ai demandé ce qui lui avait valu cet honneur et il m'a dit « en ramenant vos hommes au feu, mon capitaine ! ». Vous vous rendez compte de la morgue du type ?

Parfait. Un de nous deux sortira donc de cette baraque les pieds devant, et même si c'est moi, tu es foutu de toute façon. Ça me va.

— Et le pire, c'est qu'il avait raison. On les a ramenés au feu, et dans bien des endroits, ça a sauvé la situation. Ne vous en déplaise, ça ne veut pas dire que ce soit votre faute, ou celle de vos subalternes, si une partie de vos hommes se retrouvent isolés, perdus, désorientés, apeurés. À l'impossible, nul n'est tenu, capitaine. Mais si ce que l'on veut c'est tenir, si ce que l'on veut c'est éviter l'humiliation d'une nouvelle occupation allemande, alors il faut bien que quelqu'un se charge du sale boulot.

— Justement, le lieutenant Le Corre s'en est chargé, du sale boulot. Et quand il a flanché, l'adjudant Fourquin s'en est chargé à son tour !

— À cette différence près que quand c'est nous qui nous en chargeons, dans le pire des cas nous sortons le revolver, mais à ma connaissance, aucun n'a jamais appuyé sur la détente, alors que les histoires d'exécutions sommaires sont le cancer des unités d'infanterie, et celle-ci est loin d'être un cas isolé. En septembre 1914, Morvan a écrit un rapport comme quoi un officier d'infanterie que je ne nommerai pas lui avait ordonné d'exécuter sommairement un homme, ce qu'il a refusé de faire.

— Et vous espérez quoi pour votre brillante découverte, monsieur le justicier ? Une médaille ? La vérité, c'est que vous ne pouvez pas comprendre ce qu'on vit là-bas, parce que vous n'y êtes jamais allé et que vous n'irez jamais. On n'a pas besoin de cognes ! On peut, et on doit laver notre linge sale en famille, nous, les soldats, les vrais !

— Je vous laisse à vos certitudes. Quand une conversation est dans l'impasse, il faut savoir y mettre fin, au lieu de s'égosiller à prêcher dans le désert. Je vais devoir vous emmener à la prévôté et vous incarcérer à titre préventif en vue d'instruire une procédure en conseil de guerre pour meurtre.

Il jouait toute sa carrière, voire pire que cela, sur un coup de poker. Si, comme il l'espérait, Cadoret ne supportait pas la simple idée d'être humilié par la justice militaire, il s'en sortirait, mais s'il le suivait docilement, commençait à se méfier un peu et décidait finalement de nier dans sa déposition, Léon était foutu. Quoi qu'il en soit, il devait bien à Bellec de tout faire pour ne pas laisser sa mort impunie.

— Ce serait trop vous demander de me laisser deux minutes pour mettre un peu d'ordre dans mes affaires ? demanda Cadoret.

— Pas de problème. Je vous attends dehors.

Le bluff semblait avoir fonctionné. Cognard sortit, referma la porte derrière lui et respira un grand coup. La température s'étant nettement rafraîchie, il enfonça ses poings dans les poches de son manteau. Son regard se hasarda sur un magnifique rouge-gorge au gosier vermillon qui surveillait crânement son territoire, perché sur un poteau de clôture de l'autre côté de la route.

La détonation le fit s'envoler.

Léon l'accueillit avec soulagement.

C'était sans doute le meilleur dénouement. Pour tout le monde.

*

Au conseil de guerre spécial de la 22e division, Séveno et Richard restèrent muets jusqu'au bout. La loyauté entre eux allait-elle jusque-là, ou avaient-ils simplement conscience que dénoncer les autres ne les sauverait pas ? Impossible de le savoir.

La séance fut expédiée en une demi-heure. Les deux soldats furent condamnés à mort pour l'assassinat du prévôt maréchal des logis greffier Bellec et la tentative d'assassinat du prévôt lieutenant Cognard. Aucun mobile ne fut évoqué, et lorsque Cognard fut interrogé par les juges, dont le colonel Testard, ils lui demandèrent juste de raconter les faits et s'abstinrent bien entendu, et contre tous les usages, de lui demander s'il avait une hypothèse sur le motif de cette agression. Il n'aurait pas fallu que cette histoire de suicide de Guyader revînt sur la table ! Aucune mention ne fut faite du lieutenant Le Corre pendant le procès ni du suicide du capitaine Cadoret. Le nom de l'adjudant-chef Fourquin n'y fut jamais prononcé.

À l'issue de cette parodie, dont la sentence serait exécutée le lendemain à six heures, Cognard fut convoqué séance tenante dans le bureau de Testard. Il pressentait que cet entretien serait le dernier.

— Alors, Cognard, vous êtes content de vous, je suppose ? Vous aurez réussi à foutre la merde jusqu'au bout dans cette division !

— Non, mon colonel, je ne suis pas content. Le greffier Bellec était un excellent gendarme, il ne méritait pas cela, et sa mort n'a servi à rien puisque ce procès était une farce. Vous auriez pu au moins rendre justice au caporal Guyader, ce n'était pas très difficile, il suffisait de dire que ces deux soldats avaient cherché à nous tuer parce que nous étions sur le point de les confondre. Il aurait été réhabilité et sa femme aurait pu toucher une pension. Au lieu de cela, vous avez préféré l'enterrer, à tous les sens du terme. Est-ce que le mot « vérité » a le moindre sens pour vous, colonel ?

— Très franchement, je vais vous le dire une bonne fois pour toutes. La vérité, je m'en fous. Seule la victoire m'intéresse. Si les Boches nous ratiboisent comme en 70, s'ils défilent sur les Champs-Élysées, vous direz quoi ? « Oui, mais nous on a dit la vérité » ? Belle consolation ! À la guerre, tout le monde ment. Qui ne le sait pas, à part vous ? On ment sur les bilans, les victoires qu'on embellit, les défaites qu'on minimise. Avancer de cent mètres au prix d'un massacre devient un succès décisif, une débandade devient une retraite en bon ordre. On ment aussi pour brouiller les pistes parce qu'on sait que l'ennemi nous espionne. Tout cela est une immense partie de poker menteur. Alors ne me faites pas chier avec votre vérité sur la mort d'un caporal, bordel ! On a déjà plus de cinq cent mille morts depuis un an, pouvez-vous leur rendre tous justice ?

« Vous êtes un grand amateur de vérité, Cognard ? Très bien, laissez-moi vous dire ma vérité à moi. Mais je vous avertis, elle risque de vous secouer un peu sur votre perchoir ! Si vous ne vous étiez pas mêlé de ça, on se débarrassait d'un mauvais lieutenant et d'une sale petite balance, tous les deux bons pour la casse ! La guerre, mon vieux, ça ne se gagne pas avec des enfants de chœur épris de justice, bordel, ça se gagne avec des guerriers qui ont des tripes et des couilles, et qui, le cas échéant, ne reculent devant rien ! Mais non, il a fallu que vous fassiez votre redresseur de torts de merde ! Ah, il est beau le résultat ! Un excellent capitaine suicidé, deux bons soldats morts, ainsi que votre greffier, et deux autres bons soldats mûrs pour le peloton. Et le pire, c'est que bien que tout ça soit votre faute, il va falloir qu'on vous récompense comme le héros du jour ! Un gendarme ! Mais ça suffit maintenant, Cognard ! La farce a assez duré ! Dès demain, on vous renvoie en Bretagne à la tête de votre brigade d'Étel avec le grade de capitaine. La place est libre, l'ancien est parti à Lorient.

Je suis arrivé par appel d'air, je repars par appel d'air.

— Félicitations, ceci est une promotion, et elle n'est pas négociable ! Dehors !... Ah, au fait... Vous assisterez à l'exécution, j'y tiens particulièrement !

— C'était bien dans mes intentions !

Léon sortit du bureau, mais, au moment de refermer la porte derrière lui, il se ravisa et passa la tête dans l'encadrement.

— Mon colonel, je voulais vous dire avant de partir, votre gros... grain de beauté, là... Je trouve qu'il a augmenté en taille depuis la dernière fois que je vous ai vu. Vous devriez faire attention avec ça, mon beau-frère a eu un problème semblable, jusqu'au moment où ils ont découvert que c'était un cancer. À partir de là, en six mois il était mort.

Et il s'en fut.

Aux dernières nouvelles, le mari de sa sœur se portait comme un charme, mais il n'avait pas trouvé de meilleure vacherie à faire à Testard avant de le quitter, il n'en avait malheureusement pas les moyens.

En rentrant pour passer sa dernière nuit à la prévôté de Suippes, Léon se demandait encore quels officiers avaient été au courant du nettoyage interne de la première section, et jusqu'à quel niveau on les avait protégés. Il ne le saurait jamais. Testard, peut-être pas quand même, ou alors sur le tard. Mais s'il l'avait pu, il aurait couvert lui aussi. Bien sûr qu'il les aurait couverts. C'était évident, il s'en rendait compte, à présent.

Mais ce n'était pas cela le pire. Le pire, c'était qu'en repensant à ce que le colonel venait de lui dire, il avait beau se refuser à comprendre son point de vue, il redoutait de le comprendre quand même.

*

Au petit matin, Séveno et Richard regardèrent la mort en face, comme à leur habitude.

Ils furent passés par les armes par des soldats d'une autre compagnie de leur régiment, des bleusailles fraîchement arrivées du dépôt de Lorient pour remplacer les morts de la butte de Tahure. Ça mettait du plomb dans la tête, il paraît.

Ceux de la première section étaient bien présents au garde-à-vous sur la place d'armes pour assister à l'exécution, comme le reste de la 2e compagnie. À leur tête, l'adjudant-chef Fourquin était là. Ayant appris la nouvelle on ne sait comment, il était revenu en catastrophe de sa permission. Léon passa devant eux – il ne pouvait pas faire autrement – et il fut saisi par un curieux sentiment de honte, inexplicable, dont il était bien peu familier. Il eut envie de regarder ses pieds, mais se força à croiser le regard de l'adjudant-chef. C'était de la haine qu'il y avait au fond de ses yeux.

Une haine inexpiable qui lui fit froid dans le dos. Comment en était-on arrivés là ?

Même – ou surtout ? – ses principaux bourreaux morts, Meyer ne déposa pas. Sa peine de travaux forcés fut suspendue, il réintégra son régiment et ne devait finalement y mourir que l'année suivante. La terreur avait des raisons que la raison ignorait.

L'après-midi, après un verre de l'amitié – Léon accepta un peu de gnôle largement coupée à l'eau –, celui qui ne serait plus le prévôt de la 22e division dans quelques instants rassembla tous ses hommes une dernière fois. Il eut un mot pour remercier, encourager ou taquiner chacun d'eux. Nombreux étaient ceux qui avaient les yeux rougis, sans doute autant à cause de la mort de Bellec que de son départ.

Quand il arriva à hauteur de Bourhis, celui-ci lui tendit le gros chat tigré qui lui était devenu si familier.

— On a pensé que vous pourriez ptêt emmener Greffier avec vous, chef. Il a jamais vu la mer, et je crois que Trois Poils aurait voulu que vous le preniez.

— D'accord Bourhis, d'accord. Mettez-le-moi de côté.

Vint le moment des adieux avec l'inébranlable Jouannic, qui se firent à part, seul à seul.

— Ça n'a pas toujours été facile, vous et moi, hein, Jouannic ? Mais je peux vous dire, je suis sacrément soulagé de savoir que vous restez avec les gars, ça me rend le départ moins pénible.

— Bon retour chez vous, chef, et… essayez de faire la paix avec vous-même.

— Comment voulez-vous que je fasse cela ? Bellec était le meilleur d'entre nous et il a payé mon obstination et mon jusqu'au-boutisme de sa vie.

— Vous êtes dur, mais c'est la marque des meilleurs. Vous savez… j'ai réfléchi. Et j'ai compris pourquoi vous m'avez tellement… déconcerté.

— Ah oui ?

— Dans toute ma carrière à l'armée, j'ai vu que des gars qui cassaient leurs subalternes et qui fayotaient avec leurs supérieurs. Vous, vous faites ni l'un ni l'autre. Et en fait, vous savez quoi ? Je crois que c'est vous qui avez raison !

— Je vous l'avais dit, Jouannic, je vous l'avais dit ! sourit Cognard.

— Quoi ? Que je finirais par vous apprécier ?

— Non, que j'avais toujours raison !

Jouannic éclata de rire.

Léon lui tendit la main, que l'ancien serra avec poigne, puis, au moment où le prévôt ne s'y attendait pas, il le prit dans ses bras. Cognard, d'abord décontenancé et peu accoutumé aux effusions tactiles, finit par serrer à son tour le vieux maréchal des logis.

— Vous me manquerez, Jouannic. Prenez bien soin de nos gars, et n'oubliez pas, c'est un sale boulot, mais mieux vaut que ce soit nous qui le fassions…

— … pour qu'il soit fait proprement, je sais, chef.

Était-ce bien une larme qu'il vit dans les yeux de ce roc humain inaltérable avant de partir ? En tout cas, Léon réussit tout juste à retenir les siennes jusqu'à être hors de vue de tout être humain, avant de laisser enfin exploser son chagrin.

23

Étel, Morbihan

Le retour fut difficile. Léon ne parvenait pas à oublier Bellec qui restait comme une tache indélébile sur son âme, et repensait encore aux horreurs de la bataille de Champagne. Il en faisait également de fréquents cauchemars.

Ceux qui s'acclimataient – ou se réacclimataient – le mieux étaient finalement les animaux. Greffier, qui n'avait plus besoin de chasser les rats pour manger, s'était sérieusement empâté et avait élu domicile dans le bureau du désormais capitaine Cognard, pendant que Rossinante préférait de loin les longues balades sur la grève de la ria d'Étel à celles sur les chemins et routes de Picardie et de Champagne.

Certes, la population d'Étel et des environs, composée pour l'essentiel de vieux marins-pêcheurs et de femmes en robe noire et en coiffe de dentelle, était nettement moins remuante que les poilus de la 22e division, et n'injuriait pas les gendarmes à chaque fois qu'elle les voyait… Mais qu'est-ce qu'il s'ennuyait !

Il fallait remettre avec des airs de solennité les croix de guerre – décoration créée en mai 1915 – aux parents ou aux épouses des combattants tués, qui par chance avaient été prévenus avant par le maire ou l'un de ses délégués. À chacune de ces visites poignantes que Léon appréhendait particulièrement, il remerciait le ciel que faire l'oiseau de mauvais augure n'entre pas dans les attributions de la gendarmerie. Il ne l'eût tout simplement pas supporté.

Il fallait aussi contrôler le livret militaire des jeunes en âge apparent de pouvoir combattre pour vérifier qu'ils étaient bien en règle avec les obligations militaires, viser celui des cultivateurs bénéficiant d'une permission pour maintenir leur exploitation sur les périodes de gros besoins, quand la bonne volonté de l'épouse ou des parents ne suffisait plus (la mesure avait été étendue aux réservistes), vérifier les circonstances d'un retard signalé par la prévôté de corps. Le retardataire avait-il bien été malade ? Aller voir le médecin de famille. Avait-il vraiment eu un accident ? Vérifier auprès de la brigade de gendarmerie la plus proche du lieu de l'accident. Avait-il vraiment eu une annulation de train ? Consulter les services de chemins de fer pour s'en assurer.

Il fallait également – Léon détestait cela tout particulièrement et ne le faisait que quand le concerné dépassait vraiment les bornes – écrire et transmettre au corps des rapports sur les permissionnaires dont la conduite au village d'origine avait pu laisser à désirer. Certains gendarmes de la petite brigade – si petite qu'aucun, hors Bertho, n'avait encore connu les rigueurs de la prévôté – eussent bien aimé avoir la main lourde dans ces cas-là, et heureusement que

Cognard était là pour refréner leurs ardeurs ; alors se soûler comme une outre et traiter des gens d'embusqués – y compris des gendarmes – c'était oui, juste avec une petite remontrance, mais frapper sa femme, c'était non.

Il fallait contrôler la spéculation, ainsi que le marché noir en cas de pénurie, et poursuivre les réquisitions, notamment sur le grain et sur le bétail, à des prix imposés « par les gens d'en haut », qui avaient tendance à être de plus en plus inférieurs à ceux du marché, d'où bien évidemment la colère et l'incompréhension des exploitants auxquels on pouvait seulement dire qu'on ne faisait qu'obéir aux ordres.

Quel que soit l'endroit, au front comme à l'arrière, il y avait au moins une chose qui se perpétuait, c'est que ceux qui étaient sur le terrain, les mains dans le cambouis, subissaient les conséquences néfastes des décisions prises en haut lieu par des ronds-de-cuir en redingotes qui ne connaissaient rien d'autre que les quatre coins de leur tour d'ivoire.

En mai 1916, le gendarme Bertho eut une permission d'une semaine, et pour Léon, ce fut une bouffée d'oxygène d'avoir des nouvelles de la prévôté de façon plus vivante que les quelques lettres fort peu lyriques envoyées par le vieux briscard quand il avait le temps.

— Depuis le mois dernier, ils commencent à nous expédier des auxiliaires pour faire gardiens de prison ou patrouilleurs. On en a eu deux. Vous en avez, ici, chef ?

— Un seul. Il a été recruté pour remplacer Jouin qui a fait une chute de cheval en début d'année et qui est en invalidité.

— Ah oui, j'en ai entendu parler. Et il est comment cet auxiliaire ?

— Comment dire… Je ne l'enverrais pas en prévôté, même pas pour faire gardien de prison. Il a presque peur de son ombre.

— Ah ah. Nous ça va, c'est des types corrects. De toute façon, ils doivent avoir au moins un an d'ancienneté en brigade départementale, et être célibataires ou veufs.

— Ne me dites pas que c'est juste du personnel supplémentaire, ou alors la politique aurait bien changé.

— Ah ah. Vous inquiétez pas, va, elle a pas changé, la politique. Les auxiliaires remplacent des gendarmes tués, évacués ou renvoyés dans leur brigade. Ça a permis à Binet de rentrer à Pontivy et à Geffroy de retourner à Quimper.

— Il doit être content. Il va pouvoir aller récupérer sa femme chez sa belle-mère et la ramener à la brigade pour qu'elle puisse faire l'animation.

Juste après avoir dit cela, Léon redouta d'avoir gaffé par rapport à la propre situation matrimoniale de Bertho, mais comme celui-ci s'esclaffa, il fut rassuré.

— Et c'est pas tout, il y a les permutations, aussi ! Ça vient de commencer.

— Ah oui, c'est vrai, j'ai vu la circulaire. Je vous permuterais bien avec un de mes loustics, Bertho. Même peut-être deux, sans vouloir vous flatter. Encore que ce ne serait pas forcément rendre service à ce bon Jouannic qui devrait se les coltiner. De toute façon, ils ne remplissent pas les conditions : je n'ai pas de célibataire, pas de veuf sans enfants, pas de jeunot… Au contraire, il a fallu rappeler de la retraite le petit père Bonnet, qui, malgré son grand âge, est un de mes meilleurs éléments.

— Et moi non plus, je remplis pas les conditions : je n'ai pas plus de quarante-deux ans, je ne suis pas père de trois enfants, je ne suis pas aux armées depuis le début.

— Je vois quand même que vous avez examiné les prérequis de près ! dit Cognard avec un clin d'œil.

— Hé hé. J'peux pas dire le contraire. C'est que ça use. Bon Dieu, ce mois à Verdun, je peux pas vous décrire ça, chef... (Son regard devint vitreux et se perdit quelques instants dans le vide.) Heureusement, votre successeur est un bon, même s'il vous vaut pas, sans vous flatter. Mais Jouannic, pouah, je sais pas comment il fait, à son âge. C'est une énigme, ce gars.

— Il y a les hommes du tout-venant, petites choses fragiles, tendres à la tâche, friables et périssables... et puis il y a Jouannic.

— Ah ah ah ! Bon ben en tout cas, pour le moment, on a un gagnant pour les permutations, c'est Guillevic. Il retourne à Landerneau le mois prochain. Il était temps. Le pauv'gars est arrivé au bout du bout.

— Si c'est toujours lui qui fait la cuisine, j'imagine surtout que ça doit être un grand soulagement pour vos estomacs.

— Ah ah ! Vous avez pas changé, hein, chef, toujours le mot pour rire, même ptêt plus qu'avant... (Pris d'une brusque réminiscence, il écarquilla les yeux.) Oh, tiens, j'y pense ! Vous savez pas la nouvelle ? Votre cher copain Tanguy est mort ! Il a pris un coup au but, directement sur sa guitoune, à ce qu'on dit ! En v'là un qui n'crânera plus !

Bertho vit le regard las de Cognard et se sentit obligé de tempérer sa joie, avec une gêne palpable.

— Vous pensiez vraiment que cette nouvelle me réjouirait, Bertho ?

— Mes excuses, chef… Vous savez, des macchabs, on en voit tellement, c'est terrible à dire mais à la fin on prend l'habitude et c'est pas glorieux mais j'dois l'avouer, quand on a eu maille à partir avec, on va pas jeter des roses sur leur tombe.

— C'est compréhensible, Bertho. Soyez rassuré, je ne vous en veux pas.

Histoire de changer de sujet et de détendre l'atmosphère, il tendit le doigt vers les chevrons cousus sur la manche droite de Bertho.

— Alors c'est donc ça, les fameuses brisques ?

— Oui, elles viennent d'arriver. Sur la manche gauche, une brisque par blessure au front, et sur la manche droite, une brisque par semestre passé aux armées. Vous avez droit à une, vous aussi, chef. Devriez la demander, y a pas de raison !

— Oh vous savez, moi, ces trucs-là… Et du coup, il doit y avoir un sacré paquet de brisques de manche droite, à la prévôté… Est-ce que ça inspire le respect aux biffins ?

— Ah pour ça, c'est une réussite ! Ils disent que si on a autant de brisques de présence et si peu de brisques de blessures, c'est bien la preuve qu'on est des planqués !

— Le contraire m'eût étonné ! soupira Cognard.

Pendant que Ménard, le gendarme adultère, faisait profil bas – d'autant que ce joli cœur était lui aussi marié ! –, Bertho profita de son séjour à la brigade pour se rabibocher avec son épouse, et il avait raison.

C'était une brave femme, cette Joséphine Bertho. Et cette guerre sans fin poussait vraiment tout le monde à faire n'importe quoi. Bellec, ce parangon de sagesse et de mesure, eût sans aucun doute approuvé cette réconciliation.

Mais, sa semaine épuisée, Bertho dut reprendre le train en promettant à sa femme une confiance pleine et entière, tout en demandant quand même à Cognard de la surveiller comme le lait sur le feu – on n'est jamais trop prudent.

Léon fut très surpris du vide que Bertho laissait derrière lui. Il avait toujours apprécié cet homme, notamment pour son professionnalisme, mais jamais il n'avait eu avec lui cette proximité d'esprit qu'il avait avec Bellec. Pourtant, son départ le plongea presque dans la neurasthénie. Les collègues qui restaient avec lui dans la petite ville du Morbihan n'étaient pas tous des bons à rien, loin de là. Certains faisaient tout ce qu'ils pouvaient, mais avec eux, il lui manquait cette communauté de pensée, et surtout de vécu, et ce manque était cruel, crucial. Du même coup, il commençait à comprendre ces paroles de Cadoret juste avant son suicide. *La vérité, c'est que vous ne pouvez pas comprendre ce qu'on vit là-bas, parce que vous n'y êtes jamais allé et que vous n'irez jamais.*

Les batailles de 1916 furent épouvantables. D'abord Verdun, à laquelle la 22e division avait pris part en avril-mai, puis la Somme à partir de juillet. Léon suivait cela dans les journaux qui disaient ce qu'on voulait bien leur dire, et par les courriers de la prévôté qui étaient forcément partiels. Cependant, pas besoin d'être Jérémie le prophète de malheur pour se rendre compte que, de part et d'autre, on tombait comme des mouches, mais on ne perçait pas. Les bruits qui filtraient ne faisaient que confirmer à plus grande échelle l'impression déplorable que lui avait laissée la bataille de Champagne.

Éloignés des entrailles de la Géhenne, Cognard et sa petite équipe de gendarmes devaient pourtant continuer à l'alimenter sans relâche.

On leur demanda – et c'est une tâche que Léon considéra aussitôt comme infamante au point d'y mettre beaucoup de mauvaise volonté – de faire des contrôles pour lutter contre la fraude déclarative à l'*allocation pour les familles indigentes du fait de la mobilisation ou de la disparition d'un soutien de famille*. Pour parler franc, il s'agissait de rentrer chez des gens dont le mari et père avait été tué, pour savoir s'ils étaient vraiment aussi pauvres qu'ils l'avaient déclaré, et le cas échéant, faire un rapport en vue de leur sucrer partiellement ou totalement l'aide de l'État. Hé, c'est qu'il n'y avait pas de petites économies !

À dire vrai, la plupart des abus réels avaient été constatés en Corse, où le coût de la vie était bien moindre que dans le reste de la métropole, et où une pension qui eût semblé honnête et proportionnée à Rouen, Toulouse ou Lyon, devenait brusquement mirifique. L'autre spécialité dans laquelle certains Corses excellaient, c'était la désertion. Léon plaignait les collègues de Corse et du Pays basque, qui devaient faire face à nombre de réfractaires et fuyards prenant le maquis ou cherchant à passer en Espagne, avec la complicité parfois active de la population locale, et qui n'hésitaient pas à tirer à vue sur les gendarmes, ce qui défrayait régulièrement la chronique.

Par chance, la Bretagne n'était pas un El Dorado pour les déserteurs. Non que les Bretons fussent meilleurs que les autres, mais en tant que péninsule encerclée par la mer, la région faisait plutôt figure de piège dont la seule échappatoire était l'océan, ce qui était hors de propos dans la mesure où tous les navires à partir du chalutier avaient été réquisitionnés pour la Marine de guerre, et devaient affronter les champs de mines, et surtout les redoutables sous-marins allemands. Ce n'était pas dans les quelques barques que les pêcheurs pouvaient encore utiliser pour le cabotage que l'on risquait de s'évader, et c'était encore plus vrai à Étel avec sa légendaire Barre, une zone de vagues contraires aussi fameuse que dangereuse qui déchirait le large comme une haie blanche apte à retourner toute coque de noix qui s'y aventurerait.

Si les gendarmes d'Étel n'avaient guère à se soucier de déserteurs, en revanche ils devaient gérer le transfèrement des prisonniers de guerre et la surveillance de ceux qui étaient affectés aux travaux publics et agricoles. S'ils n'encadraient pas le camp de prisonniers voisin, laissé à la charge d'un groupe de territoriaux, ils devaient réprimer les incidents qui s'y déroulaient, et étaient chargés de poursuivre les évadés qui, autant le dire, étaient nombreux, ce qui n'était pas étonnant quand on considérait la faible quantité de gardiens et de gendarmes vis-à-vis de celle des prisonniers. Fort heureusement, dans l'immense majorité des cas, les fuyards n'allaient pas très loin et étaient bien vite repris, quelquefois avec un certain soulagement après avoir crapahuté six ou sept nuits sans avoir pratiquement rien trouvé à manger.

À partir de 1917, les permissionnaires devinrent de plus en plus nombreux à mesure que le régime s'étendait, surtout après le désastre du chemin des Dames et les mutineries de mai. Les soldats en goguette, tout contents de revenir à la maison pour sept jours, devinrent alors la source la plus importante de travail et de tracas pour les gendarmes. Alors qu'auparavant, ces derniers n'avaient pas à surveiller les trains, laissés à la charge des employés de chemin de fer, ils durent se préoccuper davantage du rail, voie royale d'arrivée pour les permissionnaires puisqu'il leur était entièrement gratuit. De manière générale, les gendarmes de l'arrière subissaient beaucoup moins d'insultes que leurs collègues prévôtaux de la part des soldats, car ils ne voyaient que les permissionnaires, qui arrivaient en ordre dispersé et se sentaient moins en terrain conquis qu'au front. Toutefois, la spécialité éprouvée de ces vacanciers de l'horreur était, au moment du retour vers la guerre, avec tout ce que cela supposait de frustration et de dépit, d'attendre que le train démarre pour injurier de tous les noms les gendarmes restés à quai, en sachant fort bien que lesdits cognes seraient impuissants à stopper le convoi. Bien entendu, les noms d'oiseaux s'agrémentaient en sus de gestes peu équivoques. Le phénomène, si récurrent que tous les biffins de France et de Navarre s'étaient sans doute passé le mot, faisait enrager les hommes de Léon qui, pour sa part, le prenait avec philosophie. C'était *de bonne guerre*, se disait-il. Beaucoup de ces gars-là ne reviendraient pas, cela ne leur donnait-il pas des droits ? Toujours la même question, lancinante.

Après une nouvelle permission vers Noël 1916, Bertho revint à l'été 1917, cette fois pour de bon. Les conditions de permutation s'étaient assouplies peu à peu pour accélérer la rotation, et il avait obtenu la sienne. Ironie du sort – à moins que ce ne fût pas complètement un hasard ? –, c'est Ménard, l'ancien amant de sa femme, qui fut désigné pour le remplacer à la prévôté.

— Félicitations, brigadier Bertho ! dit Léon en voyant son chevron fraîchement conquis.

— Merci, chef. Ça va mettre un peu de beurre dans les épinards, ce sera pas de refus.

— Aucun regret de tourner la page « prévôté » ?

— Aucun. Vous savez, l'équipe ressemble plus trop à celle que vous avez connue, chef. Peyron a été évacué à l'hosto avec un sale truc, pas sûr qu'il s'en sorte. Tellier a été blessé, il est toujours en convalo à l'heure actuelle, Le Goff a permuté, Bourhis permute le mois prochain. Y a que Jouannic qui refuse obstinément de partir !

— Le jour où il voudra le faire, tout sera foutu, je crois…

— Ah ah, ouais. Et puis ça s'arrange pas pour nous, là-bas, hein. C'est pire que jamais, même ! Le mois dernier, dans une autre division, un de ces salopards de déserteurs a assassiné un des nôtres de sang-froid, et au falot, vous savez quoi ? Sa condamnation à mort a été commuée en travaux forcés à perpétuité ! Une honte, j'vous dis ! Un scandale ! On l'a tous en travers de la gorge, mais à l'état-major ils ont les chocottes depuis les mutineries de mai, ils fusillent de moins en moins… Ptêt qu'ils ont peur de se retrouver au poteau à leur tour, ces fumiers !

Et puis alors, juste avant que je parte, j'ai discuté avec un biffin qui venait se renseigner parce qu'il doit bientôt partir à l'EPG[1], vous savez ce qu'il m'a raconté ?

— Quoi donc ?

— Il m'a dit que dans sa compagnie, le capitaine avait lu à ses hommes une note du général qui louait le courage, le dévouement et le rôle ingrat des gendarmes, et qui demandait aux soldats de les respecter. Eh ben croyez-moi si vous voulez, mais en pleine lecture, il s'est arrêté pour imiter un joueur de violon en faisant semblant de pleurer ! Et j'vous le donne en mille, ils ont tous explosé de rire !

— Ça aurait pu être pire, il aurait pu imiter un joueur de pipeau.

— Ah s'cusez chef, mais ça m'donne pas envie de rire, moi ! J'en suis écœuré d'tout ça !

— Si l'on veut être optimiste, il faut cependant souligner que cette note du général était une bonne chose. Il y a deux ans, ça aurait été impensable.

— Pensez donc, ça vient d'au-dessus. L'état-major s'est fait taper sur les doigts à cause de tous les trucs qu'ils nous demandaient de faire alors que c'était pas dans nos attributions. Terminées, les fascines et les corvées de chiottes !

— Il aura fallu trois ans pour obtenir une circulaire comme ça ! fit Cognard, pensif.

— Ouaip, et il en faudra sans doute trois de plus avant qu'elle soit pleinement appliquée. J'espère que la guerre sera finie avant.

1. École de préparation à la gendarmerie. Ces écoles venaient juste d'être créées pour parer à la pénurie de gendarmes. Les soldats des autres armes pouvaient faire acte de candidature.

— J'espère aussi, sans quoi il faudra mobiliser les gamins de douze ans. Sinon, ça marche bien, le recrutement pour les EPG, alors ?

— Pensez donc ! Ils croulent sous les candidatures, surtout celles des biffins ! Les mêmes qui nous crachaient à la gueule et nous traitaient de planqués, allez savoir pourquoi, maintenant ça leur dirait bien de venir bosser avec nous. Dans quelques mois, vous les verrez arriver à la brigade, gênés de rien !

— Bertho… Il faut vous libérer de cette colère, maintenant…

— Ça va mettre un peu de temps, chef.

— Travaillez-y, parce que je vais avoir besoin de vous, ici.

Depuis le printemps, le 25 de chaque mois, Léon devait rédiger un *portrait de l'opinion publique*. Il s'agissait d'un rapport confidentiel résumant tous les faits venus à sa connaissance et dont la gravité ne lui aurait pas paru suffisante pour faire l'objet d'un rapport spécial.

Alors qu'on lui demandait donc de se tenir au courant de l'état d'esprit des habitants, il se posait de plus en plus de questions. Il était censé obéir au pouvoir en place, mais aussi protéger la population… Comment faire lorsque ces deux injonctions devenaient contradictoires ? Que faire quand il se rendait compte que la grande majorité des gens était devenue hostile au gouvernement, qui de son côté lui demandait d'espionner ladite population sans vergogne, et de rédiger des rapports ?

Il avait tranché en envoyant tous les mois la même phrase, unique : « Aucun bruit alarmiste n'a été recueilli. » C'était faux, bien sûr. Des dizaines de gamins continuaient à mourir ou à revenir en morceaux, les produits de première nécessité étaient rationnés et menacés de pénurie, cette boucherie durait depuis trois ans et il n'y avait aucun signe qu'elle pût finir. Comment pouvait-on ne pas s'alarmer ? Il eût fallu être fou ! On aurait plutôt dû lui demander de signaler ceux qui ne s'alarmaient pas, histoire de les faire interner en hospice !

24

6 octobre 1917

Toute la journée, un grain avait secoué la ria d'Étel ; assez modéré, mais suffisant pour clouer toutes les barques au port. Léon avait réussi à prendre une heure pour aller contempler avec Rossinante la rage de la Barre du haut d'une dune. Le spectacle de la nature déchaînée lui était toujours d'un grand secours.

À la nuit tombante, alors qu'on s'apprêtait à fermer l'accueil de la gendarmerie au public et que Léon rangeait quelques dossiers, le gendarme Trévidic frappa à sa porte.

— Il y a un monsieur qui voudrait vous parler, chef. Il dit qu'il vient de loin et que c'est un vieil ami du front. Il a une sacrée batterie de cuisine[1] !

— Bien, faites-le entrer.

Cognard aurait bien aimé que ce fût Jouannic, mais Trévidic l'eût présenté comme un collègue et non un « monsieur », et puis les gendarmes prévôtaux

1. Médailles.

n'avaient quasiment jamais de médailles, à part à titre posthume.

Trévidic fit entrer Fourquin. Léon n'en fut pas autrement étonné.

— Bonsoir adjudant-chef, ou devrais-je dire, sous-lieutenant Fourquin.

— Sous-lieutenant à titre provisoire, oui. Comme vous voyez, je vais rester provisoire longtemps.

Il avait le bras gauche coupé au-dessus du coude et sa manche vide était relevée sur son épaule grâce à une épingle à nourrice. Sur sa poitrine, il y en avait de toutes les couleurs : médaille des blessés de guerre, médaille militaire, croix de guerre avec palme et Légion d'honneur. Il avait les traits marqués et semblait vieilli et un peu amaigri.

— Vous savez pourquoi je suis venu ?

— Non, mais je suis certain que vous allez me le dire.

— Pour vous tuer.

— Comme vous y allez ! Cela peut attendre cinq minutes, peut-être ? En plus, il vous manque un bras !

— Je suis droitier et je n'ai besoin que d'un bras pour vous descendre.

— Vous pouvez quand même prendre le temps de vous asseoir.

— Merci.

Il s'assit.

— J'ai pas envie de vous abattre dans le dos au coin d'une rue déserte, c'est pas mon style. Mais je le ferai si vous m'y obligez, poursuivit Fourquin qui ne cillait pas.

— Ah oui ? C'est quoi votre style ? Vous mettre à quatre ou cinq pour tirer dans la bouche d'un de vos caporaux ?

— Guyader voulait sa perm le premier. On lui a dit qu'y avait des règles et qu'il fallait qu'il les respecte, que son tour viendrait mais que d'autres devaient passer avant lui. Et là, il a perdu les pédales. Il est parti en gueulant que puisque c'était comme ça, puisqu'y avait des traitements de faveur, il allait l'ouvrir. Comme Derrien partait en perm, il a crié : « Ah bon ? Parce qu'y fallait dézinguer de l'officier pour avoir le droit de rentrer chez soi une semaine ? Mais fallait le dire ! » Il était plus lui-même. On en a discuté longuement avec le capitaine Cadoret, on a hésité, mais finalement il a tranché, il nous a dit de le faire taire.

— Sa mère était mourante et sa femme venait d'accoucher, vous le saviez ?

— Oui. On a tous nos problèmes.

— Il avait déjà fait plusieurs demandes, Cadoret les avait toutes refusées.

— Il était pas le seul dans ce cas.

— Qu'il ait juste pu être malheureux, frustré, neurasthénique ou tout simplement à bout de nerfs, ça ne vous a pas effleuré l'esprit ?

— Si. Personnellement, je l'aurais pas tué, mais c'étaient les ordres.

— Ah, les ordres ! Vous n'aviez pas à obéir à ce genre d'ordres, vous le savez pourtant bien ! Mon collègue Morvan a refusé de procéder à une exécution sommaire que lui ordonnait un colonel pendant la bataille de la Marne.

— Votre collègue est un cogne, pas un soldat. Je suppose que quelqu'un d'autre a dû se charger de l'exécution à sa place ? J'y étais, à la bataille de la Marne, et rien que de mes yeux, j'en ai vu deux, dont une dans ma propre section. L'ordre du jour de Joffre, ça vous dit quequ'chose ? *Se faire tuer sur place plutôt que de reculer ?* Ah mais non, j'y pense, c'est vrai, vous, vous étiez encore ici à sucrer les fraises.

— Je l'imagine, se débattant face à ces brutes, pleurant, hurlant pitié, jurant ses grands dieux qu'il avait dit cela dans un moment de colère et d'égarement, que ses mots avaient dépassé sa pensée et qu'il ne l'aurait jamais fait, ce qui était probablement le cas. Pourtant, vous l'avez tué froidement. Par votre faute et celle de vos complices, Guyader n'a jamais vu sa fille !

— Et alors ? Combien dans son cas ? Si j'ai tiré sur Le Corre, c'était pour sauver des vies de pères qui l'auraient perdue en essayant de reprendre cette tranchée abandonnée par sa faute. Si j'ai accepté l'exécution de Guyader, c'était pour permettre à des gars qui sauvent des vies de rester opérationnels.

— Difficile de croire qu'on puisse sauver des vies en en prenant d'autres.

— Dans une guerre, si. On fait même que ça. On tue un Allemand pour ne pas qu'il nous tue ou tue un copain. Vous êtes une enflure pacifiste, c'est ça ?

— Que je sache, le pacifiste refuse toute forme de guerre, non ?

— Le pacifisme est interdit, mais c'est pas pour autant qu'y a pas de ces ordures cachées dans nos unités.

— S'autoriser à juger en son âme et conscience de la légitimité d'une guerre, ce n'est pas être pacifiste.

— Parce que cette guerre ne serait pas légitime ?

— Je n'ai pas dit cela !

— Vous vous croyez meilleur que nous parce que vous sortez de grandes phrases et que vous êtes capable de passer des semaines à vous creuser la tête pour savoir qui a bousillé un seul type et pourquoi. Nous, pendant la même durée de temps, on a sauvé notre cul trois fois, sauvé le cul d'un copain autant de fois, et vu mourir dix autres copains qu'on n'a rien pu faire pour sauver. Qui les a tués exactement, on le saura jamais ; pourquoi, on n'est pas bien sûrs de le savoir non plus, mais le résultat est le même : ils sont morts. Alors non, vous êtes pas meilleur que nous. Nous, on fait le vrai boulot ; vous, vous êtes là pour… faire joli sur les cartes postales.

— Et Le Corre, alors ? Puis-je avoir le fin mot de l'histoire, même si j'ai compris les grandes lignes ?

— Pour remonter au commencement, il serait bon de préciser que Môssieu Le Corre avait lui-même dégommé deux gars de la section. Eh ouais ! (Il s'amusait de la surprise de Cognard.) Un à Maissin et un autre dans les marais de Saint-Gond[1]. Oh, vous pouvez les chercher sur la liste des conseils de guerre, va ! Vous les trouverez pas. Morts pour la France ! Tombés au champ d'honneur ! Désolé, ma pauv' dame ! Pas d'enquête, pas de procès, pas de peloton d'exécution, circulez y a rien à voir. Juste une balle de revolver là, au-dessus de l'oreille. Ni vu ni connu, j't'embrouille. Et le trificellaire, il savait. Le chef de

1. Bataille de la Marne.

bataillon aussi… Ils savaient tous, et tous ils fermaient leur gueule. Ce qui leur importait, c'est que les Boches ne soient pas passés. Joffre avait dit vous savez bien quoi, je vous l'ai déjà dit tout à l'heure. Avec des ordres comme ça, qu'est-ce que tu veux répondre, toi ? Et c'est vrai qu'ils avaient paniqué, alors on a fermé not' bouche. Mais faut vous dire aut' chose, aussi : Le Corre, il avait le charisme d'un macaque et il était crédible comme un chimpanzé. Je sais pas comment vous le dire autrement, il était pas fait pour ça. Rien que sa voix, déjà, elle donnait envie de se marrer. J'vous dirais bien que s'il avait eu un tant soit peu d'autorité naturelle, il aurait pu buter ces deux gars-là sans que les autres lui en tiennent rigueur, mais la vérité, c'est que s'il avait eu cette autorité-là, jamais il aurait eu besoin de les tuer. Les hommes se payaient sa fiole dès qu'il avait le dos tourné, ils l'appelaient « Le Corre aux pieds » ou « Le Corre nichon ». Un soldat, en voyant son cadavre, a dit : « Le Corre du Christ, amen. » Tous ceux qui l'ont entendu ont rigolé.

Fourquin fit une pause pour prendre une cigarette et l'allumer. Avec une seule main, cela prit un certain temps que Léon mit à contribution pour aller chercher un cendrier dans la pièce voisine, désormais déserte. En temps normal, il était strictement interdit de fumer dans le bureau de Cognard, mais vu ce qu'il était en train d'apprendre, il s'abstint de faire la moindre remarque.

— En décembre, Le Corre a été enterré vivant par un obus de gros calibre… Y aurait eu que lui, je suis pas sûr qu'on aurait creusé, à vrai dire. Mais voilà, y avait des copains avec, alors on les a sortis de là, en tout cas, ceux qu'on a pu, et il en faisait partie. Autant vous dire que quand il a commencé à choper la tremblote à chaque bombardement, ça en a fait rigoler plus d'un, pour pas dire que ça buvait du petit-lait. Pas moi, par contre : étant son sous-off le plus gradé, j'étais obligé de faire son boulot en plus du mien et ça m'amusait pas des masses. Lui qu'était si intraitable avec les pleutres et les émotifs, le v'là qui commençait à flancher à son tour ! Moi j'dis, il aurait dû être logique avec lui-même, prendre son putain de revolver et s'en coller une dans la bouche. Mais non, lui c'était pas pareil, vous voyez...

Fourquin était terriblement nerveux. Sans doute revivait-il ces évènements à force de les raconter. Il s'arrêta un long instant pour tirer frénétiquement sur sa cigarette.

— En vérité, c'était pas sa faute. Il avait toujours eu du cran, mais là, ses nerfs le lâchaient malgré lui. C'est sûr, c'était ironique que ça tombe sur lui, mais ça nous mettait dans de beaux draps, alors j'ai essayé de lui dire plusieurs fois qu'il fallait qu'il consulte le médecin-major, que j'en avais vu se faire évacuer pour moins que ça, qu'ils allaient le soigner et qu'il reviendrait requinqué dans une semaine ou deux (en moi-même, je pensais bien plus que ça). Mais c'était un officier de métier, sacrément têtu et orgueilleux, et pour ces gars-là, se faire évacuer sans blessure visible, et même bien visible, il l'aurait jamais supporté.

— L'orgueil mal placé ne mène qu'à deux endroits : l'hôpital ou le cimetière.

Fourquin hocha la tête, tira une dernière longue bouffée et écrasa sans ménagement son mégot dans le cendrier. Sa main tremblait.

— Et puis il y a eu l'attaque boche sur La Boisselle, ce putain de 18 janvier... Cette ordure nous a dit de fuir, vous comprenez ? De tout laisser en plan ! Il voulait laisser cette tranchée aux Fridolins alors que des dizaines de copains y étaient restés pour la prendre ! Voilà pourquoi je lui ai fermé sa gueule ! C'était trop !

Revivant une colère intacte, il s'était quasiment mis à crier, les traits distendus par la haine. Il se ressaisit brusquement.

— Sauf que si l'état-major est pas du tout dérangé par l'idée qu'ce salopard ait buté deux pauv' gars, quand c'est un officier qui se fait bigorner, c'est plus la même chanson. Au contraire, ils auraient eu vite fait d'en conclure qu'on l'avait fait pour se venger, et d'en envoyer quinze d'entre nous au poteau. Alors on a discuté avec la section et on s'est juré de garder le secret, tous autant qu'on était. Mais Cadoret, il est venu voir le cadavre de Le Corre et il a pas été dupe, alors j'ai dû tout lui raconter, et comme c'était un type au poil, il a décidé de nous couvrir. Voilà aussi pourquoi, quand il nous a dit ensuite qu'il fallait supprimer Guyader, on a obéi.

— Je comprends mieux, à présent... Elle valait vraiment tout cela, cette tranchée, Fourquin ? Elle était si importante ?

— Pour être franc, j'étais naïf. Je croyais vraiment que si on la tenait, ça justifierait tous nos morts. Je croyais vraiment que ça permettrait aux sapeurs de faire péter leur foutue *Schwaben Höhe* et que ce serait peut-être le début de la débandade pour les Boches. Vous vous rendez compte c'que j'étais con ! Mais dès le 8 mars, des sapeurs allemands ont débouché sur une de nos galeries, l'ont vidée de tous ses explosifs en une nuit et déconnecté les câbles de mise à feu. Ça m'a mis le doute. On a fait d'autres galeries, on a fait sauter des mines, mais les Boches en ont fait autant, et tout ce qu'ils ont réussi à faire, c'est de transformer ce bout de terre en gruyère et de se neutraliser. Des dizaines de sapeurs ont été enterrés vivants là-dessous, et pour finir on n'a jamais réussi à la prendre… Puis, on a laissé tout le bazar aux Angliches et nous on est partis se faire bigorner sur une autre colline, celle de Tahure. J'ai appris que le 1er juillet 1916, les Brits avaient fait péter une mine géante en dessous. Un truc maous de chez maous. Ça les a pas empêchés de se faire massacrer par centaines tout autour, parce que derrière chaque colline, il y a une autre colline, derrière chaque tranchée, une autre tranchée. Cette putain de guerre est impossible à gagner, impossible à perdre. On finira par tous y rester, et personne n'aura avancé d'un iota, voilà ce qui se passera.

— Le combat cessera, faute de combattants[1].

La référence littéraire échappa à Fourquin. N'était pas Bellec qui voulait.

— Et Meyer, vous l'avez tué, finalement ?

— Non. Il est mort en brave à Verdun, trois jours avant que je perde mon bras. Ne vous en déplaise, les Allemands sont bien plus dangereux que les copains. C'est vrai qu'on y avait été un peu fort avec lui, surtout à cause du capitaine qui était vraiment devenu parano. Moi, j'avais toujours été persuadé qu'il était régulier. Une fois Cadoret mort, j'ai ordonné qu'on lui foute la paix.

1. *Le Cid*, Pierre Corneille.

Il y eut un long silence. Fourquin ressortit une cigarette. Malgré l'atmosphère viciée par la fumée, Léon respira un grand bol d'air.

— Bon, ça me coûte de le dire, mais peut-être que vous aviez raison. Peut-être qu'il fallait tuer Le Corre et faire taire Guyader. Peut-être que les sacrifices consentis par les autres valaient cela. La guerre… c'est tellement exceptionnel. Peut-être que cela justifie des mesures d'exception. Après tout, dans le civil, on vous interdit de tuer, et là d'un seul coup, on vous paie et on vous décore pour ça. J'avoue qu'il y a de quoi être désorienté.

Pour le moment, Fourquin ne rebondissait pas, il allumait juste sa cigarette.

— On n'est pas obligés de faire ça, Fourquin. Encore aujourd'hui, deux ans après, je ne sais toujours pas si j'ai fait ce qu'il fallait, ou l'inverse. Bien malin qui pourrait me le dire. Et ce que vous venez de me raconter ajoute encore à mes doutes. Je ne vous approuve pas, mais je ne vous désapprouve pas non plus. Je comprends, à défaut de *vous* comprendre. En d'autres termes, pardonnez-moi la perte de vos quatre camarades et je vous pardonne celle de Bellec.

Fourquin expira la fumée par le nez avec un petit sourire en coin.

— Laissez vos scrupules au vestiaire. Si je ne faisais pas partie de l'embuscade, c'est parce que le capitaine m'avait mis en perm pour que j'aie un alibi. Pour préserver mon unité de votre foutue petite enquête, sachez que je n'aurais pas hésité un seul instant à vous tuer et à vous enterrer, vous et votre ordonnance. J'aurais même enterré toute votre foutue bande de cognes s'il l'avait fallu. Je donnerais tous les cognes du monde pour qu'on me rende un seul tireur comme Séveno ou une seule teigne comme Derrien. Je ne regrette qu'une chose, c'est qu'ils vous aient raté. Moi, je ne vous aurais pas loupé.

Cognard se raidit. Il ne voulait pas le haïr, surtout après ce qu'il venait de lui dire, mais l'entendre parler ainsi de la mort de Bellec lui retourna la bile.

— Très bien, puisque vous insistez… Je suppose que vous n'avez pas choisi la date de votre visite par hasard ?

Deux ans auparavant, jour pour jour, Cadoret s'était suicidé, Séveno et Richard étaient passés en conseil de guerre et avaient été condamnés à mort.

— Bien vu ! sourit Fourquin. J'aurais bien voulu venir le 6 octobre de l'an dernier, mais pour être parfaitement honnête, cinq mois après ma blessure, j'étais pas en état. J'ai fait plusieurs infections, j'ai bien failli y rester.

— Parfait. Dans ce cas, pour faire honneur à votre sens des dates, je propose que nous soldions nos comptes demain matin à l'aube, deuxième anniversaire de l'exécution de vos amis.

Il eut envie d'ajouter « Une exécution bien méritée ». Il se l'interdit.

Il fixa le rendez-vous à sept heures sur une plage isolée à l'embouchure de la ria, puis les deux hommes prirent congé.

25

« Ces Français que nous fûmes contraints de jeter dans la bataille, ils ont des droits sur nous. »

Georges Clemenceau, président du Conseil, le 20 novembre 1917.

7 octobre 1917

Léon dormit comme un loir. À son grand étonnement, il n'éprouvait pas la moindre appréhension. C'était un peu comme s'il se fichait éperdument du résultat de ce duel, comme s'il était extérieur à son propre corps.

Il y avait toujours beaucoup de vent, mais le ciel s'était lavé de tout nuage et la journée promettait d'être magnifique. Comme il le lui avait demandé la veille au soir sans lui dire pourquoi afin de ne pas lui provoquer d'insomnies, Bertho vint le rejoindre dans son bureau aux aurores, alors que Cognard avait échangé son revolver de service contre un autre acheté chez un brocanteur, et dont le numéro de série avait été limé.

Après quelques explications qui abasourdirent le brigadier, Léon fit une petite gratouille à Greffier, passa au box de Rossinante pour le saluer, et les deux gendarmes arrivèrent sur la plage à l'heure dite. Fourquin était déjà là. Il regarda Bertho avec étonnement.

— Le brigadier Bertho sera notre garant, Fourquin. Il en faut bien un dans tous les duels, non ? Nous partirons dos à dos et il comptera quinze pas. Alors, nous nous retournerons, arme le long de la jambe, et nous attendrons le commandement de tirer pour commencer les réjouissances. Est-ce que cela vous convient ?

— Parfaitement. Vous savez tirer, au moins ? J'aimerais autant, parce qu'un type qui sait pas tirer, c'est pas beaucoup mieux qu'un type désarmé.

— Dans les deux cas, je me défends.

— Dans les deux cas ?

— J'étais instructeur de savate aux brigades mobiles, où l'on me surnommait *Cogneur*. C'est une technique de combat à mains nues dérivée de l'escrime, qui en a conservé les codes et les noms… Et en escrime comme en savate, les combattants sont appelés *tireurs*.

— C'est donc pour ça…

— Oui. C'est grâce à la savate que j'ai rossé vos sicaires à Suippes.

— Vous vous déballonnez pas, pour un cogne. Vous auriez pu venir dans les tranchées avec nous, en fait…

— Bien sûr que j'aurais pu. Et la grande majorité des autres gendarmes aussi. Mais qui aurait fait le sale boulot ?

— Bon… Pas de quartier, hein ? Un de nous deux sortira de ce joli paysage les pieds devant.

— Qu'est-ce que vous allez faire après si vous m'abattez ? Vous n'avez pas de famille ?

— Pas vraiment, non. Je pensais aller en Espagne, où j'ai quelques contacts.

— Brigadier Bertho… si c'est le sous-lieutenant qui gagne, vous n'étiez pas là. Vous le laisserez partir pour l'Espagne et attendrez qu'un promeneur trouve mon corps, ce qui devrait lui laisser une avance suffisante.

— Euh… Oui, chef. Bon Dieu, j'arrive pas à croire que je suis en train de faire ce que je suis en train de faire !

Le pauvre gars était complètement effaré.

— Il me faut votre parole, brigadier Bertho ! insista Léon.

— Vous l'avez, chef. Mais c'est de la folie !

— Et vous, Fourquin… Il me faut votre parole que vous laisserez le brigadier Bertho rejoindre la gendarmerie sans l'inquiéter.

L'adjudant leva la main et cracha par terre.

— Sur la mémoire de mes hommes ! Je suis venu juste pour vous et pour personne d'autre. Je ne suis pas un assassin.

Léon fit une moue désapprobatrice.

— Ça ! Si j'étais croyant, je vous dirais que ce sera à Dieu d'en juger. Mais ce n'est pas une raison pour cracher par terre. Ce comportement est tout à fait dégoûtant.

Fourquin se marra comme une baleine. Il avait l'air d'être aussi détendu que lui.

Le seul des trois à être pâle comme un mort et au bord de la syncope, c'était Bertho.

— Vous êtes un marrant dans vot' genre, vous, quand même ! conclut Fourquin. Alors, on y va ou on prend racine ?

Les duellistes prirent position. Des rafales leur fouettaient les joues par intermittence.

Après avoir avalé sa salive avec la plus grande difficulté, Bertho compta *un*.

Quand il compta *quatre*, Cognard vit un goéland argenté qui faisait du surplace juste à côté de lui, dans le vent plein d'embruns qui pliait la bruyère sur la lande déserte.

Quand il compta *huit*, le goéland poussa son cri, et il sembla à Léon que l'oiseau lui transmettait un message : « Ne tire pas ! Il verra que tu ne veux pas tirer et il renoncera. »

Quand il compta *treize*, Léon n'avait toujours pas peur. Il était même étonnamment détendu, dans un état second, et le goéland ne le lâchait pas.

Quinze. Retournez-vous !

Fourquin ne se mit pas de profil, comme il était d'usage dans les duels du XIXe siècle pour limiter les tirs mortels. Il était bien droit et de face, et présentait son cœur vaillant à l'adversité. Cognard en fit autant. Les rafales redoublèrent. Même le vent ne voulait pas ce combat, aurait-on dit.

Feu !

Léon remonta son arme, mais son bras se bloqua à mi-hauteur, le revolver pointé sur le sol à trois mètres devant lui. Si Fourquin ne tirait pas non plus, ne serait-ce pas cela, le vrai panache ? L'occasion d'une fin digne d'un roman ?

La balle de Fourquin lui siffla à l'oreille.

Non, les goélands n'envoyaient pas de message, pas plus que le vent.

Léon pointa son revolver sur son adversaire et tira une fraction de seconde avant que Fourquin ne tire sa deuxième balle, qui partit dans le décor.

Le sous-lieutenant porta sa main au creux de son épaule gauche, là où il venait d'être touché – exactement là où Cognard avait visé.

— Dans la plupart des duels, les *gentlemen* s'arrêtent au premier sang, estimant que la querelle est purgée. Qu'en pensez-vous, Fourquin ? cria Léon pour que sa voix passe par-dessus le vent.

Mais le bougre était solide et ne voulait rien savoir. Il pointa de nouveau son revolver vers le gendarme.

— Tête de mule ! vitupéra Léon.

Première, dans la jambe. Deuxième, dans la hanche. Troisième – hélas ! –, dans la poitrine. Il ne fallut pas moins de trois nouvelles balles pour que Fourquin s'effondre enfin dans le sable dunaire.

La mort dans l'âme, Léon avança jusqu'au corps inerte d'un héros porté au pinacle par la France, ce si beau pays. Il avait survécu à presque deux ans de guerre en prenant tous les risques, de la Belgique à la Marne, de la Picardie à Tahure et à Verdun, et voilà qu'il venait mourir stupidement sur une plage de Bretagne.

Il respirait encore, les yeux ouverts, le revolver gisant à vingt centimètres de sa main. Cognard l'écarta d'un coup de pied, puis mit son poing droit sur son cœur avant de le tendre vers sa droite.

— C'est… quoi… ça ? demanda péniblement Fourquin.

— Le salut du tireur de savate en respect pour son adversaire.

Fourquin tendit la main dans sa direction. Après une brève hésitation, Léon s'accroupit et la prit dans la sienne. Le moribond la serra de toutes les forces qui lui restaient, puis il eut une sorte de rictus indéfinissable.

— Peux… pas… blairer… les cognes.

Et il expira.

Entre-temps, Bertho était arrivé.

— Vous l'avez laissé tirer le premier. Vous êtes complètement fou d'avoir fait ça! Pourquoi? Vous avez envie de mourir, chef?

— Peut-être, Bertho. Je me sens si fatigué, parfois. Peut-être parce qu'à la fin, c'est Don Quichotte qui meurt, pas Sancho Pança? Mais Bellec avait raison, Don Quichotte ne meurt pas au combat. Ou peut-être pour illustrer le panache à la française, à l'image du comte d'Anterroches quand il s'est exclamé : «Messieurs les Anglais, tirez les premiers!» à la bataille de Fontenoy? Ou peut-être tout simplement que j'espérais jusqu'au bout qu'il renonce à son funeste projet. Qu'il se dise comme moi qu'il y avait eu assez de morts comme ça…

Après encore un moment de recueillement, Cognard se releva.

— Bon, qu'est-ce que vous avez vu, Bertho?

— Une tentative de meurtre, chef. Et vous avez répliqué en état de légitime défense. C'est même le moins qu'on puisse dire!

— Non, Bertho. Il risquerait d'y perdre sa croix de guerre et sa Légion d'honneur. Quoi qu'on en dise, il a bien mérité de les garder.

— Alors quoi, chef? On peut quand même pas dire qu'il s'est suicidé ?

— Certes, non.

Le brigadier réfléchit silencieusement pendant quelques instants.

— Alors… Ben j'ai rien vu, chef.

— Voilà. Ou plutôt, vous avez tout vu, mais selon toute vraisemblance, vous ne serez jamais amené à en témoigner. Nous allons être chargés de l'enquête. Elle sera classée sans suite. Sans doute un rôdeur.

Il lui tendit son revolver.

— Quand vous irez chez le maréchal-ferrant tout à l'heure, vous en profiterez pour me détruire cette pétoire dans la forge.

— Mais euh, vous croyez qu'à l'état-major du 11e corps, ils vont avaler ça ?

— Bien sûr que non. Mais, à moins d'une grosse surprise, ils feront comme s'ils l'avaient avalé. J'ai compris comment ça marche, maintenant.

Épilogue

Étel, 30 juin 1919

Le maréchal des logis Bertho entra dans le bureau du capitaine Cognard. Devant lui était étalé un journal qui titrait en gros « Traité de Versailles. La paix enfin signée ».

— Vous m'avez demandé, chef ?

— Oui Bertho, je voulais vous féliciter pour votre promotion bien méritée…

— Merci, chef.

— … et vous annoncer que je partais.

Bertho fit une moue déçue.

— Vous changez de brigade ?

— Non…

— Ah, je sais, vous connaissant, vous voulez retourner rouler vot' bosse, c'est ça ? Vous avez dû voir passer cette circulaire où ils cherchent des volontaires pour la prévôté au Levant et dans l'Empire ottoman. Moi, c'est là que j'serais allé pour oublier si ma Joséphine n'avait plus voulu de moi…

— Ah ah, c'est vrai que je ne tiens jamais en place très longtemps, vous l'avez remarqué. Mais non, c'est fini pour moi, ce temps-là. De plus, je doute qu'ils veuillent encore de moi dans une prévôté, quelle qu'elle soit… Non Bertho, je pars pour de bon. Étant libéré de mes obligations militaires, je serai radié des cadres de la gendarmerie à compter du 14 juillet. Quelle meilleure date que le jour anniversaire de cette France que j'ai tant aimé servir, malgré les accidents de parcours ?

— Pour sûr, vous allez manquer. Mais vous allez où, si c'est pas indiscret ?

— Je vais voyager, Bertho, voyager… Maintenant que la France est en paix, je vais, à mon tour, chercher la paix avec moi-même. Ce sera un bien long périple…

— Et Greffier, vous l'emmenez avec vous ?

Cognard jeta un coup d'œil vers le chat vautré sur le rebord de la fenêtre.

— Franchement, Bertho, vous trouvez qu'il a l'air d'en avoir envie ?

— D'accord. On s'en occupera bien, chef. Enfin, il s'occupera bien tout seul, comme d'habitude.

*

Avant de quitter définitivement la brigade d'Ételo, Léon envoya à Catherine Guyader le double carbone du rapport de Bellec sur la mort de son mari, en ajoutant quelques notes personnelles lui permettant de comprendre, et éventuellement – si elle souhaitait exhumer quatre ans après ce douloureux souvenir –, de demander réparation.

Après quelque hésitation, il n'écrivit pas à Mathilde Le Corre. Il décida de cacher la vérité à cette femme sur l'autel d'un non-dit vertueux, car il ne pouvait pas décemment lui révéler qu'elle avait raison sans lui dire aussi que son mari avait été tué parce qu'il voulait refluer et qu'il menaçait de débander sa section. Cette vérité serait inutilement douloureuse et n'apporterait rien à la justice, car les coupables étaient déjà morts.

Puis, il partit avec Rossinante et quelques effets, voyagea de moulin en moulin jusqu'à Saint-Nazaire où il comptait prendre un aller simple pour Colón dès que la ligne serait rétablie, ce qui ne saurait tarder. Ou peut-être pour Veracruz, il ne savait pas encore.

Voir des aras bleus en liberté, ça c'était un projet fondateur !

Quelle plus belle destination d'aventure que l'Amérique du Sud, pour un ingénieux hidalgo sur son fringant destrier ?

Remerciements

Il y aurait beaucoup à dire sur les conditions quelque peu rocambolesques dans lesquelles ce livre a été écrit, mais s'il demeure avant tout une entreprise individuelle – ah, la solitude de l'écrivain ! –, il a toutefois bénéficié des apports directs ou indirects de nombreuses personnes que je veux remercier ici.

Un grand merci d'abord à Louis-Napoléon Panel, que je n'ai pas l'honneur de connaître personnellement, mais dont le remarquable ouvrage *La Grande Guerre des gendarmes* (éditions Nouveau Monde), basé sur sa thèse de doctorat, a constitué un appui documentaire majeur sans lequel bien des subtilités de la vie quotidienne d'une prévôté en temps de guerre m'auraient fait défaut. J'ai toujours eu une grande admiration pour ces thésards, bourreaux de travail enquillant des milliers d'heures d'étude sur un seul et même « détail » de l'Histoire, traité jusqu'à la monomanie.

Merci à ma fille Gwladys, qui fut ma consultante en comportement équin, et à sa facétieuse jument, Uvane du Maraug, dont certaines habitudes peu orthodoxes ont été prêtées à Rossinante, le hongre de

Léon Cognard. Les animaux sont nos amis, nous l'oublions trop souvent, et si jamais j'ai réussi, comme je le souhaitais, à faire de ce cheval un personnage haut en couleur de ce roman, c'est en grande partie à Gwladys que je le dois.

Merci également à l'adjudant François-Xavier Dussart, qui fut mon consultant en « cohérence gendarmesque » et en armes à feu. Ce gars-là compte les balles comme personne, et je n'aimerais pas avoir à l'affronter en *mano a mano*, ni avec un flingue, ni dans un trek en montagne.

Merci à Marie-Pierre Ladent et à Marie-Ange Blondin, mes consultantes en « conformité picarde », toujours *avuc* un *tchot* brin d'humour de bon aloi. Et merci à Nathalie Lecomte, grâce à laquelle *éj'n'ai janmoais vraimint* perdu de vue cette belle région si durement marquée par l'Histoire.

Merci à Patrice Salsa, Céline Saint-Charle et Franck Chanloup, relecteurs aussi acérés que bienveillants, soutiens de toujours et amis pour la vie, malgré un éloignement géographique pas toujours facile à combler. Hein, Franck ?

Merci à Barbara Canova pour l'emprunt de sa phrase à propos de la libre-pensée. Barbara est la seule Italienne aussi douée pour philosopher en français que pour déchiffrer l'araméen, et je doute qu'on puisse me prouver le contraire.

Merci à toutes celles et tous ceux qui me soutiennent et m'encouragent depuis des années, y compris dans les moments de doute et de vaches maigres, ce qui reste, on ne le dira jamais assez, une contribution inestimable. Je pense en particulier à

Emmanuel Delporte, Virginie Riauté Michelon, Arnauld Pontier, Nicolas Barbier et Mélanie Launay.

Merci enfin à ma femme et à mon fils, Adrien, eux qui m'ont supporté, à tous les sens du terme, et qui étaient – c'est le moment de le dire – en première ligne.

Pour en savoir plus
sur les Éditions Plon
(catalogue, auteurs, vidéos, actualités…),
vous pouvez consulter
www.plon.fr
www.lisez.com

lisez!

et nous suivre sur les réseaux sociaux

Éditions Plon

@ÉditionsPlon

@editionsplon

MIXTE
Papier issu de
sources responsables
FSC® C003309
FSC
www.fsc.org

L'éditeur de cet ouvrage s'engage
pour la préservation de l'environnement
et utilise du papier issu de forêts gérées
de manière responsable.

CET OUVRAGE A ÉTÉ ACHEVÉ D'IMPRIMER SUR ROTO-PAGE
PAR L'IMPRIMERIE FLOCH À MAYENNE EN MARS 2021

N° d'impression : 97919
Imprimé en France